KB098851

HANDY MAN

핸디맨

HANDY MAN

핸디맨

프리다 맥파든 지음
조경실 옮김

"너한테 가르쳐 주고 싶은 게 정말 많아."

열여덟 명을 죽이고 손목을 자른
'핸디맨'

그가 바로 내 아버지였다.

일러두기

본문의 각주는 모두 옮긴이 주입니다.

프롤로그

오늘로부터 정확히 26년 전, 애런 니어링이라는 남자가 오리건주 자신의 집에서 체포됐다.

그의 주변 사람들은 큰 충격에 빠졌다. 그는 안정적인 직업을 가진, 자식과 아내에게 매우 헌신하는 가정적인 남자였다. 평생 주차위반은커녕, 법 없이도 살 만큼 건실했다.

그러나 익명의 제보를 받은 경찰이 굳게 잠겨 있던 애런 니어링의 지하 작업실을 수색했고, 그곳에서 스물다섯 살 맨디 요한슨의 시체를 찾아냈다.

작업실에 놓여있던 상자에서는 지난 10년 동안 실종된 것으로 알려졌던 여성 열일곱 명의 유골도 추가로 발견되었다. 경찰은 지난 20년간 일어난 살인 사건 중 적어도 열 건 이상이 니어링과 관련이 있다고 의심했지만, 이를 입증할 만한 단서는 찾지 못했다.

사형을 면하기 위해 범행을 인정한 니어링은, 열여덟 명의 목숨을 빼앗은 대가로 종신형을 선고받아 현재 경계가 가장 삼엄한 교도소에서 복역 중이다. 니어링의 아내 역시 살인 방조 혐의로 기소되었지만, 재판을 받기 전 구치소에서 자살했다.

언론은 애런 니어링이 체포되기 전까지 무려 20년 동안이나 경찰과 FBI의 수사망을 교묘하게 피한 천재 살인마라고 떠들어댔다. 그는 예사롭지 않은 카리스마를 지녔으며, 적절한 때에 자신의 매력을 활용할 줄 아는 나르시시스트였다. 최소 서른 명의 여성을 죽였을 것으로 의심되지만, 조금도 후회하는 기색이 없는 그는 영락없이 사이코패스였다. 제정신이 아닌 괴물이 분명했다.

그리고 그 남자가 바로 내 아버지이다.

01

누군가의 시선이 느껴졌다.

뒤통수로 시선을 느낀다는 건 논리적으로 불가능한 일이지만, 이 순간에는 분명하게 느껴졌다. 머리털이 먼저 곤두섰고, 오싹한 기운이 목덜미를 지나 등골을 타고 흘렀다.

오늘도 어김없이 홀로 이 바를 찾았다. 내 앞에는 평소 즐겨 마시는 칵테일인 올드 패션*이 한 잔 놓여있다. 곧장 집에 들어가고 싶지 않은 밤이면 이 곳, 크리스토퍼즈에 오곤 했다. 바 조리대까지 담배 연기가 자욱하게 깔린 실내는 어두침침하고 별다른 특색이 없었지만, 손님이 많지 않아 한적했고 바텐더들의 외모도 그럭저럭 봐줄 만했다. 가끔은 칸막이가 있는 자리에 앉을 때도 있었지만, 오늘 밤은 탁 트여있는 바 테이블에 앉았다. 뒷덜미가 뻣뻣

* 각설탕으로 단맛을 조절하는 약 40도의 위스키 베이스 칵테일

해지는 걸 느끼면서 나는 술잔에 시선을 고정한 채 얼음 한 덩이가 천천히 녹는 걸 보고만 있었다.

실내에 틀어놓은 텔레비전 소리가 어렴풋이 들려왔다. 채널은 주로 스포츠 경기에 고정돼 있었는데, 오늘은 퀴즈 쇼가 나오고 있었다. 카드를 들고 질문을 읽는 진행자의 모습이 화면을 가득 채웠다.

—샤를 드골의 친구이자, 1960년대 대부분의 기간 프랑스 총리를 역임한 사람은 누구일까요?

나를 보고 있는 사람이 누구인지 확인하고 싶어 주변을 둘러보았다. 그렇게 순순히 눈에 띌 리가 없지. 내 뒤쪽에 사람들 몇몇이 앉아 있었지만, 나를 보는 사람은 없었다. 적어도 이 순간에는.

어쩌면 아무런 저의가 없는 사람일 수도 있다. 내게 술 한잔을 사며 말을 붙여 보려는 남자거나 일로 만난 사람일 수도 있다.

누가 날 보고 있다고 해도 나를 정말 아는 사람일 가능성은 거의 없었다. 절대 그럴 리 없다. 오늘 내가 좀 예민해져서 그런가? 왜냐하면 오늘은 내 인생이 통째로 달라진, 26년 전의 바로 그날이기 때문이다.

사람들이 우리 집 지하실에서 뭔가를 찾아냈던, 그날이었다.

"괜찮으세요, 의사 선생님?"

근육질의 바텐더가 카운터에 팔을 기대며 나를 향해 몸을 기울였다. 몇 번 본 적 없는, 새로 온 바텐더였다. 나와 비슷한 30대 중반쯤으로 보였다.

나는 초록색 수술복의 옷깃을 잡아당겼다. 내 옷차림을 보고 바텐더는 나를 '의사 선생님'이라고 부르기 시작했는데, 그의 추측은 정확했다. 나는 외과 의사였다. 여자인 내가 수술복을 입은 모습을 보고 대부분은 나를 간호사라고 생각했지만, 그는 나를 의사로 불러주었다.

아버지가 이 사실을 안다면 무척 자랑스러워했겠지? 아버지는 늘 외과 의사가 되고 싶어 했지만, 그 정도로 고교 성적이 좋진 않았다. 만약 아버지가 외과 의사가 됐더라면, 그런 짓을 하지 않아도 됐을 텐데.

"괜찮아요." 나는 술잔 가장자리를 손가락으로 문질렀다. "아무 문제없어요."

그의 눈썹이 올라갔다. "술맛은 어때요? 입에 맞으세요?"

"네, 좋아요."

실은 좋은 정도가 아니었다. 칵테일 맛은 완벽했다. 조금 전 나는 바텐더가 잔 바닥에 각설탕을 넣는 걸 확인했다. 팩에 든 설탕을 그대로 술에 들이붓는 바텐더도 있는 반면에, 그는 비터스* 양을 정확히 계량했고, 내가 소다수를 넣지 말라고 말하기도 전에 알아서 빼는 센스를 보였다.

"어떻게 들으실지 모르겠지만, 선생님이 올드 패션을 주문할 거라고는 생각도 못 했어요. 그런 술을 좋아하실 것 같지 않았거든요."

"음." 제발 나를 혼자 내버려 뒀으면 싶었기에 최대한 무심한 목소리를 내려고 애썼다. 애초에 바 테이블에 앉은 것부터 잘못이었다. 그렇지만 이곳 바텐더 중에서 여태껏 수다스러운 사람은 없었

---

* 칵테일에 섞는 쓴맛의 술

는걸.

그는 천진난만하게 웃었다. "코스모폴리탄이나 레모네이드 스프리처 같은 걸 시키실 줄 알았는데, 아니었네요."

나는 올드 패션을 정말 좋아했다. 스물한 살 때부터 줄곧 마셨고, 솔직히 말하자면 더 어린 나이에도 종종 마셨다. 달콤함과 씁쓸함이 동시에 느껴지는, 진하고 중독성 있는 맛이었다. 술을 한 모금 들이켜고 나니 자꾸 말을 거는 바텐더 때문에 올라오던 짜증도 스르륵 사라졌다.

"아무튼, 뭐 필요한 거 있으면 부르세요." 바텐더는 나를 지그시 바라보고는 다른 쪽으로 걸어갔다.

나는 멀어지는 그의 모습을 눈으로 좇았다. 아주 짧은 순간이긴 했지만, 티셔츠 아래로 두드러져 보이는 탄탄한 근육을 잠시 넋 놓고 감상했다. 밝은 갈색 머리카락과 온화한 갈색 눈의 그 남자는 은근한 매력이 있는 사람이었다. 어디 하나 튀는 구석이 없어, 한 줄로 세운 용의자들 가운데 얼른 구별해 내기 힘든 그런 사람이었다. 마치 우리 아버지처럼.

마지막으로 집에 남자를 데려간 게 몇 달 전이었는지 손가락으로 꼽아보았다. 그러다 햇수를 세기 시작했고, 10년도 훌쩍 넘었다는 걸 깨달았다. 연애를 해본 게 얼마나 오래전이었는지, 그 자체로도 이미 충격이었다.

하지만 섹시한 바텐더 같은 남자를 만나고 싶은 건 아니었다. 연애는 나와 맞지 않다고 마음을 정한 게 벌써 오래전이었다. 쓸쓸하게 느껴질 때도 있었지만, 그게 훨씬 낫다는 걸 이제는 스스로 받아들이게 됐다.

나는 손목 스냅을 이용해 술잔을 천천히 돌렸다. 아직도 누군가가 나를 보고 있는 것 같은 느낌이 목뒤에서 스멀스멀 올라오고 있었다. 어쩌면 내 착각일 수도 있겠지.

26년. 그동안 이렇게 긴 시간이 흘렀다는 게 믿어지지 않았다.

텔레비전 퀴즈 쇼 사회자의 목소리에 생각을 멈추고, 술잔 대신 화면으로 시선을 돌렸다.

—'핸디맨'으로 알려진 연쇄 살인범은 누구일까요?

바텐더가 텔레비전 화면을 보고 있다가 무심코 대답했다. "애런 니어링."

오늘 밤 퀴즈 쇼 정답은 내 아버지였다. 오늘이 아버지가 체포됐던 날이라 저런 문제가 나온 걸 수도 있지만, 그저 우연의 일치일 가능성이 더 컸다. 아무리 오랜 시간이 흐른대도 사람들은 그가 한 짓을 절대로 잊지 못할 터였다. 문득 아버지도 텔레비전을 보고 있을지 궁금해졌다. 예전에도 퀴즈 쇼를 즐겨보곤 했었는데. 그 안에서도 텔레비전을 보게 해줄까? 교도소 수감자에게 어떤 것까지 허용되는지는 알 도리가 없다. 경찰에 잡혀간 후로 아버지와는 단 한 번도 이야기를 나눠본 적이 없었다.

비록 아버지는 매주 내게 편지를 보내왔지만.

나는 술을 홀짝이며 아버지에 관한 생각을 머릿속에서 밀어냈다. 기분 좋아지는 따뜻함이 온몸을 타고 천천히 퍼져나갔다. 바텐더는 티셔츠 아래 근육을 움직이며 반대편 카운터를 닦고 있었다. 그는 잠시 동작을 멈추고 내 쪽을 보더니, 한쪽 눈을 찡긋했다.

흠. 어쩌면 자진해서 절제된 생활을 하는 건 그리 좋은 생각이 아닐 수도 있다. 하룻밤 좀 즐긴다고 큰일 나겠어? 수술복 말고 다른 걸 입는다고 설마 무슨 일이야 있을까? 두피가 아플 정도로 단단하게 묶은 검은 머리카락을 가끔은 좀 늘어뜨려도 괜찮을지도 모른다.

"노라 선생님? 맞나요?"

뒤에서 들려온 목소리에 위스키와 함께 퍼지던 기분 좋은 느낌이 순식간에 사라져 버렸다. 느낌이 맞았군. 누군가 날 보고 있었던 거야. 이번만은 내 직감이 틀리길 바랐는데. 오늘 밤은 그저 조용히 보내고만 싶었는데.

뒤돌아보지 말까? 나는 한 2초간 고민했다. 노라 데이비스가 아닌 것처럼, 어쩌다 의사 노라를 닮은, 초록색 수술복을 입은 다른 사람인 것처럼 가만히 있어 볼까 싶었다.

하지만 적어도 이 사람은 나를 '노라 니어링'이라고 부르진 않았다. 아주 긴긴 시간 동안 나를 그 이름으로 부른 사람은 없었고, 나는 계속 그렇게 지낼 작정이었다.

내 뒤에 서 있는 사람은 작은 키에 다부진 체격, 50대쯤 돼 보이는 남자였다. 내 환자인 게 확실했다. 이 남자에 관한 다른 것들은 모조리 기억났지만, 이름만은 영 떠오르질 않았다. 남자는 열과 복통을 호소하며 병원에 왔었다. 세균 감염으로 담낭에 염증이 생긴, 담낭염 환자였다. 처음에는 복강경으로 담낭을 제거하려 했지만, 도중에 개복술로 전환해야 했다. 불룩 나온 배의 셔츠를 걷어 올리면 오른쪽 상복부에 사선으로 난 수술 자국이 보일 터였다.

"노라 선생님!" 남자는 약간 썩은 누런 이를 드러내며 나를 보고 활짝 웃었다. "긴가민가해서 이쪽을 계속 보고 있었는데…. 선생님이 맞으시네. 설마 이런 데서 뵙게 되리라고는 생각도 못 했어요."

'당신같이 점잖은 여자가 이런 데서 뭘 하는 거지?'라고 묻는 듯한 말투였다. 그래도 내가 마시고 있던 올드 패션을 언급하지 않아 다행이었다.

"네, 그냥 좀." 나는 작게 웅얼거렸다.

나는 속으로 제발 남자가 자기 입으로 이름을 밝히길 바랐다. 눈을 감고도 내장에 연결된 혈관 하나하나를 생생히 그릴 만큼 기억력이 좋은 편이었지만, 사람들의 이름은 내 관심사가 아니었다. 머릿속 깊숙한 곳까지 들어가 기억을 되짚어 봤지만, 전혀 떠오르는 게 없었다.

"이봐요!" 남자가 바텐더를 불렀다. "여기 노라 선생님 술값은 나한테 받으쇼! 내 목숨을 살려준 은인이시거든!"

"괜찮아요." 작은 소리로 말해 봤지만, 이미 늦은 것 같았다. 화장도 안 한 데다 감자 포대처럼 큰 수술복을 입은 채 누구와 동석할 마음은 전혀 없었는데, 이름도 모르는 이 환자는 이미 내 옆에 제대로 자리를 잡고 앉아 버렸다.

"선생님 덕분에 내 배에 이런 게 생겼지!" 그는 셔츠 단을 끌어올리며 큰 소리로 말했다. 남자의 복부에는 검은 털이 덥수룩하게 나 있었지만, 배를 가를 때 생긴 흉터 자국이 희미하게 남아 있었다. 내 기억대로였다. "흉터가 이쁘게 남았죠?"

나는 희미하게 웃었다.

"노라 선생님은 진짜 명의예요. 그러니까 내가 얼마나 아팠냐면—"

그러더니 그 남자는 주위 사람들이 다 들을 수 있을 만큼 큰 소리로 자랑스럽게 떠들기 시작했다. 나 덕분에 목숨을 건졌다는 이야기를.

그러나 사실은 이론의 여지가 있는 수술이었다. 나는 감염된 담낭을 제거하기로 결정했지만, 누군가는 항생제를 투여하고 중재적 방사선술을 통해 배액관을 삽입하는 게 더 낫다고 주장할 수도 있었다. 내가 반드시 그의 목숨을 살렸다고 할 수는 없었다.

하지만 그는 말린다고 그만둘 사람이 아니었다. 어쨌든 내가 수술을 성공적으로 해낸 건 사실이었고, 지금 그 남자는 병이 완전히 나아 꽤 건강해진 것도 사실이었다. 치아 상태만 제외하면.

"오, 대단한걸요." 남자가 내 업적을 장황하게 늘어놓자, 듣고 있던 바텐더가 말했다. "선생님, 명의가 맞으시네요."

"네, 뭐, 그게 제 일인걸요." 나는 남은 올드 패션을 마저 입에 털어 넣고 휘청거리며 의자에서 일어섰다. 누군가 나를 봤다면 운전도 못 할 만큼 취했다고 생각할 터였다. 하지만 내가 비틀댄 것은 술 때문이 아니었다.

26년 전 오늘. 가끔은 그때가 어제처럼 느껴지기도 했다.

"이만 가볼게요." 나는 내 환자를 향해 정중하게 웃으며 말했다. "술은 감사했습니다."

"아." 남자의 얼굴빛이 어두워졌다. 내가 여기 남아서 자기 담낭 상태가 어땠는지 자세히 설명이라도 해주길 바라는 것 같았다.

"진짜 가시게?"

"죄송하지만, 가봐야 할 것 같군요."

"하지만…." 남자는 비어있는 내 술잔을 내려다보며 뭉툭한 손가락으로 카운터 위를 톡톡 두드렸다. "술 한 잔 정도는 더 하실 줄 알았는데. 아니면 감사의 의미로 저녁이라도 사게 해주시던가요."

이 남자에 관한 사소한 기억 하나가 또 하나 떠올랐다. 퇴원 후 다음 외래 진료에서 만난 남자는 고맙다며 내 무릎에 손을 올렸었다. 그리고는 내가 자세를 바꾸기 전에 무릎을 꽉 잡았다. 노라 선생님, 수술 잘 해주셔서 정말 감사합니다. 물론 이 짜증나는 인간의 이름은 아직도 기억나질 않고 있었다.

"그러실 필요 없습니다. 치료비는 보험회사를 통해 이미 다 받았으니까요." 내가 말했다.

남자는 면도 때문에 붉은 발진이 생긴 목 부위를 손으로 긁적거렸다. 억지로 웃어 보이는 기색이 역력했다. "제발요, 노라 선생님…. 선생님처럼 예쁜 여자가 바에서 혼자 술을 마신다는 게 말이나 됩니까?"

예의를 지키느라 웃고 있던 내 입에서도 웃음기가 사라졌다. "전 괜찮습니다. 그럼, 이만."

"이러지 마시고요." 남자는 나를 향해 윙크했다. 이제는 거무스름하게 썩은 그의 앞니가 적나라하게 보였다. "제가 근사한 데서 쏘겠습니다. 선생님은 제대로 된 대접을 받을 만한 사람이잖습니까?"

"네, 맞습니다." 나는 핸드백을 어깨에 메며 말했다. "그래서 집에 가려는 거고요."

"다시 한번 생각해 보세요." 남자가 내 팔을 잡으려 했지만, 나는 어깨로 그의 손을 뿌리쳤다. "노라 양, 그냥 가면 정말 후회할 거예요."

"전혀 그럴 것 같지 않군요."

그의 얼굴에서 잘 보이려던 기색이 싹 사라졌다. 그는 눈을 가늘게 떴다. "아, 알겠네. 너무 훌륭한 분이시라 자기 환자랑 잠깐 바에 앉아 노닥거리는 건 영 못마땅하다, 그거로군."

핸드백 줄을 잡고 있던 손에 힘이 들어갔다. 흠, 상황이 너무 급격하게 악화됐다. 이 남자를 진료 거부 명단에 반드시 넣으라고 하퍼에게 말해야겠다. 아 잠깐, 그럴 수가 없잖아. 나는 아직도 이 남자의 이름을 모른다.

"잠시만요." 바텐더가 단호한 목소리로 끼어들었다. "선생님, 이 남자가 지금 괴롭히고 있는 거 맞죠?"

머리를 한 대 맞은 것처럼 이름 하나가 툭 떠올랐다. 헨리 캘러핸. 맞아, 그게 이 남자 이름이었지. 나는 안도의 숨을 내쉬었다.

캘러핸이 바텐더를 돌아보더니, 큰 키와 울룩불룩한 근육질 팔에 기가 죽었는지 얼굴을 찌푸리며 말했다. "아니, 지금 막 일어서려던 참이었소."

"잘 됐군요."

캘러핸은 내 어깨를 밀치며 일어나더니 비틀비틀 문밖으로 걸어나갔다. 도대체 술을 얼마나 마시고 나한테 온 걸까? 어쩌면 그는 너무 취한 나머지 내일 아침에 일어나면 오늘 일을 잊어버릴지도 모른다.

헨리 캘러핸. 내일 아침 제일 먼저 하퍼에게 저 남자 얘기부터 해야 했다. 다시는 진료실에서 마주하고 싶지 않은 자였다.

나는 빈 술잔이 놓인 자리를 돌아봤다. 결국 돈도 내지 않고 간 게 분명했다. 술값을 계산하려고 핸드백을 열었지만, 바텐더가 머리를 저었다. "서비스입니다." 그가 말했다.

나는 고개를 들며 말했다. "아뇨, 받으세요."

"한 사람의 목숨을 살린 분께 제가 한잔 사드리고 싶어서 그래요."

바텐더의 부드러운 갈색 눈이 한동안 내 눈에 머물렀다. 그 표정이 묘하게도 익숙하게 느껴졌다. 이 남자를 전에 만난 적이 있었나?

잘생긴 편에 속하는 그의 이목구비를 뜯어보며, 이 남자를 어디에서 봤었는지 떠올리려고 애썼다. 환자로 만났을 가능성은 낮아 보였다. 내가 주로 보는 환자들보다 나이가 훨씬 어렸고, 헨리 캘러핸처럼 수술대 위에서 만난 사람은 모두 기억하고 있었다. 비록 이름은 바로 떠올리지 못할지언정.

우리 어디서 만난 적 있나요? 그 말이 혀끝에 맴돌았지만, 아무것도 묻지 않았다. 내가 잘못 생각한 거겠지. 아무래도 오늘 밤은 좀 이상했다. 집에 가고 싶은 마음 외에는 아무 생각도 들지 않았다.

"알겠어요. 술, 잘 마셨어요." 나는 마침내 대답했다.

그는 고개를 옆으로 기울였다. "괜찮으시겠어요? 차 있는 데까지 같이 가드릴까요?"

"괜찮아요." 나는 말했다.

나는 바 외부의 주차장을 내다보았다. 내 차는 가로등 바로 아래 주차돼 있었고, 거기까지는 넘어지면 코 닿을 정도로 가까웠다. 헨리 캘러핸이 자신의 차에 올라타는 모습이 보였다. 닷지 브랜드의 파란색 소형 승용차로, 뒤 범퍼가 심하게 찌그러져 있었다. 멀어지는 그의 차를 보니, 긴장했던 어깨에서 힘이 풀렸다.

목덜미를 타고 오르던 서늘한 기운은 사라졌지만, 이제는 속이 살짝 메스꺼웠다. 욕지기가 나려는 걸 꾹 눌러 참았다. 헨리 캘러핸 같은 놈 따위는 이제 두렵지 않았다. 그동안 내 인생에서 벌어졌던 일들을 생각하면 시답잖은 일이었을 뿐이다.

그러면서도 나는 캘러핸이 진짜 간 게 맞는지 확인하면서 몇 분 더 바에 머물렀다.

02

내 차는 토요타에서 나온 암녹색 캠리였다. 무난한 색상에 가성비 좋은 차였고, 긁히거나 파인 곳도 없었다. 선배이자 나와 함께 클리닉을 운영하고 있는 필립 코리는 지난해 빨간색 테슬라를 샀다. 내가 '중년의 위기' 극복용이냐고 놀렸더니, 그는 아무 대답도 없이 한쪽 눈만 찡긋해 보였다. 필립 선배는 차를 몰고 고속도로로 나가 전속력으로 달리는 걸 정말 좋아했다. 그의 차에 타는 건 목숨을 그의 손에 내맡기는 것이나 다름없었다.

내겐 중년의 위기 따윈 없었다. 가급적 사람들 눈에 띄지 않고 목적지로 안전하게 이동할 수 있는 차면 충분했다.

나는 아무도 없는 조용한 주차장을 지나 운전석에 앉았다. 시동을 걸자, 클래식 음악이 차 안을 가득 채웠다.

차를 몰고 큰 도로로 나갔다. 주중의 도로는 늘 그렇듯 한산했다. 집으로 이어진 뒷길로 들어서려고 속도를 조금씩 줄일 때였다.

2분쯤 지났을까? 헤드라이트 한 쌍이 내 차 뒤를 따라오는 게 보였다.

거기에 뭔가 특별한 의미를 둘 필요는 없어 보였다. 내 뒤에 차 한 대가 달리고 있다고 해서 뭐 어쨌다고? 하지만 동시에, 이 시간대에 이 길에서 다른 차를 만난 적은 드물었다는 생각이 머리를 스쳤다. 대개는 하늘에 뜬 별뿐이었고, 어떤 날은 달이 떠 있기도 했다.

게다가 그 차는 내 차 뒤를 매우 바짝 붙어서 따라오고 있었다. 좁은 길을 제한 속도보다 훨씬 빠르게 달리는 중이었지만, 내가 급정거라도 하면 부딪칠 정도로 두 차 사이의 거리는 가까웠다.

나를 쫓아오는 건가? 알아낼 방법은 한 가지뿐이었다.

나는 갈림길 앞에서 왼쪽 깜빡이를 켠 다음, 천천히 왼쪽으로 차를 돌렸다. 그러다 마지막 순간 오른쪽으로 홱 방향을 틀었다.

그러는 내내 시선은 백미러에 꽂혀 있었다. 내 뒤의 헤드라이트도 처음에는 천천히 왼쪽으로 방향을 틀었고, 내가 갑자기 오른쪽으로 방향을 바꿨을 때도 왼쪽 도로로 진입하는가 싶더니, 갑자기 미끄러지듯 멈춰 섰다. 차는 갈림길까지 후진하더니, 다시 오른쪽으로 방향을 틀었다.

나는 핸들을 꽉 움켜쥐며 숨을 훅 들이마셨다. 나를 따라오고 있는 게 분명했다. 저 개자식이 지금 나를 따라오고 있단 말이지?

그다음에 어떻게 할지를 고민하는 동안 질문 하나가 머릿속을 휙 지나갔다. 어려운 일이 닥칠 때마다 자꾸만 떠올리게 되는 질문.

아버지라면 이럴 때 어떻게 했을까?

생각하지 않으려고 하면 할수록 그 질문은 더욱더 내 머릿속을 가득 채웠다. 아버지가 어떻게 했을지는 알고 싶지 않았다. 아버지가 했을 법한 행동도 하고 싶지 않았다. 결국 아버지는 열여덟 명의 목숨을 빼앗고 종신형을 선고받은 범죄자가 아닌가. 절대 그렇게 되고 싶지 않았다.

주머니에는 휴대폰이 있었고, 블루투스 연결도 돼 있었다. 경찰에 전화해 현재 내 위치를 말하고, 나를 따라오는 차가 있다고 신고할 수도 있었지만, 그러지 않았다.

집으로 가려면 다음 모퉁이에서 우회전해야 했다. 하지만 나는 좌회전을 했다. 뒤차도 나를 따라 좌회전을 했다. 두 차 사이의 간격이 가까워질수록 내 차를 비추는 헤드라이트 불빛도 점점 강해졌다. 이제 그 차는 나를 뒤쫓고 있다는 사실을 숨기지도 않았다. 차 두 대 정도의 거리가 한 대 거리로 좁혀졌다. 헤드라이트 불빛이 내 차 뒤 범퍼를 비추고 있었다.

그때 눈앞에 목적지가 보였다. 경찰 지구대.

나는 계속 백미러를 보면서 지구대 주차장으로 들어섰다. 경찰서 주차장까지 뒤쫓아 올 만큼 대담한 놈인가 어디 보자. 역시나 예상대로 헤드라이트 불빛은 백미러에서 사라졌다. 주차장 안으로 차를 대면서 뒤차가 입구를 지나쳐 사라지는 것을 확인했다.

뒤 범퍼가 찌그러진 파란색 닷지였다.

나는 그 차가 돌아오지 않을 거라는 확신이 들 때까지 도로를 계속 주시하며 경찰서 주차장에 10분 정도 더 머물렀다. 이곳은 내가 그다지 좋아하는 장소가 아니었다. 경찰서에 처음 갔던 때를 떠올렸다. 나는 열한 살이었고, 아버지가 막 경찰에 체포됐던 직후였다. 경찰은 내게 정말 많은 것들을 물었다.

노라, 아버지가 지하실에 작업실을 만든 게 언제부터였니?

노라, 어머니도 그 아래에 내려가신 적이 있었니?

노라, 집에 다른 비밀 장소가 또 있니?

다른 여자라면 당장 경찰서 안으로 달려 들어갔을 터였다. 헨리 캘러핸이라는 남자가 쫓아온다고 신고하고, 집까지 함께 가달라고 부탁했겠지? 하지만 그 모든 일을 겪고 난 후의 나는 경찰서라면 질색하게 됐고, 어쩔 수 없이 경찰서에 갈 일이 생기면 그 생각만으로도 몸이 아파져 올 정도로 싫어하게 됐다.

간단한 신원 조회만 해도 내가 누군지 금세 드러날 텐데, 그 일만은 어떻게든 피하고 싶었다.

캘러핸을 떼어낸 것만으로도 충분했다. 10분 뒤 도로로 다시 나가보니, 거리는 평소처럼 인적이 없고 조용했다. 15분 정도 더 운전해 마운틴뷰 로드에 있는 내 집에 도착했다. 혼자 살기 좋은 소박한 이층집이었다. 평생 혼자 살진 않을 거라고 생각하던 때도 있었지만, 이제 와 생각해보니 괜한 희망일 뿐이었다.

나는 차고 문을 열고 안으로 들어갔다. 뒤에서 철컹하고 문이 닫히자, 소리가 울려 퍼졌다. 문 닫히는 소리가 사라진 집은 쥐 죽은 듯 적막했다. 나는 오른손에 열쇠를 움켜쥔 채 잠시 거기 서 있다가 크게 외쳤다.

"자기, 나 왔어!"

싱글인 내가 이런 소릴 한다는 게 우스웠다.

나는 공간을 울리는 내 말소리에 귀를 기울였다. 가끔은 혼자 사는 게 무서울 때도 있었다. 누가 몰래 침입해 숨어 있기라도 하면 어쩌지?

그러나 우리 집은 제법 안전한 동네에 자리 잡고 있었고, 나도 그런 걸 진지하게 걱정하는 성격도 아니었다.

배가 몹시 고팠다. 헨리 캘러핸이 걸리적대며 따라오지만 않았어도 오는 길에 인앤아웃 버거에 들렀을 텐데. 평소 귀갓길에 햄버거 집에 들르는 건, 나이 오십이 되기 전 심장마비로 급사하기 위한 내 계획의 일부이기도 했다. 하지만 오늘은 그럴 수가 없었다. 나는 냉장고를 뒤적거리기 위해 부엌으로 갔다. 위스키를 중화시킬 뭔가를 좀 먹어야 했다. 그런 다음 그걸 적실 위스키를 한 잔 더 마시면 어떨까?

아니, 가당치도 않은 말이었다. 이미 시간도 꽤 늦었고, 내일 아침 일찍부터 수술이 잡혀 있어 새벽같이 일어나야 했다. 대체로 잠이 없는 편이긴 했지만, 눈꺼풀이 자꾸 무거워지고 있었다.

부엌 찬장 문을 여는데, 어디선가 툭 치는 소리가 들렸다. 그리고 또 한 번 툭.

뒷문으로 누군가 들어오려 하고 있었다.

툭.

경찰서에서부터 운전하는 내내 백미러를 살피며 캘러핸이 따라오지 않는다는 것은 분명 확인했었다.

창밖을 내다보았지만, 너무 깜깜해서 아무것도 보이지 않았다.

툭.

나는 찬장 문을 열고, 조금 전 찾던 걸 꺼냈다. 아무도 없다는 걸 확인하기 위해 창문을 다시 한번 내다봤다. 그리고는 뒷문의 잠금장치를 돌리고 문을 확 열어젖혔다.

문이 열리자마자 고양이가 울기 시작했다. 발밑에는 검은 고양이 한 마리가 작은 머리를 내 다리에 비벼대며 울고 있었다. 녀석은 잔뜩 기대에 찬 눈빛으로 나를 올려다봤다.

"그래, 그래, 알았어."

나는 찬장에서 꺼낸 통조림을 열어 문 뒤쪽에 놓여 있던 작은 그릇에 쏟아 부었다. 이 고양이는 길고양이였다. 동물보호소 같은 데 전화했어야 했는데, 그 대신 고양이용 통조림을 한 상자 주문했다. 이제는 거의 이 고양이를 키우는 꼴이 돼 버렸다.

고양이는 한 캔에 60센트 정도 하는 으깬 닭고기를 열심히 먹었고, 나는 그 모습을 가만히 지켜보았다. 이 녀석은 내가 먹이를 줄 때마다 어찌나 고마워하는지 그 모습이 우스울 정도였다. 목숨을 살려준 은혜를 그따위로 갚는 캘러핸보다 백배 나았다.

아버지라면 이런 행동은 하지 않았을 것이다. 아버지는 길고양이에게 먹이 주는 일은 물론, 누군가의 목숨을 살려준 적도 없었다.

나는 고양이가 밥 먹는 모습을 좀 더 지켜보다가 뒷문을 닫아 잠갔다.

10분 뒤, 데운 즉석 냉동식품과 노트북을 가져와 식탁에 앉았다. 그리고 전자의무기록 시스템에 로그인했다. 처음에는 다른 몇 몇 환자들의 검사 결과를 꼼꼼히 살폈지만, 정신을 차리고 보니, 어느새 헨리 캘러핸의 진료 기록을 찾고 있었다.

내가 기억하는 그대로였다. 담낭염. 담낭 절제 요망. 복강경 수술에서 개복술로 전환해 담낭 절제. 수술 후 회복 중이며, 합병증 없음.

다음으로 인적 사항을 클릭했다. 캘러핸의 의료보험 목록이 떴다. 긴급 연락처에는 형의 이름과 전화번호가 기록돼 있었는데, 그건 미혼이라는 의미였다. 아마도 혼자 사는 모양이었다. 그리고 전화번호 바로 아래 집 주소가 있었다.

주소는 산호세 지역의 허름한 동네로 되어 있었다. 여기서 그리 멀지 않은 곳이었고, 주택인 것 같았다.

20분이면 갈 수 있는 거리였다.

흠.

나는 고개를 저으며 탁 소리 나게 노트북을 닫았다. 컵을 들어 물을 쭉 들이켰다. 올드 패션을 한 잔만 더 마시면 좋겠지만, 오늘은 물로 만족해야 했다.

현관 우편함에서 꺼내온 우편물이 식탁 가운데 차곡차곡 쌓여 있었다. 나는 노트북을 옆으로 밀고 우편물을 확인하기 시작했다. 처음 두 개는 고지서. 요금과 세금은 전부 온라인으로 납부하고 있는데도 여전히 이런 걸 보낸다는 게 이해되지 않았다. 다음 건 정치후원금을 모금한다는 우편물이었다. 어림도 없지. 빵집에서 보낸 카탈로그도 있었다.

그리고 마지막은 아버지에게서 온 편지였다.

나는 봉투 뒷면에 검은 잉크로 반듯하게 적혀 있는 글씨를 바라보며 숨을 들이마셨다. 아버지는 글씨를 아주 잘 썼다. 탄탄하고 간결한 글씨체에, 자를 대고 쓴 것처럼 글씨 크기가 일정했고, 펜을 꾹꾹 눌러 써 항상 종이 뒷면에 자국이 남았다. 우편배달부가 보내는 사람의 이름을 보진 않았을까? 봤다 해도 장난이라고 생각했겠지. 적어도 받는 사람이 노라 데이비스 앞으로 되어 있었으니까. 지난 26년간 나는 노라 니어링이 아닌 노라 데이비스로 살고 있었다.

아버지는 경찰에 체포된 후 매주 내게 편지를 보냈다. 한동안은 그런 사실조차 모르고 있었다. 편지가 올 때마다 할머니가 쓰레기통에 버렸기 때문이었다. 하지만 대학 입학과 동시에 독립한 후로 편지는 내가 사는 곳으로 바로 배송되었다.

아버지는 내게 무슨 말을 하고 싶은 걸까? 대체 무슨 할 말이 남은 걸까?

나는 아주 오랫동안 편지를 노려봤다. 매주 그랬던 것처럼.

그리고 매주 그랬듯이 편지를 반으로 찢고 다시 또 반으로 찢은 다음 쓰레기통에 던져 버렸다.

아빠, 오늘이 그날이에요. 또 일 년이 지났어요.

03

26년 전

오븐에서 새어 나오는 냄새는 기가 막혔다. 내가 제일 좋아하는 바닐라 케이크였다. 엄마는 밀가루, 설탕, 베이킹파우더, 바닐라, 달걀을 직접 계량하고 반죽해 시트를 만들었다. 물기가 있는 재료와 없는 재료를 각각 어떻게 다루는지 내게 보여준 다음, 두 가지를 다시 잘 섞었다.

엄마는 케이크 틀을 조리대에 내려놓고, 분홍색 오븐 장갑을 벗었다. 케이크 틀은 두 개였는데, 시트 두 개를 겹쳐 쌓아 케이크를 만들기 위해서였다. 그게 바로 내가 먹고 싶다고 말한 케이크였다. 두 겹으로 된 바닐라 시트에 겉에는 크림치즈 프로스팅을 바른 케이크.

"이제 시트에 크림 발라도 돼요?" 내가 물었다.

엄마는 두 손을 허리에 댔다. 우리 엄마는 책이나 드라마에서 봤을 법한, 그런 엄마였다. 매일 저녁 가족을 위해 식사를 준비하고, 내가 숙제를 제대로 했는지 확인하고, 집 안 곳곳을 직접 청소했다. (원칙상 내 방은 내가 치우도록 되어 있었지만, 게으름을 피우며 청소를 하지 않으면 엄마가 바로 해주었다.) 이웃 중 아픈 사람이 있으면 치킨 누들 수프나 캐서롤*을 만들어 그 집에 가져가곤 했다.

"노라, 겉에 크림을 바르기 전에 케이크 시트를 식혀야지. 그 정도는 너도 알잖니? 안 그러면 크림이 다 녹아." 엄마가 말했다.

나는 곰곰이 생각한 뒤 이렇게 말했다. "음, 그러면 크림을 한 번 더 발라서 두 겹으로 만들면 되잖아요."

그 말에 엄마가 웃었다. 엄마는 잘 웃었다. 엄마가 웃으면 뺨에는 보조개가 생겼고, 이중 턱은 더 두드러져 보였다. 아빠와 결혼하기 전 엄마는 뼈만 남았다고 할 정도로 앙상했지만, 지금은 아니었다. 나는 뼈다귀와 포옹하고 싶지는 않았기에 지금의 엄마가 더 좋다고 생각했다. 하지만 늘 아빠는 엄마에게 다이어트 하라며 잔소리를 했다.

"참을성 있게 기다려야지." 엄마가 말했다.

평소 나는 꽤 참을성 있는 편이었다. 수업 시간에 애들이 전부 딴 짓을 하고 있을 때도 차분히 앉아 선생님이 시킨 것을 했다. 하지만 오늘은 내 생일이었고, 케이크 냄새가 정말 좋아 도저히 참을 수가 없었다. 나는 크림치즈 프로스팅이 든 플라스틱 통의 뚜껑을 열고 하얗고 부드러운 크림을 손가락으로 듬뿍 떠냈다. 엄마

---

* 고기, 채소, 소스를 얕은 그릇에 담아 조리한 음식

는 나를 흘겨보았지만, 제지하지는 않았다. 어차피 우리 입에 들어갈 건데 뭐 어때?

음. 엄청 맛있는 크림이네.

"오늘 파티에 정말 아무도 초대 안 할 거야?" 엄마가 물었다. "지금이라도 늦지 않았어."

"네, 괜찮아요."

"하지만 노라, 네 생일이잖아."

그건 나도 알고 있었다. 오늘은 내 열한 번째 생일이고, 내년이면 나도 중학생이 된다. 나는 빨리 중학교에 가고 싶었다.

엄마가 걱정스러운 표정을 지어 보였다. "친구가 있긴 있는 거지, 노라?"

"있어요."

그 말은 진짜였다. 매일 쉬는 시간마다 같이 노는, 친구라고 할 법한 여자애들이 있었다. 하지만 진심으로 친하게 지내는 친구는 한 명도 없었다. 열한 번째 생일 파티에 초대하고 싶은 아이도 없었다.

그게 뭐 그리 이상한 건가?

나는 손가락으로 한 번 더 프로스팅을 찍어 먹었고, 엄마는 다시 눈을 흘겼다. 이제 곧 엄마가 그만하라며 잔소리를 퍼붓겠구나 싶었다. "올라가서 옷 갈아입고 와. 그러는 동안 케이크도 식을 거야." 엄마가 말했다.

나는 끙 소리를 내며 말했다. "옷은 왜 갈아입어야 해요? 우리밖에 없잖아요."

"네 생일이야. 특별한 날이잖아. 넌 예쁘게 보이고 싶은 마음도 없니?"

나는 어깨를 으쓱했다. "아빠는 언제 와요?"

"한 시간 안에 도착하신다고 했어. 오는 길에 선물도 가져오실 거야."

나는 제발 햄스터를 다시 갖게 해달라고 두 손 두 발 다 모아 기도했다. 하지만 엄마가 우리 집과 햄스터는 잘 안 맞는 모양이라고 여러 번 말했기에 아무래도 햄스터는 아닐 것 같았다. 아무튼 뭔가 좋은 걸 가지고 오시겠지? 아빠는 항상 내가 좋아하는 걸 선물로 주셨으니까.

엄마는 팔짱을 끼며 말했다. "얼른, 노라. 옷 갈아입기 전에는 케이크에 장식 안 할 거야."

알겠다고요. 나는 조리대에 프로스팅 통을 내려놓고 지하실 문 앞을 지나 이층으로 이어진 계단으로 걸어갔다. 친구들 말로는 지하실을 비디오 게임을 하거나 파티를 하는 오락 공간으로 꾸민 집도 많다던데, 우리 집 지하실은 아빠 작업실로 사용하고 있었다.

몇 년 전, 아빠는 목공에 푹 빠져 지하실을 작업실로 쓰기로 했다. 요즘에도 아빠는 거기 몇 시간씩 내려가 의자나 탁자 같은 걸 만들곤 했다. 하지만 실력이 썩 좋진 않았다. 지난달에는 의자를 만들어 올라왔는데, 상태가 진짜 별로였다. 그러니까, 다리 길이가 다 달랐다. 금방이라도 부러질 것 같아서 절대 앉고 싶지 않은 그런 의자였다. 그렇지만 아빠를 응원해 줘야 한다는 엄마의 말에 나는 의자가 마음에 든다고 거짓말을 했다.

아빠 일을 도와주면 재밌을 것 같아 나도 작업실에 내려가고 싶다고 말한 적이 있었다. 하지만 아빠는 혼자 작업을 해야 스트레스가 풀린다며 거절했다. 내가 있으면 왜 스트레스가 안 풀린다는 건지 잘 이해가 되진 않았지만, 굳이 더 조르지는 않았다.

지하실 문 근처에 가면 독특한 냄새가 났다. 처음에는 그게 무슨 냄새인지 몰랐지만, 나중에 아빠가 라벤더 향의 보디 미스트를 크리스마스 선물로 줬고, 그제야 그 냄새가 바로 이 냄새라는 걸 알게 됐다. 라벤더 향. 마치 건물 바닥 전체가 라벤더 오일에 푹 잠기기라도 한 것처럼 지하실 문 앞을 지나갈 때면 언제나 라벤더 향이 확 풍겨왔다.

지하실 문손잡이에 손을 대보았다. 아빠의 작업실은 한 번도 들어가 본 적 없었다. 아빠는 지하실에 위험한 물건이 많다며 늘 문을 잠가두었다. 드릴이며, 톱 같은 게 많아서 잘못 만지면 다칠 수도 있다고 했다. 나는 조심하겠다고 말했지만, 그래도 아빠는 들어가지 못하게 했다.

나는 문손잡이를 돌려보았지만, 꿈쩍도 하지 않았다. 언제나처럼 잠겨 있었다.

"애런!" 부엌에서 엄마 목소리가 들렸다. 엄마 목소리는 정말 우렁찼다. "당신 일찍 왔네!"

가슴이 쿵쾅거렸다. 나는 옷을 갈아입는 것도 잊어버린 채(그건 아무래도 상관없잖아!) 부리나케 부엌으로 달려갔다. 아빠가 크고 두툼한 점퍼를 입은 채 부엌 한가운데 서 있었다. 모자를 써서 머리카락은 마구 헝클어져 있었다. 아빠는 친구 아빠들 중에서도 외모가 제일 뛰어났다. 키가 컸고, 짙은 밤색 머리카락은 숱이 많았으며, 치아도 희고 가지런했다. 선생님들도 아빠가 곁에 있으면 괜히 히죽히죽 웃으며 좋아했다.

아빠는 채혈사로 일했다. 채혈사는 피검사를 하기 위해 사람들의 피를 뽑는 의료 전문가를 가리키는 말이라고 했다.

아빠는 그 일을 아주 능숙하게 해냈다. 아빠 말이, 가끔 피 뽑는 걸 완강히 거부하는 사람도 있지만, 살살 어르고 타이르면 결국에는 다들 아빠의 지시를 고분고분 따른다고 했다. 그런데 아빠는 퇴근하고 돌아오면 항상 그 짜증나는 지하실에 내려가 있어 얼굴 구경하기가 좀처럼 쉽지 않았다.

"꼬맹이, 생일 축하한다!" 아빠가 말했다.

"제 선물은 뭐예요?" 나는 잔뜩 기대에 부풀어 물었다.

"노라!" 엄마가 나를 나무랐다.

하지만 아빠는 웃으며 등 뒤에 들고 있던 케이지를 앞으로 내밀었다. 안에는 작은 흰 쥐 한 마리가 들어 있었다. "짜잔-!"

나는 좋아서 꺅 소리를 질렀다. "쥐잖아요!"

엄마 얼굴이 새하얗게 변했다. "애런, 우리 다른 걸 주기로 했었…"

"괜찮아." 아빠는 케이지를 조리대 위에 툭 내려놓았다. "노라도 이제는 더 조심하겠지. 안 그러냐, 노라?"

나는 허리를 굽히고, 작은 케이지 안을 이리저리 돌아다니는 쥐를 보며 활짝 웃었다. 쇠창살에 부딪힌 쥐가 그곳을 빠져나갈 방법은 전혀 없어 보였다.

정말 행복한 생일이었다.

04

현재

오늘 오후 첫 진료는 1시 30분에 예약돼 있었다. 수술 때문에 오전 내내 종합병원에 있었기 때문에 그때까지 클리닉으로 돌아가려면 시간이 좀 빠듯했다. 나는 응급실 출입문 바깥에 서 있는 푸드 트럭에서 부리토*를 샀다. 운전하며 먹는 부리토, 그게 내 점심이었다.

늘 있는 일이었다. 나는 식사의 대부분을 차로 이동하면서 해결했다. 차가 빨간 신호에 걸린 동안 나는 물 한 병을 재빨리 들이켰다.

클리닉 건물 외부 주차장에 차를 주차한 시각은 1시 35분이었다. 나는 엘리베이터를 지나쳐 계단을 뛰어 올라갔다. 필립 선배와

---

* 얇은 빵에 구운 고기와 채소를 넣고 둘둘 말아 먹는 멕시코 음식

함께 운영하는 클리닉 문 앞에는 '코리 앤드 데이비스 연합외과클리닉'이라는 금색 간판이 걸려 있었다. (선배가 자기 경력이 더 오래됐고, 알파벳 순서로 봐도 자기 성이 먼저 와야 한다고 우기기에 나도 그냥 그러라고 했다.)

3층에 도착한 후, 나는 가까스로 숨을 고르고 얼른 클리닉 안으로 들어갔다. 대기실에는 아무도 없었고, 하퍼 혼자 자기 책상 앞에 앉아 컴퓨터 자판을 두드리고 있었다. 내가 들어서자, 하퍼가 고개를 들고 친근하게 웃어 보였다.

"안녕하세요, 노라 선생님!" 하퍼가 경쾌한 목소리로 인사했다. "환자분은 진료실로 먼저 들어가 기다리고 계세요."

"아." 나는 숨을 얼른 들이마셨다. 진짜 체력을 좀 길러야겠다는 생각이 들었다. "환자분 성함이?"

"아놀드 켈로그 씨에요."

켈로그 씨라면 탈장 회복 수술을 한 뒤 처음 보는 진료였고, 성미가 급해 기다리는 걸 무척 싫어하는 환자였다. 손목시계를 확인해 보니, 7분이나 지나있었다. 아, 이런.

"종합병원에 응급 환자가 있었다고 미리 말해뒀어요. 그러니 켈로그 씨도 이해하실 거예요." 하퍼가 말했다.

나는 숨을 내쉬었다. "하퍼, 진짜 고마워요. 정말 최고야."

내가 칭찬할 때마다 하퍼는 얼굴을 붉히며 부끄러워했다. 처음 필립 선배가 20대 초반에 경험도 없는 하퍼를 비서로 뽑았을 때는 정말 어이가 없었다. 지원자가 50명 가까이 됐는데, 당연하게도 선배는 그중에서 가장 어리고 예쁜 여자를 뽑았던 것이다. 애초에 그걸 선배한테 맡긴 것부터가 잘못이었다. 찰랑거리는 짙은 갈색 머리카락에 크고 파란 눈, 늘씬한 다리의 하퍼가 사무실로 걸어 들어왔을 때, 나는 선배의 머리를 한 대 후려치고 싶을 만큼 화가 났었다.

어쨌든 지금까지 선배는 그녀에게 별다른 실수는 하지 않고 있었다. 그건 어쩌면 내가 정신없이 환자를 보는 틈틈이 직장 내 성희롱에 관해 장장 20분도 넘는 설교를 한 덕분인지도 몰랐다.

그런데 막상 겪어 보니, 하퍼는 보기보다 꽤 괜찮은 사람이었다. 용모가 뛰어날 뿐만 아니라 똑똑했고, 일 처리 속도도 아주 빨랐다. 얼마 전 함께 야근하던 날, 그녀는 대학에서 영문학을 전공하긴 했지만, 앞으로 무슨 일을 해야 할지 모르겠다며 내게 고민 상담을 해온 적이 있었다. 그래서 우리는 차로 5분 거리에 있는 멕시칸 레스토랑에서 마가리타를 마시며 그녀의 미래에 관해 이야기를 나누기도 했었다.

"노라 선생, 또 늦으셨네?"

고개를 드니, 내 앞에 필립 선배가 능글맞게 웃는 얼굴로 팔짱을 끼고 서 있었다. 그의 얼굴은 꽤 봐줄 만해서, 여자 환자들은 다들 그에게 진료받고 싶어 했다. 필립 선배가 실력 있는 외과 의사만 아니었어도 내가 그와 엮이는 일은 없었을 터였다. 우리가 처음 알게 된 건 내가 의과대학에 다니면서 병원으로 실습을 나갔을 때였다. 당시 그는 레지던트 4년 차였는데, 이후 내가 전문의 자격증을 따자마자 함께 개업하자며 먼저 연락을 해왔었다. 나는 이미 여기저기서 취업 제안을 받고 있었지만, 선배가 정말 좋은 대우를 해주겠다고 제안했고, 어디에 얽매이지 않고 자율적으로 일할 수 있다는 것도 마음에 들어 여기로 오게 됐다.

"마지막 수술이 좀 길어졌어요."

그가 혀를 찼다. "노라, 도대체 언제쯤 나처럼 빨리 일하는 법을 배울래?"

나는 눈을 굴리며 말했다. "빨리가 아니라 대충이겠죠."

그는 나를 보며 씩 웃었다. "뭐, 그렇게 생각할 수도 있겠지만, 적어도 나는 환자를 기다리게 하진 않는다고." 그는 하퍼를 향해 윙크를 날리며 말했다. "숙녀를 기다리게 하지도 않고 말이지."

하퍼가 책상 앞에서 바쁘게 뭔가를 하는 동안 나는 선배를 쏘아봤다. 참 다행스러운 건, 선배가 아무리 추근거려도 하퍼가 전혀 반응을 보이지 않는다는 거였다. 진지하게 만나는 남자친구가 있고, 그가 곧 청혼할 것 같다더니, 그래서인지 필립에게 적당히 거리를 두며 대처를 잘해 나가고 있었다.

켈로그 씨를 너무 오래 기다리게 했다는 생각에 나는 얼른 실례한다고 말하고 진료실로 들어갔다. 쉴라가 켈로그 씨의 체온, 혈압, 심박수 등을 미리 재고 차트에 기록해 문 앞에 걸어둔 것이 보였다.

"건강 생각해서라도 일 좀 줄이라니까요, 노라." 쉴라가 말했다. 60대 나이에, 짙은 갈색 피부, 희끗희끗한 머리카락, 팔뚝이 통나무처럼 단단한 쉴라는 우리 클리닉의 간호사였다. 그녀의 뛰어난 실력 덕분에, 나는 쉴라가 다섯 명쯤 있었으면 좋겠다는 생각을 종종 하곤 했다. "환자분이 지금 잔뜩 화가 나 있어요. 자길 기다리게 했다고요."

"고마워요, 쉴라." 문 앞에 걸린 차트를 들어 켈로그 씨의 상태를 확인했다. 모두 정상이었다. "제 매력을 좀 발휘해봐야겠는걸요."

쉴라가 웃음을 터뜨리며 말했다. "그렇게 할 줄 알았어요."

숨을 깊이 들이마시며, 문고리를 잡았다. 나는 이미 만면에 가식적인 미소를 띠고 있었지만, 가식적으로 보이진 않았다. 진짜 같은 미소였다. 애런 니어링이 여자들을 유인해 차로 데려갈 때 보인, 바로 그 미소였다. 아버지는 적절한 때에 자신의 매력을 십분 발휘할 줄 아는 사람이었다. 그리고 나도 그렇게 할 수 있었다.

문을 열자, 일흔셋의 켈로그 씨와 그의 아내가 진료실에 함께 앉아 있었다. 켈로그 씨는 얼굴을 찌푸리고 있었다.

"아, 켈로그 씨!" 나는 오랜만에 만난 옛 친구를 대하듯 반갑게 소리쳤다. "오늘 정말 좋아 보이시네요. 몸은 좀 어떠세요?"

그가 고개를 들었다. 내 웃는 얼굴을 보고 살짝 고민하는 것 같았다. 나는 웃는 얼굴에 침 못 뱉는다는 이야기가 과연 신빙성 있는지 시험 하고 있었다.

켈로그 씨가 뭐라고 말하기도 전에 나는 얼른 스툴 의자를 당겨 앉았다. 그리고 그가 무슨 말을 하든 완전히 집중해서 듣겠다는 태도로 상체를 앞으로 기울이며 조금 전 질문을 다시 했다. "몸은 괜찮으신 거죠?"

마침내 그도 마음이 누그러진 듯했다. "괜찮습니다, 선생님."

나는 입꼬리를 한껏 올리며 웃었고, 그도 마지못해 웃어 보였다. 이처럼 붙임성 있게 구는 건 정말 요긴했다. 이런 재능을 준 아버지에게 고마워해야 할 것 같았다.

"응급 환자가 있었다는 말은 들었어요." 켈로그 부인이 입을 열었다. "무슨 큰일이 있었던 건 아니죠?"

나는 질문에 대답하려고 부인을 향해 고개를 돌렸다. 원래 사람 몸에 관한 한 아주 사소한 변화조차 놓치지 않는 편이기도 했지만, 부인의 왼쪽 광대뼈 부근에 남아있는 시퍼런 멍 자국은 안 보려야 안 볼 수가 없을 정도로 선명했다. 멍 자국에 놀란 나머지 나도 모르게 웃음기가 가셨고, 질문에 얼른 대답도 하지 못했다.

"다이앤, 선생님께 그런 걸 물으면 어떡해!" 켈로그 씨가 부인을 향해 쏘아붙였다. "그건 사생활 침해라고. 도대체 뭔 생각으로 그따위 질문을 하는 거야?"

"아. 미안해요." 켈로그 부인은 시선을 떨구었다.

"미안하단 말은 나한테 할 게 아니라 노라 선생님께 해야지."

부인은 눈도 마주치지 못하고 말했다. "죄송해요, 노라 선생님."

나는 눈두덩이의 멍 자국에서 눈을 뗄 수가 없었다. 켈로그 씨의 진료 차트에 오른손잡이라고 적혀 있었던 게 기억났다. 오른손으로 때리면 상대는 왼쪽 눈을 맞기 마련이었다. 나는 수술 전 진료에서 켈로그 씨가 부인을 향해 잔소리를 퍼부었던 일을 떠올렸다. 그때도 그 모습이 썩 마음에 들진 않았지만, 내가 상관할 일은 아니라고 생각했었다.

하지만 지금 그녀의 눈이 시퍼렇게 멍든 걸 보니 생각이 달라졌다.

켈로그 씨는 몸집이 큰 사람은 아니었다. 하지만 부인이 워낙 여리고 작아서 남편이 수술로 기력이 약해진 상태였다 하더라도 충분히 이런 짓을 할 수 있었을 걸로 보였다. 아니, 이 남자가 그런 게 분명해 보였다.

수술 전에 알았다면 좋았을 텐데. 환자를 마취시키고 배를 메스로 가른 상태에서 알았더라면. 그의 창자를 메스로 살짝만 건드렸어도 이 남자는 자기 아내를 두들겨 패지 못 했을 텐데. 그랬다면 이 순간에도 엄청난 고통을 느끼고 있었을 텐데.

아니다. 나는 절대 그렇게 했을 리가 없다.

나는 우리 아버지와는 다르다. 길고양이한테 먹이도 주고 다른 사람의 목숨도 살리고 있잖아?

나는 심호흡을 한 뒤, 켈로그 씨에게 진찰대로 이동해 수술 부위를 보자고 말했다. 그가 가운을 들어 올리자, 세로로 절개된 부위를 의료용 스테이플로 봉합해 둔 것이 보였다. 수술 자국은 깔끔했다. 나는 집게를 꺼내 스테이플을 하나씩 뽑기 시작했다. 2분도 안 걸렸지만, 마지막 침이 쉽게 빠지지 않았다.

"선생님, 거기 좀 살살 해주세요." 켈로그 씨가 말했다.

나는 초조한 듯 두 손을 맞잡고 있는 켈로그 부인을 힐끗 쳐다봤다. 그리고 침을 확 비틀어 뽑았다. 침이 박혔던 자리에 피가 스몄다.

"악, 노라 선생님! 수술할 때보다 더 아프잖아요!" 그가 꽥 비명을 질렀다.

"죄송합니다." 그렇게 말했지만, 하나도 죄송하지 않았다.

켈로그 씨가 혼자 구시렁거리는 동안 나는 서랍이 있는 곳으로

가 붕대를 찾고 상자에서 거즈도 꺼냈다. 그리고는 윗주머니에 꽂혀 있던 펜을 꺼내 거즈 포장지 위에 이렇게 갈겨썼다.

남편에게 맞으셨나요?

나는 진찰대로 걸어가며 켈로그 부인 옆을 지날 때 부인에게 슬쩍 그 메모를 건넸다. 부인이 포장지를 받아 거기 쓴 메모를 확인하더니, 그렁그렁해진 갈색 눈을 들어 나를 보았다. 그녀의 눈빛이 흔들렸다.

그리고는 아니라며 고개를 저었다.

그 말을 믿어야 하나? 진료를 보는 이 짧은 순간에도 남자가 여자를 감정적으로 학대하는 모습을 목격했다. 그들의 집에서 무슨 일이 벌어지고 있는지는 오직 신만이 알 터였다. 게다가 켈로그 부인은 구타 사실을 부정하고 있었다. 피가 끓는 기분이었지만, 더 이상 내가 할 수 있는 일은 없어 보였다.

05

마지막 예약 환자가 나갔을 때 시곗바늘은 6시를 가리키고 있었지만, 진짜 일은 이제부터 시작이었다. 밀린 서류 작업과 전화로 처리해야 할 일들이 아직도 산더미처럼 쌓여 있었다.

내 사무실은 클리닉 뒤쪽에 있었다. 가죽 소파와 고급 원목 책상으로 꾸며진 필립 선배의 사무실과는 달리, 내 사무실에는 인터넷에서 산 싸구려 책상이랑 대학 때부터 사 모은 의학 서적들을 꽂아놓은 작은 책장 하나가 전부였다. 책상 앞에는 혹시라도 사무실에서 환자와 얘기해야 할 경우를 대비해 의자 두 개를 준비해 두었다.

필립 선배가 내 사무실 안을 들여다보고는 눈썹을 위아래로 까딱거렸다. "금방 퇴근할 거지, 노라?"

"아뇨."

그는 씩 웃으며 말했다. “하여간 일을 너무 열심히 해서 탈이라니까. 가끔은 나처럼 밖에 나가 즐기기도 해야지.”

그가 수술복 대신 와이셔츠와 짙은 갈색 바지로 갈아입은 걸 나는 그제야 알아차렸다. “오늘 어디 가시게요?”

그는 윙크하며 말했다. “응, 섹시한 여자랑 데이트 약속이 있어.”

“하퍼만 아니면 돼요.”

그는 고개를 젖히며 큰 소리로 웃었다. “하퍼 근처에도 가지 말라고 2주 내내 따라다니면서 설교해놓고는 또 저런다. 하퍼가 맨날 써니라는 그 남자 얘기만 해서, 나도 들어주는 거 지겹거든요?”

“그럼 그 행운의 숙녀분은 대체 누굴까요? 진지하게 만나는 사람이에요?”

“아, 물론이지. 난 항상 두 번째 코리 부인이 될 사람을 찾고 있거든.”

선배는 몇 년 전 이혼했는데, 그 과정이 결코 원만하지 못했다. 전 부인에게 재산을 다 빼앗기다시피 했다는 말을 한 적이 있었다. 그동안 그가 한 짓을 생각하면 자업자득이었다.

“아무튼 노라 선생은 병원 밖으로 나가야 해. 남자랑 데이트도 좀 하고 그래.”

“사양할게요.”

그는 눈썹을 올리며 말했다. “나 진심이야. 노라 선생을 꽤 오래 봐 왔지만, 그동안 연애하는 걸 한 번도 못 본 것 같아서 하는 말이야.”

아마도 그건 사실일 테지만, 순순히 인정하고 싶지는 않았다.

"선배가 제 사생활을 얼마나 잘 아신다고요?"

"노라 선생이 그렇게 매력이 없는 사람도 아닌데, 이상해서 그러지."

나는 헛기침을 하고 말았다. "아이고, 그렇게 말해주니 아무튼 고맙네요."

"우리 이번 주말에 나가보는 거 어때? 나하고 같이 바에 가는 거야. 진짜 재밌을 거 같지 않아? 내가 바람잡이 역할 톡톡히 해줄게."

나는 비웃으며 말했다. "선배가요?"

"응. 내가 얼간이 같은 인간 하나는 진짜 잘 골라내거든."

"선배도 그런 인간이라서요?"

그는 코를 만지작거렸다. "정확히 맞췄어."

"미안하지만, 전 관심 없어요."

"아니, 왜?" 그는 눈을 가늘게 떴다. "농담이 아니라, 도대체 왜 그러는 거야? 왜 그렇게 죽어라 일만 하는 거야?"

"일이 좋으니까요." 나는 어깨를 으쓱했다. "그리고요, 선배, 제 연애 문제는 제가 알아서 할 일 같은데, 안 그래요?"

"알았어, 알았다고." 그는 문 옆을 주먹으로 톡톡 쳤다. "아무튼 그 말을 해주고 싶었어. 노라 선생이 아무리 그렇게 일만 해도 아직은 내가 이기고 있거든?"

나는 사무용 가죽 의자에 앉은 채 몸을 뒤로 젖혔다. "뭐라고요? 그럴 리가 없어요."

"진짜야. 내가 확인해 봤어."

나는 이를 악물었다. "다시 확인해 보세요. 분명 제가 앞서고 있었는데요?"

필립 선배와 나는 둘 다 수술을 좋아했고, 승부욕도 강했다. 그래서 우리는 매년 누가 더 많은 환자를 수술하는지를 두고 경쟁을 벌여왔다. 내기에서 이긴 사람은 정말 좋은 포도주 한 상자를 차지할 뿐 아니라, 일 년 내내 마음껏 뻐길 수도 있었다. 나는 작년에 처음으로 내기에서 이겼고, 올해도 꼭 이길 생각이었다.

선배가 다시는 까불지 못 하도록 아주 깔아뭉개 주려고 벼르던 참이었다. 올해 들어 메스를 든 횟수는 내가 훨씬 더 많았기에 그가 앞선다는 건 말도 안 되는 소리였다.

나는 검은색 머그잔으로 손을 뻗었다. 하지만 잔을 입술 가까이 가져간 뒤에야 잔이 비었다는 사실을 깨달았다. 컵 가장자리에는 커피 찌꺼기가 말라붙어 있었다.

"잘 알겠지만, 이런 늦은 시간에는 커피 마시면 안 돼. 그러다 밤새 잠 못 자고 뒤척이게 된다니까. 나가서 사람들이라도 만난다면 모를까, 뜬눈으로 침대에 누워 있고 싶어?"

"조언은 고마워요." 나는 머그잔을 책상에 다시 내려놨다. "저 대신 커피 좀 내려서 한 잔 갖다 주는 건 기대도 하지 말아야겠죠?"

"하퍼 일은 노라 선생이 너무 오버한 거야." 그는 놀리듯 말했다. "하지만 더는 커피 생각 안 나게 잔을 싱크대로 치워 주는 정도는 내가 해 줄 수 있지. 지금 노라 선생한테서 꼭 없애야 하는 게 하나 있다면, 그건 카페인이라고."

내가 극구 괜찮다는 데도 선배는 이미 내 머그잔으로 손을 뻗어 가져가 버렸다. 내 방을 나가는 그의 뒷모습을 보며, 그가 모처럼 맞는 말을 했다는 걸 인정해야만 했다.

그리고 또 하나 인정해야만 하는 말은, 내가 연애를 전혀 하지 않는다는 것이었다. 나도 노력만 하면 나름대로 매력 있는 여자로 보일 수는 있었다. 아버지에게서 물려받은 외모 덕분이었다. 아버지는 얼굴이 잘생긴 편이라 젊은 여자들이 그리 경계하지 않았지만, 그렇다고 사람들 이목이 지나치게 집중될 만큼 잘생긴 것도 아니었다. 내 외모도 딱 그 정도였다. 짙은 검은색 머리카락을 뒤로 질끈 묶고 감자 포대 같은 수술복을 입고 있으면 대개 사람들은 나를 두 번 쳐다보지 않았다. 그래서 일부러 그러고 다녔다.

연애는 나와 어울리지 않았다. 내게 남자를 만난다는 건 항상 어려웠다. 어떻게 만난다 치더라도 그다음엔? 결혼? 아이? 그리고….

내 아버지가 어떤 짓을 했는지 세상 모든 이들이 알고 있었다.

그럴 순 없었다. 이게 나았다. 이미 말했듯이 혼자가 좋다.

종합병원에서 한 환자의 복부 CT 결과를 팩스로 보내주겠다고 해서 계속 기다렸지만, 컴퓨터에서는 확인이 되지 않았다. 혹시 팩스로 온 건 아닐까 싶어 사무실 바깥으로 나갔다가 가방을 챙기고 있는 하퍼를 보고 깜짝 놀랐다.

나는 눈을 깜빡이며 말했다. "어라, 아직 퇴근 안 했어요?"

"아." 그녀는 앞에 놓여있던 책의 표지를 왼손으로 슬그머니 가렸다. "그냥 책 좀 보느라고요—"

그녀의 책상으로 시선을 돌리니, 두꺼운 생물학 교과서가 놓여 있었다. 심장이 두근거리는 걸 느끼며 내가 물었다. "하퍼! 생물학 수업 들어요?"

그녀의 두 뺨이 붉게 상기됐다. "네, 한번 해보려고요. 아직 포스트 백 프로그램*에 등록한 건 아니지만, 일단 할 수 있는 것부터 해보자 싶어서—"

"하퍼!" 나도 모르게 두 팔을 벌려 하퍼의 어깨를 꽉 끌어안았다. 사실 나는 사소한 스킨십을 싫어하는 사람이었다. 처음 클리닉에서 일하기 시작했을 때 필립에게 그 부분을 조심해 달라는 말까지 했었지만 지금은 그녀를 끌어안지 않고는 배길 수가 없었다. 나는 하퍼가 타고난 의사라고 생각했다. 앞으로 어떤 일을 할지 고민하기에 의대에 가보라며 살살 구슬리던 중이었는데, 내 조언을 진지하게 받아들인 것 같아 정말 기분이 좋았다.

"아이, 별거 아니에요." 그녀는 환하게 웃으면서도 괜히 투덜대듯 말했다. "다른 분들한테는 비밀로 해주세요, 네?"

"알았어요." 나는 아직도 흥분이 가라앉지 않았지만, 말로는 그러겠다고 약속했다. "요즘 생물학 수업에서는 뭘 배워요?"

"식물의 유성생식에 관해 배우는 중이에요. 식물도 성관계를 맺는다는 거, 알고 계셨어요? 믿기 힘들겠지만, 이게 미치도록 지루해요. 진짜 재미가 하나도 없어요. 식물이 섹스하는 걸 도대체 누가 알고 싶겠어요?"

나는 깔깔대며 웃었다. "지렁이 생식 배울 때까지만 참아 봐요. 거기서부턴 그래도 훨씬 나으니까."

하퍼가 짙은 갈색의 긴 머리카락을 귀 뒤로 넘기자, 뺨의 보조개가 드러났다. 나와는 다르게 그녀는 평소 머리카락을 묶지 않고

---

* 학부를 마치고, 미국에 있는 의대 또는 의과대학원에 진학하려는 학생을 위한 교육 과정

늘어뜨리고 다녔고, 그녀의 짙은 갈색 머리카락은 파란 눈과 아주 잘 어울렸다. 파란 눈과 갈색 머리카락을 가진 사람들만 보면, 어쩔 수 없이 아버지가 그런 조합의 여자를 특히 좋아했다는 사실이 자꾸만 떠올랐다. 경찰들이 우리 집에서 찾아낸 그 여자, 맨디 요한슨도 파란 눈에 짙은 색 머리카락을 가지고 있었다. 피해자들 대부분이 마찬가지였다.

때때로 하퍼에게서 맨디 요한슨이 보일 때도 있었다. 그러면 먹은 게 넘어올 것처럼 속이 울렁거렸다.

하지만 걱정할 건 없었다. 아버지는 교도소에 있으니까.

"아무튼, 전 이제 가볼게요. 오늘 써니를 만나 저녁 먹기로 했거든요. 무척 비싼 레스토랑을 예약한 걸 보면, 아무래도…. 아시죠?"

그녀의 눈이 빛나고 있었다. 하퍼는 오늘 남자친구가 프러포즈할 거라고 생각하는 듯했다.

"오, 하퍼! 정말 잘됐네요! 내일이면 나도 반지 구경할 수 있는 거죠?"

"부정 탈지도 모르니까 반지 얘긴 안 하시는 게 좋겠어요." 그녀는 웃으며 말했다.

하퍼는 핸드백을 어깨에 메고는 고급 식당에 가기 전에 옷을 갈아입어야 한다며 집으로 향했다. 그런 그녀를 보니, 나까지 흐뭇해지는 기분이었다.

그런데 또 한편으로는 질투심으로 마음 한구석이 아려왔다. 하퍼는 충분히 행복을 누릴 만한 사람이라고 생각하면서도 누군가 자신의 반쪽을 찾아 결혼한다는 소식을 들을 때면 어쩔 수 없이 내 마음속은 복잡해졌다. 내게는 평생 오지 않을 행복이었다. 의사로서 대단한 커리어를 쌓은 걸로 만족하자고 오래전 결심했지만, 왠지 우울해지는 건 어쩔 수가 없었다.

욕심 부리지 말자고 마음을 다잡았다. 나는 아버지라는 존재를 똑똑히 기억해야 했다.

06

26년 전

우리 학교 학생 중에 마저리 베이커를 좋아하는 사람은 아무도 없었다.

왜 그런지는 눈에 빤히 보였다. 마저리한테는 사람을 짜증나게 하는 뭔가가 있었다. 무슨 말을 할 때 늘 징징거리는 투로 말해서, 마저리가 손을 들고 질문을 하면 '입 닥쳐, 마저리!'라고 말하고 싶어질 정도였다.

내가 그렇게 말한 적은 없지만, 반 아이들 중에는 정말로 그렇게 말한 아이도 있었다.

수업 시간, 마저리의 얼굴은 언제나 어리둥절한 표정이었다. 그다지 어렵지도 않은 내용을 맥긴리 선생님이 아무리 자세히 설명해줘도 마저리는 얼굴을 잔뜩 찡그린 채 계속 못 알아들었다.

게다가 마저리는 예쁘지도 않았다. 일단 입에 비해 앞니가 너무 컸다. 지금보다 한 30퍼센트는 작아져야 적당할 것 같았다. 얼굴은 길고, 이마는 엄청나게 넓었다. 몸매도 울룩불룩한 게 마치 버리려고 내놓은 소파 같았다.

오늘 쉬는 시간에 티파니 커크가 말했다. "마저리가 뒤뚱뒤뚱하면서 걷는 거, 너희도 봤어?"

우리는 모두 운동장 건너편을 쳐다봤다. 마저리는 평소처럼 책을 들고 운동장 끝 계단에 앉으려고 그쪽으로 걸어가고 있었다. 티파니 말이 맞았다. 마저리는 뒤뚱거리며 걷고 있었다.

"이런 맙소사, 진짜 그러네! 꼭 오리 같아!" 캐리 스미스가 말했다.

그러자 다른 여자애들까지 전부 꽥꽥 소리를 내기 시작했다. 그 소리가 워낙 커서 마저리도 고개를 들어 우리를 쳐다보았고, 아이들은 모두 우습다고 깔깔거렸다. 하지만 모두 웃을 때, 나는 웃지 않았다.

마저리는 그럴 때마다 얼굴이 빨갛게 달아오르긴 했지만, 이미 그런 일에 익숙한 듯 아무 말도 하지 않았다. 그런 마저리가 답답할 때도 있었다. 티파니나 캐리가 나한테 그랬다면…. 흠, 나한테는 그렇게 할 리가 없었다. 그러면 왜 안 되는지는 그 애들이 더 잘 알았다.

마저리에 대해 한참 험담을 늘어놓던 아이들은 이제 다른 주제로 넘어가 수다를 떨었다. 하지만 이상하게도 나는 계속 운동장 건너편에 앉아 있는 그 애에게 자꾸 시선이 갔다. 그 애는 같이 놀

사람이 없어 늘 혼자 책을 읽었다. 그런 마저리에게서 눈을 뗄 수가 없었다.

매일 학교가 끝나면 나는 집까지 혼자 걸어가곤 했다. 하지만 오늘은 우리 집과는 방향이 다른데도 마저리의 뒤를 천천히 따라 걷고 있었다. 내가 따라간다는 걸 눈치채지 못하도록 적당히 거리를 두며 걸었다. 마저리는 완전히 자기만의 세계에 빠져 주위를 잘 살피지도 않고 있었다. 매우 위험한 태도였다. 가령 나쁜 사람이 자신을 공격할 수도 있는데, 그 사람이 자기 눈앞에 올 때까지 알아채지 못한다면 꼼짝없이 당할 수밖에 없을 테니까.

대략 5분쯤 지나 작은 숲 근처에 이르렀을 때, 사람들이 하이킹을 하는 좁은 길이 숲 안쪽으로 이어져 있는 게 눈에 들어왔다. 나는 그 앞에서 천천히 걸음을 멈추었다. 그리고는 아무도 없는, 울퉁불퉁한 산길을 잠시 내려다봤다. 원래도 왕래가 적은 길이었지만, 평일 오후라 더더욱 누가 있을 리 없었다.

여기 좀 흥미로운데?라는 생각이 들었다.

몇 분 더 걸어가던 마저리는 작고 하얀 집의 현관으로 들어갔다. 이층의 겉창은 부서진데다 앞마당의 잔디는 제멋대로 자라 있었다.

마저리가 안으로 사라진 뒤, 나는 몸을 낮추고 재빨리 집 옆을 돌아 창가로 다가갔다. 집에는 마저리 말고는 아무도 없는 것 같았다. 진입로에 주차된 차도 없었다.

집의 벽을 따라 민들레가 무척 많이 자라 있었다. 아빠는 민들레꽃이 노랗고 예쁘긴 하지만, 그래도 잡초이기 때문에 뽑지 않고 놔두면 정원이 지저분해진다고 말한 적이 있었다. 그래도 나는 민들레를 밟지 않으려고 조심스럽게 발을 떼며, 창을 통해 안을 들여다봤다.

마저리는 거실 한가운데 놓인 소파에 앉아, 손에는 감자 칩 한 봉지를 들고 입 안 가득 감자 칩을 밀어 넣고 있었다. 감자 칩 먹는 소리가 굉장히 리드미컬하게 들렸다.

부스럭. 아작 아작 아작. 부스럭. 아작 아작 아작.

10분쯤 마저리를 지켜본 후, 나는 이 집에 다른 사람은 아무도 없다는 걸 확신했다. 매일 오후 마저리가 학교에서 돌아와도 집은 늘 텅 비어 있었다.

누구에게 들키기 전에 나는 그곳을 빠져나왔다. 집 안을 훔쳐보고 있는 모습을 누군가에게 들킨다면 곤란한 것 같았기 때문이다. 아빠는 뭔가 나쁜 짓을 할 거면 들키지 않게 하라는 말을 하곤 했다. 내가 찬장에서 쿠키를 몰래 꺼내먹었을 때도 아빠는 그렇게 말했었다. 쿠키가 없어진 걸 엄마 아빠가 알면, 네가 몰래 훔쳐 먹었다는 게 금방 들통 나지 않겠니? 그건 바보 같은 짓이야, 노라. 다음에는 바보처럼 굴지 않길 바란다.

나는 반대 방향으로 걸어 집으로 갔다. 마저리네 집과는 달리, 우리 엄마는 현관 앞에서 나를 애타게 기다리고 있었다.

"노라!" 엄마는 통통한 두 손을 허리에 올리고 나를 혼냈다. "왜 이렇게 늦었니? 걱정했잖아!"

"다른 애들과 같이 해야 하는 모둠 과제가 있었어요."

엄마는 과장되게 한숨을 푹 내쉬었다. "그래? 다음에도 또 늦을 일이 생기면 그땐 엄마한테 미리 말해줄래?"

"이번 주에 한 번 더 늦을지도 몰라요. 그날 미리 말할게요." 나는 말했다.

"알았어." 엄마는 몸을 기울여 나를 꽉 끌어안더니 내 머리에 뽀뽀했다. 엄마는 부엌으로 돌아갔고, 나는 복도를 지나 계단을 향해 걸어갔다. 그리고 언제나 그랬듯 지하로 내려가는 문 앞을 지나쳤다. 아빠는 이번 주 내내 자주 지하실을 드나들었다.

나는 훅 끼쳐오는, 익숙한 라벤더 향을 맡으며 지하실 문 앞에서 걸음을 멈췄다. 그때 무슨 소리가 들렸다.

나는 얼굴을 찡그리며 지하실 문을 바라보았다. 아빠는 아직 집에 오지 않았다. 그런데 왜 지하실에서 소리가 나는 거지? 뭔가를 치는 것 같은 소리였다. 약하지만, 분명히 무슨 소리를 들었다.

그리고 다른 소리도 들렸다. 얼핏 입을 막은 채 내는 비명 소리 같았다.

저 아래서 무슨 일이 벌어지고 있는 거지?

나는 문고리를 손으로 잡았다. 힘껏 돌려보았지만, 당연하게도 문은 열리지 않았다. 지하실 문은 항상 잠겨 있었으니까.

"노라, 거기서 뭐 하니?"

엄마의 목소리가 날카로웠다. 나는 오른손을 등 뒤로 돌리며 얼른 문에서 떨어졌다. 나쁜 짓을 하다 들킨 것처럼 보이지 않으려고 열심히 머리를 굴렸다.

"저기…. 지하실에서 무슨 소리가 나는 것 같아요." 나는 웅얼거렸다.

"뭔가 쓰러졌나 보지." 엄마가 말했다. 우리는 둘 다 거기 서서 잠시 귀를 기울였다. 하지만 아무 소리도 나지 않았다. "뭔가 쓰러졌다면 확인해 봐야 하는 거 아닐까요? 뭔가 깨졌을 수도 있잖아요."

"뭔가가 깨졌다면 아빠가 퇴근한 뒤에 알아서 처리하실 거야."

"그나저나 아빠는 도대체 뭘 만드는 거예요?" 나는 투덜대며 말했다.

엄마는 잠시 머뭇거렸다. "지난번에 책장을 만드는 중이라고 하더라. 뭐가 깨졌든 아니든 아무튼 네가 할 일은 없으니까 신경 쓰지 마."

나는 몸을 돌려 발을 쿵쿵거리면서 계단을 올라갔다. 왜 그렇게 지하실 근처에 얼씬도 못 하게 하는지 이해가 되지 않았다. 혹시 내려가더라도 아빠 물건을 함부로 만지거나 어지럽히지도 않을 텐데. 아빠가 뭘 만드는지 왜 보지도 못하게 하는 거지?

그리고 그 소리는 뭐였을까? 꼭 비명 소리 같았는데.

이층으로 올라와 내 방에 들어가자마자, 침대 위에 털썩 주저앉았다. 그리고는 가방 안을 뒤적여 작문 노트를 찾았다. 가방 앞주머니에서 연필도 꺼냈다. 앞주머니에는 연필과 펜 외에 다른 것도 들어 있었는데, 바로 주머니칼이었다. 이 칼은 위험에서 스스로를 보호할 수 있게 항상 가지고 다니라며 아빠가 선물로 준 것이다. 우리 동네는 위험하기는커녕 지구상에서 가장 안전하고 따분한 곳임에도 불구하고 아빠는 그렇게 말했다.

나는 방 반대편 책장 위에 놓인 케이지를 쳐다봤다. 일주일 전까지만 해도 케이지에는 아빠가 생일 선물로 준, 쥐 한 마리가 살고 있었지만 일주일도 안 돼 죽고 말았다. 매우 갑작스러운 일이었다. 아빠는 쥐를 신발 상자에 담아 뒷마당에 묻어 주었다. 쥐를 위해 다 함께 장례식을 치러 주는 동안, 엄마는 자꾸만 슬프다는 말을 했다. 겨우 쥐 한 마리 죽은 것뿐인데, 뭐가 그리 슬픈 걸까? 나는 도무지 이해가 되지 않았다.

숙제를 하기 위해 노트를 펼쳐 빈 페이지를 찾았다.

그러고는 한참 동안 빈 페이지만 내려다보다가 연필심을 꾹꾹 눌러가며 거기에 마저리 베이커의 이름을 적었다.

그리고 밑줄을 그었다.

07

현재

마침내 일을 다 마치고 집에 가려는데, 밖을 보니 비가 오고 있었다. 나는 잠시 건물 로비에 서서 하늘에서 떨어지는 굵은 빗방울을 바라보았다. 우산이 없어서 재킷에 달린 모자를 뒤집어쓰고 작은 주차장을 전력으로 달렸다. 내 차 문을 확 열고 얼른 운전석에 앉았다.

옷이 젖어 찝찝했기 때문에 빨리 집에 가는 게 좋을 것 같았다. 따뜻한 차 한 잔 마시며 잠깐 텔레비전이나 보다가 자야지, 생각했다.

하지만 내 손은 휴대폰의 내비게이션에 주소 하나를 찍고 있었다. 고속도로에서 그리 멀지 않은 곳이었다. 목적지 근처에 다다르자, 나는 자동차 헤드라이트를 껐다. 길 건너편에 차를 대고 차창 밖을 내다봤다.

"목적지에 도착했습니다. 안내를 종료합니다." 내비게이션의 여자 목소리가 말했다.

"응, 고마워." 나는 중얼거렸다.

와이퍼가 열심히 빗물을 닦는 동안, 나는 차 앞 유리를 통해 켈로그 씨의 집 현관을 바라보고 있었다.

무슨 생각으로 여기 온 건지 나도 내 마음을 알 길이 없었다. 진료비 계산서에서 켈로그 씨의 주소를 한 번 봤을 뿐인데, 주소가 머릿속에 박혀 잊히질 않았다. 곧장 집으로 가려고 했는데, 켈로그 부인의 까만 눈이 자꾸만 떠올랐고, 미처 깨닫기도 전에 내비게이션에 그 집 주소를 치고 지금 여기 와 있었다.

나는 길 건너편, 환하게 불이 켜진 집 창문을 계속 응시했다. 창문에 사람의 실루엣은 전혀 비치지 않았다. 아무래도 두 사람은 식탁에서 저녁을 먹거나 함께 소파에 앉아 TV를 보는 모양이었다.

나는 내 손을 내려다봤다. 운전대를 얼마나 꽉 쥐고 있었는지 손마디가 하얗게 변해 있었다.

부르르 떨며 숨을 깊이 한 번 들이마셨다. 그리고 또 한 번.

그런 다음 급하게 기어를 바꾸고, 당장 그곳을 빠져나왔다.

이제는 집에 가고 싶지 않았다. 아무도 없는 집에 들어간다는 생각만으로도 기분이 나빠지려 했다. 결국 나는 거리 표지판을 확인한 뒤, 크리스토퍼즈를 향해 차를 몰았다. 오늘 밤에도 올드 패션 생각이 간절했다. 딱 한 잔만 마셔야지.

주차장에 차를 대는데, 헨리 캘러핸이 오늘도 여기 와 있을지 모른다는 생각이 문득 머리를 스쳤다. 가슴이 덜컥 내려앉는 기분이었다.

아, 이런. 그래도 마셔야겠어.

여전히 비가 내리고 있어 재킷의 모자를 다시 썼다. 주차장을 급히 가로질러 바 안으로 들어가니, 다행히 어제 본 그 바텐더를 제외하고는 아는 얼굴이 하나도 없었다. 평범한 갈색 눈, 갈색 머리카락, 매번 볼 때마다 거뭇거뭇 자라 있는 수염. 어제 캘러핸이 귀찮게 굴 때, 내 편이 되어준 사람. 어디선가 본 것처럼 이상하게 낯이 익은 사람. 전에 봤을 때도 그런 느낌이 들더니, 오늘은 그 느낌이 더 강했다.

그가 병따개로 맥주병을 따는 모습을 나는 가만히 지켜봤다. 분명 어디선가 만난 적이 있다는 확신이 들었다. 하지만 어디서 봤지?

나는 바 테이블에 앉아 그가 나를 볼 때까지 기다렸다. 어쩌면 혼자만의 상상일 수도 있었다. 하지만 나를 본 그의 얼굴빛이 살짝 환해지는 걸 봤다. "선생님, 오늘도 올드 패션으로 드리면 되죠?" 그가 물었다.

저 목소리. 목소리도 귀에 익었다. 진짜 미치겠군. "네, 고마워요."

그는 내 앞에서 칵테일을 만들었다. 그냥 나 혼자 상상한 걸 거야. 그는 어제보다 위스키를 좀 더 넣는 것 같았다. 칵테일이 완성되자, 그는 얇은 갈색 술잔을 카운터 위에 올려놓고 내 앞으로 밀었다. "맛있게 드세요."

차가운 유리잔을 손가락으로 감쌌다. "잠깐만요."

내가 부르자, 왜 그러냐는 듯 그의 눈썹이 위로 올라갔다.

나는 목을 가다듬고 물었다. "우리 어디서 본 적 있지 않나요?"

그는 그 자리에 그대로 얼어붙었다. 표정을 보니, 나를 처음 본 순간부터 그는 내가 누구인지 알았던 게 분명했다. 알면서도 말하지 않았구나.

"맞아요." 그가 마침내 입을 열었다. "저…. 나, 브래디 미첼이야."

…뭐? 오 이런, 다 기억났다. "브래디? 우리 데이트했었잖아!"

그의 입술 한쪽 끝이 위로 말려 올라갔다. "뭐, 그랬다고 볼 수 있지."

사실은 그저 데이트 한 번 한 사이 정도가 아니었다. 그도 알고 있었다. 우리는 애인이라면 애인이랄 수도 있는 그런 사이였다. 하지만 까마득히 먼 옛날얘기였다. 대학 시절, 컴퓨터 공학과 수업을 들은 적이 있었는데, 그는 그 수업의 조교였다. 학기가 끝나 학점까지 다 나왔을 때, 그는 내게 데이트 신청을 했고, 나는 그가 어딘가 얼빠진 놈 같으면서도 귀엽다는 생각이 들어 좋다고 했다.

하지만 이제 그는 전혀 얼빠진 놈 같지 않았다. 한눈에 알아보지 못한 게 전혀 이상하지 않을 정도로 그는 매우 다른 사람이 되어 있었다. 훨씬 다부지고 단단해진 것처럼 보였다. 예전에는 비쩍 마르고 키만 커서 어딘가 물러 터져 보였고, 수염도 말끔히 깎고 다녔었는데, 이제는 얼굴 가득 수염이 나 있었고…. 흠, 그런데 왜 여기서 바텐더를 하고 있지? 컴퓨터 공학을 전공한 사람이? 그는 컴퓨터로 뭐든 할 수 있는 천재였는데?

"그런데 왜 아는 체 안 한 거야?" 내가 물었다.

그의 눈이 내 눈과 마주쳤고, 굳이 대답을 듣지 않아도 왜인지 알 것 같았다. 지금 이런 자기 모습이 초라하다고 느낀 게 분명했다. 왜 이런 데 와 있는 거지? 바에서 일하는 게 나쁘다는 게 아니라, 나는 지금쯤 그가 빌 게이츠처럼 대단한 사람이 돼 있을 거라고 생각했었다. 뭔가 잘못됐나? 해킹하다 걸렸다거나…, 설마 마약? 짐작조차 하기 어려웠다.

"아무튼, 꿈 이룬 거 축하해. 너, 외과 의사 되는 게 꿈이었잖아? 그때도 이렇게 될 거라고 생각은 했었어. 너처럼 열심히 노력하는 사람은 보질 못했으니까. 의학의 신에게 제물을 바치는 것 빼고는 뭐든 다 했었지 아마?"

"고마워."

술을 한 모금 마시니, 따뜻한 기운이 몸 안으로 서서히 퍼져 나갔다. 브래디 미첼. 세상에. 내 기억이 맞다면, 우리는 거의 석 달쯤 만났었다. 남자친구로서 브래디는 괜찮은 상대였다. 그만 만나자고 한 건 나였지만, 정신적 충격을 받을 만큼 심각한 관계도 아니었다. 그래도 좋게 끝난 편이었다.

그런데 왜 끝내자고 했는지는 도무지 기억이 나질 않았다. 남자를 3개월 이상 만난 경우가 없었는데(정말로 그랬다), 그래도 3개월이나 만났다가 헤어진 걸 보면 분명 헤어질 수밖에 없는 확실한 이유가 있었을 터였다.

그게 뭐였지?

그에게 직접 물어볼 수도 없는 노릇이었다. 그 당시 헤어져야 하는 이유를 말했다 하더라도, 내 속마음을 사실대로 말했을 것 같진 않았다.

"내가 왜 여기서 일하는지 궁금하지 않아?" 그가 말했다.

나는 눈을 깜빡이며 말했다. "조금은."

그는 만족스러운 듯 고개를 끄덕였다. "내가 왜 여기 있냐면 말이지, 실리콘 밸리에 있는 굉장히 좋은 회사에 들어가긴 했었어. 그런데 멍청하게도 아는 사람들이랑 벤처기업을 해 보겠다고 그 좋은 일자리를 관둔 거야. 물론 사업은 완전 쫄딱 망해 버렸고. 그래서 지금은 여기저기 이력서를 내보는 중인데, 어떻게 된 게 연락 오는 데가 한 군데도 없네." 그는 주변을 한번 둘러보았다. "그렇다고 길거리에서 노숙자 생활을 할 순 없으니 여기서 일하는 거야."

"그랬구나." 병원 쪽 아는 사람을 통해 IT 부서에 취직시켜 줄 방법이 있지 않을까? 하지만 브래디가 그걸 받아들일지는 알 수 없었다. "금방 좋은 일자리 찾을 수 있을 거야."

"그래야지…. 그런데 요즘 취업시장이 그렇게 좋질 않아. 물론 전부 내 잘못이긴 하지만." 그는 자기 턱을 손으로 문질렀다. "그런데 사실은 말이야, 여기서 일하는 게 꽤 재밌어. 머리 식히는 기분이랄까? 15년 동안 매일 밤낮으로 컴퓨터만 들여다보고 있었더니 사시가 되는 기분이었거든. 빌어먹을 손목 터널 증후군도 생기고."

그는 다시 슬며시 웃었다. 아 이런, 좀 귀엽잖아. 난 도대체 이 남자랑 왜 헤어진 거지? 전혀 기억이 나질 않으니 정말 돌아버릴 것 같았다. "지금쯤 결혼했을 거라고 생각했었어." 내가 말했다.

자신을 찾는 손님이 없는지 그는 주변을 흘깃 둘러봤지만, 오늘 밤 바는 조용했다. "어, 하긴 했었어. 이혼했지만."

"이런, 유감이네."

그는 머리를 저었다. "유감이란 말은 결혼했을 때가 훨씬 더 적당해. 지금은 축하한다고 해야지. 거기서 빠져나왔으니까."

"아. 그럼, 축하해."

"아주 고마워." 그는 대놓고 내 왼손을 내려다봤다. 반지 같은 건 없었다. "넌 어때?"

"결혼 근처에도 안 가봤어."

그는 코웃음을 쳤다. "뭐, 놀랍지도 않네."

나는 급히 숨을 들이마셨다. "왜 놀랍지도 않다는 거야?"

그는 큰 소리로 웃었다. "대학 다닐 때 네가 거의 주문 외듯 했던 말 기억 안 나? '난 절대 결혼 안 할 거야, 브래디. 아이도 절대 안 낳을 거야.'"

"아, 그랬지. 아무래도 난 내가 원하는 게 뭔지 일찍부터 알고 있었나 봐."

나는 술을 한 모금 더 마셨다. 알코올 때문인지 뭣 때문인지는 모르겠지만, 대학 시절에도 브래디에게 이런 식으로 마음이 끌렸었던가? 그때 일이 잘 기억나지 않았다. 예전에 좋아했던 이 남자가 지금은 더욱더 섹시한 사람이 되어 있었다. 하지만 그래서 뭐? 그런다고 달라지는 건 아무것도 없었다. 이미 오래전 일이었다. 그리고 나는 조금 전 내 수술복 바지(신발 바로 위, 수술 가운이 끝나는 지점)에 피가 묻어있다는 걸 뒤늦게 알아차렸다. 아무래도 오전에 수술할 때 튄 것 같았다. 이런 내 모습은 섹시함과는 아주

거리가 멀었다.

브래디가 내 아버지 같은 사람이라면 또 모를까.

"어제 그 남자…. 여기서 나간 뒤에도 계속 귀찮게 한 건 아니지?" 그가 물었다.

어젯밤 내가 집으로 돌아갈 때 캘러핸이 나를 따라왔었다는 말은 안 하는 게 좋겠다고 생각했다. 괜히 걱정만 시킬 테니. "응, 아무 일 없었어."

그가 카운터에 몸을 기대자, 그에게서 애프터셰이브 로션 향이 살짝 풍겼다. "걱정되더라고. 네가 차까지 무사히 잘 가는지 보려고 출입문 쪽으로 가던 중이었는데, 갑자기 손님들이 우르르 들이닥치는 바람에 확인을 못 했지만."

"괜찮아. 그런 놈 하나쯤은 혼자서도 충분히 해결할 수 있어."

그의 입가에 미소가 감돌았다. "물론, 그러시겠지."

너랑 헤어진 이유를 나는 왜 기억하지 못 하는 걸까?

누군가 브래디를 불러 주문을 했고, 나는 혼자 남게 됐다. 올드패션을 홀짝거리며 브래디가 왔다 갔다 하는 모습을 지켜봤다. 바 테이블 반대편에 있던 여자가 술을 주문한 뒤에도 브래디를 붙잡고 계속 치근거리고 있었다. 한 손으로 그의 팔을 잡고, 브래디가 뭔가 웃긴 소릴 했는지 깔깔거리며 웃고 있었다. 어쩌면 그냥 웃는 것일 수도 있었다. 브래디는 여자의 그런 행동을 다 받아주면서도 내가 신경 쓰이는지 이쪽을 몇 번 돌아봤다.

나는 아예 관심 없는 척, 카운터 위에 설치된 텔레비전을 올려다봤다. 저녁 뉴스 시간이었다. 준수한 외모의 기자가, 앰버 스완슨이라는 젊은 여성이 실종됐다는 뉴스를 보도하고 있었다. 경찰이 수색 중이지만, 아무런 단서나 흔적도 발견되지 않아 행방이 묘연한 상태라고 했다.

이 세상은 정말 위험한 곳이었다.

나는 남은 술을 마저 마시고 계산하기 위해 핸드백을 들었다. 그런데 지갑을 꺼내기도 전에 어느새 브래디가 내 앞에 와 있었다.

"어? 벌써 가게?"

나는 고개를 끄덕였다. "어, 가야지."

"우산 있어?"

나는 창밖을 내다봤다. 여기 온 이후로 빗줄기는 더욱 거세진 것 같았다. 굵은 빗줄기가 주룩주룩 쏟아지고 있었다. "괜찮아."

브래디는 카운터 아래로 손을 뻗더니, 작게 접힌 우산 하나를 꺼내 내 앞으로 내밀었다. "비 맞으면 안 되지."

"네가 쓸 우산을 내가 어떻게 가져가?"

"제발 가져가. 지금 밖에 엄청나게 퍼붓고 있다고."

나는 다시 거절하려 했지만, 브래디도 고집을 굽히지 않았다. 거절이 통할 것 같지 않은 느낌이었다. "그럼, 고마워."

그는 잠시 망설이더니 말했다. "한 30분만 있으면 나도 일 끝나는데, 같이 한잔하지 않을래?"

나는 빈 술잔을 내려다봤다. "오늘 밤은 벌써 충분히 마셨어. 내가 취하길 바라는 건 아니지?"

"알았어, 알았다고…. 그럼 저녁은 어때? 그리스 음식 잘하는 델 알거든." 그는 싱긋 웃으며 말했다. "같이 예전 일을 떠올려 보면 재밌을 것 같지 않아?"

그렇긴 했다. 같이 '예전 일'을 '떠올릴' 수도 있겠지. 그게 진짜 재밌을지는 모르겠지만.

"흠." 나는 지갑을 만지작거렸지만, 무슨 대답을 할지는 이미 정해져 있었다. "실은 말이야, 오늘 아침 다섯 시에 일어났거든."

"그래도 완전 팔팔해 보이는데?"

"보이는 게 다가 아니야." 나는 카운터 위에 10달러 지폐를 내려놓으며 미안한 표정으로 웃어 보였다. "게다가 내일 아침에도 일찍 일어나야 해서 그래. 외과 의사들이 어떻게 사는지는, 너도 알잖아?"

"아니, 몰라." 그는 슬픈 얼굴로 머리를 저으며 한숨을 쉬었다. "하지만 괜한 기대 품지 않게 확실히 말해줘서 고마워, 노라. 난 항상 네 그런 점이 좋았어."

"도움이 됐다니 기쁘네."

나 지금 실수 하는 건가? 귀여운 남자랑 하룻밤 보내는 게 어쩌면 내가 원하는 것일 텐데. 그래도 안 돼. 브래디랑 하룻밤을 같이 보내게 된다면, 왠지 하루로 끝나게 될 것 같지 않았다. 브래디에겐 분명 뭔가가 있었다.

"그럼 혹시라도 마음이 바뀌면," 부드러운 갈색 눈이 내 눈을 지그시 바라보았다. "아까도 말했지만 나는 여기 30분쯤 더 있을 거거든? 그리고 내일 밤에도 여기서 일할 거고. 네가 내일 아침에 일어나서 오늘 거절한 걸 깊이 후회하게 될까 봐 미리 말해주는 거야."

나는 입꼬리를 씰룩이며 웃었다. "네 마음이 바뀌면 그땐 어쩌고?"

"그럴 리는 없어." 그는 내 오른손에 쥐고 있는 검정 우산을 보며 고개를 까딱했다. “그리고 내 우산 돌려주려면 한번 오긴 와야 하잖아?”

그는 또다시 나와 눈을 맞추고 한동안 가만히 바라보았다. 솔직히 말하면, 지금이라도 생각을 바꾸고 그렇게 하자고 말하고 싶었다. 하지만 이미 오래전 그런 건 아예 포기하기로 다짐했었다. 내가 어떤 사람인지, 내가 뭘 할 수 있는지 나는 나 자신을 너무 잘 알았다. 나는 의자에서 일어나 크리스토퍼즈를 나왔다. 우산은 브래디가 없는 시간에 와서 돌려주고, 그가 다른 직장을 구해 떠날 때까지 당분간은 이 바에 오지 않아야겠다고 생각했다.

08

밖으로 나오니, 양동이로 들이붓는 것처럼 비가 쏟아지고 있었다. 브래디가 우산을 빌려주지 않았으면 큰일이었겠다 싶을 정도였다.

나는 조수석에 우산을 던져 놓고, 곧바로 집을 향해 차를 몰았다. 빨리 집에 가 따뜻하고 마른 옷으로 갈아입고 싶었다.

메인 도로를 달리던 나는 집으로 이어진 샛길에서 방향을 틀었다. 그리고 그 순간, 내 차 뒤에 나타난 헤드라이트 한 쌍이 보였다.

아, 이런. 설마 또 따라온 건가?

심장이 쿵쾅대기 시작했다. 어쩌다 같은 방향으로 가는 차를 만난 것뿐이겠지. 그리고 크리스토퍼즈에 헨리 캘러핸이 오지 않았다는 사실도 눈으로 직접 확인하지 않았던가? 정말로 그는 이틀 연속 나를 쫓아오며 시간을 낭비하려는 걸까?

충분히 그럴 수 있었다. 오늘 나는 하퍼를 통해 앞으로 우리 클리닉에서 진료를 받을 수 없다는 사실을 그에게 통보하게 했다. 어쩌면 그 전화가 그의 심기를 건드렸을 수도 있었다.

연이어 방향을 세 번이나 틀었는데도, 부딪칠 정도로 가까운 거리에서 바짝 따라오는 걸 보면, 더는 우연의 일치라고 여길 수가 없었다. 나를 따라오고 있는 게 확실했다.

신호등에 빨간불이 켜졌을 때, 나는 차의 속도를 늦추며 눈에 힘을 주고 백미러를 들여다봤다. 분명 파란색 닷지였다. 운전석에 앉은 남자의 실루엣 역시 낯익었다. 또다시 내 뒤를 따라온 걸 보면 헨리 캘러핸은 이런 게 퍽이나 재밌는 모양이있다.

그가 상향등을 켰고, 갑자기 쏟아진 강렬한 불빛에 순간 눈이 먼 것 같았다.

심호흡을 했다.

아버지라면 이럴 때 어떻게 했을까?

집으로 가는 이 길을 운전해 다닌 지도 벌써 몇 년째였다. 길이 좁았지만, 나는 속도를 조금씩 올렸다. 백미러로 보니, 뒤차도 똑같이 속도를 높이며 따라왔다. 내가 어떻게 하든 뒤차는 계속 바짝 쫓아오고 있었다. 위험할 정도로 가까이.

어제처럼 다시 경찰서로 운전해 갈 수도 있었지만, 그러지 않았다.

나는 홱 방향을 틀어 다른 길로 들어섰다. 그 길은 내가 급히 종합병원에 가야 할 때 종종 이용하는 길로, 폭도 좁고 길도 매우 구불구불했다. 오늘처럼 비가 쏟아지는 어두운 밤, 그 길을 운전하는 건 쉬운 일이 아니었다.

그리고는 액셀을 더 세게 밟았다.

2분쯤 달렸을 때, 바로 앞에 급회전 구간이 나타났다. 급회전 구간 표지판이 하나 서 있었지만, 비가 오는 깜깜한 밤에 그걸 알아보기란 불가능했다. 나처럼 이 길로 자주 다닌 사람만 알 수 있는 곳이었다. 나는 액셀을 밟았던 발을 브레이크로 살짝 옮기며, 운전대를 돌렸다.

바퀴에서 끼익 소리가 나긴 했지만 내 차는 무리 없이 모퉁이를 돌았다. 하지만 소형 닷지는 나만큼 능숙하게 방향을 틀지 못했다. 그리고 앞에 뭐가 있는지도 보지 못했다.

눈으로 보기 전에 굉음이 먼저 들려왔다. 자동차가 나무를 들이받고 찌그러지며 나는 소리가 엄청나게 요란해 나도 모르게 움찔했다. 백미러로 보니, 자동차에서 연기가 자욱하게 피어오르고 있었다. 헤드라이트 불빛은 이제 사라지고 없었다.

사고 현장을 조금 벗어난 뒤에 나는 휴대폰으로 전화를 걸었다.

전화벨이 몇 번 울린 후, 여자 교환원이 전화를 받았다. "911입니다. 무슨 일이시죠?"

"저…. 방금 지난 온 도로에서 차 사고가 난 걸 봤어요." 나는 걱정 섞인 목소리를 적당히 연기하며 말했다. "아무래도 운전자가 다친 것 같아서요."

나는 대략적인 사고 위치를 알려 준 뒤, 전화를 끊었다. 그리고 멈추지 않고 계속 운전만 했다. 그가 괜찮은지 어떤지는 확인하지 않았다. CPR 같은 응급처치를 해야 하는 건 아닐까 고민하지도 않았다.

그냥 거기 내버려 두었다.

당신은 실수한 거야. 그런 짓을 하기 전에 내가 누구 딸인지 정도는 미리 알았어야지.

아버지는 끔찍한 범죄를 저지르고도 양심의 가책조차 느끼지 않았다. 음침한 복도나 길거리, 아니 그 어디에서라도 절대 마주치고 싶지 않은 그런 사람이 바로 내 아버지였다.

그리고 옛말에도 있듯이 피는 못 속이는 법이다.

09

차고에서 현관으로 걸어 들어가며 불을 켰는데, 오늘따라 집이 더 휑하게 느껴졌다.

"자기, 나 왔어!"

1층 공간 안에 내 목소리가 울려 퍼졌다. 있는 돈 없는 돈 다 끌어모으면 더 큰 주택을 살 수도 있었지만, 그러지 않은 건 정말 잘한 일이었다. 지금보다 더 큰 집이었다면 밤에 무서웠을 것 같았다. 물론 내가 쉽게 겁먹고 그런 사람은 아니지만.

나는 잠시 복도에 서서 생각했다. 지금쯤 구급 대원들이 헨리 캘러핸을 찾아냈을까? 생명이 위험할 정도로 크게 다친 건 아니겠지?

갑자기 죄책감이 몰려왔다. 아니, 애초에 내 뒤를 따라온 것부터가 잘못이었어. 사고 난 게 내 책임은 아니잖아? 하지만 그 길모퉁이에서 어떤 일이 벌어질지 나는 이미 알고 있었다. 그리고 얼마나 다쳤는지 가서 확인해 볼 수도 있었지만 그러지 않았다.

이건 내가 아니라 아버지가 했을 법한 행동이었다. 가볼 걸 그랬나? 그래도 의사인데, 정말 심하게 다쳤다면 뭔가 조치를 취할 수도 있었을 텐데. 아버지와는 다르게 살겠다고 마음먹었으면서.

하지만 나는 금세 죄책감을 밀어냈다. 나를 쫓아오며 괴롭힌 건 그 인간이야. 다 자처한 일이었어.

아무튼 그 생각은 더 이상 하지 않기로 했다.

오늘 아침 집을 나서기 전에 건조기에 빨래를 잔뜩 집어넣었던 게 기억났다. 저녁을 먹기 전에 그것부터 꺼내놓아야 할 것 같았다.

지하실 문을 열고, 전등 스위치를 눌렀다. 집은 비교적 낡은 편이었고, 지하실도 제대로 마감이 안 된 상태라 매우 어수선했다.

필립 선배가 집 구경을 왔을 때(정말이지 괜히 불렀다 싶었다), 이 지하실을 보더니 여긴 꼭 좀 어떻게 하라며 이런 소릴 했었다. '와, 여기 꼭 지하 감옥 같다, 노라.'

나는 콘크리트 계단을 밟고 지하실로 내려가면서 선배 말도 일리가 있다고 생각했다. 벽에는 벽돌이 그대로 다 드러나 있었고, 칙칙한 회색 페인트가 칠해진 천장에는 금이 가 있었다. 조명도 천장에 달린 전구 하나가 전부였는데, 살짝 깜빡거리기까지 했다.

진짜 지하 감옥처럼 보였다.

어쩌면 이 집을 고를 때 내가 원했던 게 정확히 그거였는지도 모른다는 생각이 들었다. 아버지는 우리 집 지하실에 지하 감옥을 만들었다. 하지만 나는 똑똑하니까 직접 만들 필요가 없도록 이미 갖춰진 집을 산 게 아닐까? 사실 이곳은 어린 시절 살았던 그 집 지하실과 아주 비슷해 보이긴 했다. 평소 문을 잠가놓진 않았지만, 지하실 문에 잠금장치도 달려 있었다.

혹시 라벤더 향이 나는 건 아닐까? 나는 심호흡을 하며 잠시 코끝에 모든 신경을 집중시켰다.

고개를 흔들어 정신을 차리고는 얼른 세탁기 앞으로 갔다. 그리고 건조가 끝난 수술복 한 뭉치를 최대한 빨리 세탁 바구니에 담고, 뛰다시피 1층으로 올라와 지하실 문을 세게 쾅 하고 닫았다.

나는 지하실 문에 이마를 댄 채 거친 숨을 몰아쉬었다. 왜 저 아래에서 라벤더 냄새가 나는 걸까? 라벤더 향이 나는 세탁 세제를 쓴 적도 없는데. 이건 착각일 거야. 어쨌든 이 집 지하실은 아빠가 만든 지하실과 그렇게 비슷하지도 않았다.

아닌가?

그때 뒷문에서 익숙한 소리가 들렸다. 고양이가 머리로 문을 건드릴 때 나는 소리였다. 나는 깊이 심호흡을 한 다음 빨래 바구니를 바닥에 내려놓았다. 고양이 밥을 먼저 주고, 빨래를 개야지. 그런 다음 뭘 좀 먹자.

나는 찬장에서 고양이용 통조림을 꺼냈다. 이번에는 돼지고기 통조림이었다. 뒷문을 열자, 고양이가 나를 빤히 올려다보고 있었다. 이전까지 나는 살아있는 생물(심지어 식물조차)을 보살핀 경험이 없었지만, 그렇다고 그걸 싫어하는 건 아니었다. 고양이가 좋아하면 나도 기분이 흐뭇해졌다.

통조림을 그릇에 부어주자, 고양이는 신이 나 게걸스럽게 먹기 시작했다. 잠깐 망설이던 나는 손을 뻗어 고양이의 등을 가만히 쓰다듬어 보았다. 털이 무척 보드라웠다. 고양이는 먹던 것도 멈추고, 고개를 들어 내 손에 코를 문질러댔다.

오늘 밤은 날씨가 추웠다. 안으로 데리고 들어와야 하는 거 아닐까? 딱 하룻밤만…. 고양이라도 있으면 덜 외로울 것 같았다.

안 돼, 안 돼. 세상에, 무슨 생각을 하는 거야? 난 동물을 키워선 안 되는 사람이었다. 벌써 예전 일을 다 잊은 거야?

나는 고양이에게서 얼른 손을 뗐다. 고양이는 날카로운 눈빛으로 나를 봤지만(왠지 그렇게 느껴졌다), 곧 다시 먹는 일에만 집중했다. 나는 재빨리 뒷문을 닫고 문을 잠근 다음, 저녁을 먹으러 갔다.

10

다음 날 아침, 나는 모처럼 7시까지 푹 자고 일어났다.(어제 브래디에게 오늘 아침에 수술이 잡혀 있다고 한 건 거짓말이었다.) 카페인 충전을 위해 카페에 들러 내가 마실 커피는 물론, 쉴라, 하퍼, 필립 선배 것까지 총 네 잔의 커피를 주문했다. 카페까지 들렀는데도 첫 예약까지 15분이나 남아있을 만큼 오늘은 시간이 여유로웠다.

"커피 왔어요!" 나는 아무도 없는 대기실로 들어서며 큰 소리로 외쳤다. "다들 하나씩 가져가세요!"

안내 데스크에 하퍼와 쉴라가 함께 앉아 있는 게 보였다. 어젯밤 하퍼가 써니와 저녁 약속이 있었던 게 생각났다. "하퍼! 얼른 반지 보여 줘요!"

나를 보며 고개를 젓는 쉴라를 봤을 때는 이미 늦은 뒤였다. 하퍼의 눈이 퉁퉁 부어있다는 사실을 그제야 알아차렸다. 이런. 아무래도 지난밤 저녁 약속은 생각대로 잘 안된 모양이었다.

"괜찮은 거야?" 나는 책상 위에 커피를 내려놓으며 물었다.

하퍼가 고개를 들고 나를 쳐다봤다. 눈은 붉게 충혈되어 있었고, 작고 둥근 코도 빨갛게 변해 있었다. "저 써니한테 차였어요."

"아, 하퍼…. 어떡해…."

그녀의 눈에 눈물이 차올랐다. "좋은 레스토랑에 데려간 건 프러포즈를 하려고 그런 게 아니었어요. 헤어지자고 하면 내가 난리 칠 것 같으니까 아무 말 못 하게 하려고 데려간 거더라고요."

"그렇다고 가만히 듣고만 있었어? 한바탕 해줬어야지!"

하퍼는 고개를 저었다. "이제 와 그게 무슨 의미가 있어요."

"무슨 의미가 있냐니? 대가를 치르게 하는 데 의미가 있는 거지. 그런 놈은—" 하퍼의 얼굴에 떠오른 표정을 보고서야 내가 괜한 소리를 하고 있구나 싶었다. "하퍼는 얼마든지 더 좋은 남자 만날 수 있어. 이렇게 된 이상 지금 하는 공부에 더 집중할 수도 있고, 차라리 잘 됐어."

"노라 말이 맞아." 쉴라도 거들었다. "하퍼, 자기는 진짜 멋진 사람이야. 그 남자에 비하면 너무 아깝다고. 내 말 믿어. 분명히 한 달도 안 돼서 다시 만나 달라고 사정하며 찾아올걸? 그럼 절대 받아주지 마, 알았지?"

하퍼는 울다가 웃었다.

마침 그때 필립 선배가 낮게 휘파람을 흥얼거리며 경쾌한 걸음으로 걸어 들어왔다.

"모두 안녕." 그는 사무실로 들어가려다 말고, 울고 있는 하퍼와 그 옆에 모여 있는 우리를 보더니 갑자기 걸음을 멈추고 되돌아왔다. "여기 분위기가 왜 이래? 무슨 일 있어요?"

"여자들끼리 얘기니까 신경 꺼 주세요."

내 딱딱한 말투에도 선배는 아랑곳하지 않고 싱긋 웃으며 또 물었다. "생리…. 뭐, 그런 얘기 하고 있었던 거야?"

선배가 이럴 때마다 진짜 목을 조르고 싶어졌다. "아니거든요."

"써니가 헤어지재요." 하퍼가 불쑥 입을 열었다.

"아." 필립 선배는 그 마음 너무 잘 안다는 표정으로 말했다. "하퍼, 정말 마음 아프겠다. 하지만 그 남자보다 훨씬 좋은 사람 금방 다시 만나게 될 거야."

이 상황에서 해 줄 수 있는 딱 적당한 말이었다. 그 말을 하면서 자신을 손가락으로 가리키지만 않았어도.

"선배는 이제 그만 빠져주시죠?" 내가 쏘아붙였다.

그는 눈을 굴리면서도 자기 몫의 커피는 챙겨 들고 사무실로 들어갔다. 하퍼가 티슈를 뽑아 눈물을 닦았다. 다행히 눈 화장은 하지 않은 상태였다. 마스카라도 안 했는데, 어쩜 눈이 저렇게 예쁘지? 나는 엉뚱하게도 그런 생각을 하고 있었다.

"전 괜찮아요, 노라 선생님." 하퍼는 코를 훌쩍이며 말했다. "진짜예요, 저 이제 괜찮아졌어요."

하퍼는 전혀 괜찮아 보이지 않았다.

"있지, 이따가 점심시간에 법인카드 가지고 나가서 뭐 맛있는 거 사 먹어요. 그리고…. 사고 싶은 것도 하나 사고. 뭔가 사치스러운 걸로."

하퍼는 울다 말고 웃었다. "그럴 순 없어요."

"그래도 되니까 그렇게 해요."

내 말에 웃었으니 그걸로 됐다고 생각했다. 하퍼와 쉴라는 내가 사 온 커피를 하나씩 들고 각자 자리로 갔고, 나도 내 커피를 들고 사무실로 향했다. 15분 정도 느긋하게 커피를 마시며 진료 준비를 하게 될 줄 알았는데, 이제는 시간이 5분도 채 남지 않아 급하게 커피를 들이켜야 했다.

오늘 진료 스케줄을 확인하기 위해 컴퓨터를 켰지만, 부팅하는데 시간이 오래 걸렸다. 기다리는 동안 나는 휴대폰을 열고 지역 뉴스 사이트에 들어갔다. 화면을 아래로 내리며 주요 뉴스의 제목을 확인하는데, 기사 하나가 눈에 들어왔다.

'과속 차량, 충돌 사고로 운전자 중태'

나는 재빨리 기사를 훑어보았다. 사고 난 사람의 이름이 쓰여 있진 않았지만, 사고 위치는 자세히 적혀 있었다. 분명 캘러핸이었다. 나무를 들이받고 크게 다친 모양이었다.

나 때문에 그렇게 됐다는 생각에 숨이 턱 막히는 기분이었다. 나를 뒤쫓아 오며 겁을 주지만 않았어도 이런 일은 없었을 테지만….

아무래도 찾아가 보는 게 좋을 것 같았다. 기사에는 그가 우리 클리닉과 연계된 종합병원으로 이송되어 치료받고 있다고 적혀 있었다. 꽃이라도 들고 갈까? 물론 목구멍으로 튜브를 연결한 채 중환자실에 누워있다면, 나를 조금도 반가워할 것 같진 않았다.

그때 누군가 방문을 두드리는 바람에 나는 화들짝 놀라며 앉은 자리에서 펄쩍 뛰었다. 그리고는 손목시계를 내려다보며 속으로 욕을 했다. 첫 환자가 벌써 온 건가? 조금 전까지 대기실에는 아무도 없었는데.

"금방 나갈게요!" 내가 외쳤다.

그때 다시 노크 소리가 들렸다. "노라 선생님?" 하퍼 목소리였다. "잠시 들어가도 될까요?"

나는 커피를 한 모금 더 들이켜고는 대답했다. "네, 들어오세요."

하퍼는 사무실 문을 살짝 열고 안을 들여다보더니 문틈 사이로 살그머니 들어왔다. "저, 노라 선생님…. 그러니까, 음…. 경찰이 찾아왔는데요."

나는 입에 머금었던 커피를 하마터면 뿜을 뻔했다. "누가 왔다고요?"

하퍼는 두 손을 잡고 쥐어짰다. "경찰이 선생님을 만나고 싶다고 하네요. 직접 할 얘기가 있다면서요."

"뭣 때문에?"

그녀는 그저 고개만 저었다.

잠깐 사이에도 생각이 꼬리에 꼬리를 물고 이어졌다. 경찰이 여긴 왜 온 거지? 나랑 무슨 할 얘기가 있다고? 혹시 헨리 캘러핸과 관계있는 걸까? 내가 911에 신고한 걸 알고 그걸 확인하려고 왔나?

무엇 때문인지 전혀 감이 잡히지 않았지만, 무작정 거부할 수도 없는 노릇이었다.

"들어오시라고 해요." 내가 말했다.

11

와이셔츠에 넥타이를 매고 재킷을 입은, 사복 차림의 경찰이 사무실로 들어왔다. 옷차림을 보아하니 형사나 뭐 그런 사람 같았다. 길거리에서 순찰을 도는 경찰들보다 나이도 훨씬 더 많아 보였다. 50대 후반이나 60대 초반. 내 아버지 또래 정도 될 것 같았다. 짧게 자른 머리카락은 거의 백발이었고, 불룩 나온 배 때문에 셔츠의 단추 사이가 살짝 벌어져 있었다.

겁에 질린 나는 아무 말도 못 하고 그저 앉아있기만 했다.

"노라 선생님?" 경관은 예의상 웃어 보였지만, 그의 짙은 갈색 눈은 전혀 웃고 있지 않았다. "저는 에드 바버 형사라고 합니다."

"안녕하세요." 나는 가까스로 입을 열었다.

내 인생이 통째로 달라진 열한 살 이후로, 나는 경찰만 보면 얼어 버렸다. 하지만 그때 이후, 특히 내가 성을 바꾼 후로는 나쁜 일로 경찰과 대면한 적은 한 번도 없었다. 할머니는 나를 거두며 당장 내 성부터 할머니 성으로 바꾸자고 했고, 나는 기꺼이 그러겠다고 했다. 내가 그 괴물의 딸이라는 사실만은 절대 사람들에게 알리고 싶지 않았다. 니어링이 그렇게 흔한 성씨는 아니었기에 더더욱 그래야 했다.

"잠깐 시간 좀 내주실 수 있을까요, 노라 선생님?" 형사가 물었다.

"시간이 많진 않지만, 일단 앉으시죠." 마치 목이 졸린 것처럼 내 입에서는 괴상한 웃음소리가 흘러나왔다.

바버 형사는 전혀 주저하는 기색 없이 내 책상 앞 의자에 앉았다. 그가 벽에 걸린 내 졸업증과 의사 면허증을 살펴보는 동안 나는 마음을 진정시키기 위해 무척 애를 써야 했다. 어젯밤 차 사고는 나와는 전혀 무관했다. 그건 온전히 캘러핸의 잘못이었다. 그가 무엇 때문에 여기 왔든 간에 나는 잘못한 게 전혀 없다.

어쩌면 다른 사건 때문에 내게 의학적 소견을 듣기 위해 온 것일 수도 있다. 충분히 가능한 일이었다. 별것도 아닌 일을 가지고 내가 괜히 예민하게 굴고 있는 건지도 몰랐다.

"노라 선생님, 앰버 스완슨이라는 환자를 치료한 적이 있으시죠?"

전혀 예상하지 못한 질문을 받고 나는 잠시 아무 대답도 할 수 없었다. "누구라고요?"

"앰버 스완슨이요. 직접 수술하지 않으셨나요?"

나는 책상 위에 있던 연필을 집어 톡톡 두드렸다. 왜 그런 질문을 하는지 잘 이해되지 않았다. 그 환자가 나를 고소하기라도 한 걸까? 왜 형사가 찾아와서 그 수술에 관해 묻는 걸까? "이름이 낯익긴 하네요."

"맹장 수술을 받았다고 하던데요."

이제 기억났다. 몇 달 전 응급실 대기 근무 중이었는데, 앰버라는 한 여성 환자가 오른쪽 하복부에 통증이 있다며 응급실로 입원했다. 진료실로 들어가니, 그녀가 옆으로 쪼그린 채 불쌍한 모습으로 누워있었다. 다행히 맹장이 터지기 전이어서 그녀를 수술실로 데리고 들어갈 수 있었다. 수술은 잘 끝났고, 회복실에서도 상태가 좋아 보였었다.

"네, 그 환자라면 저도 기억합니다." 나는 조심스럽게 대답했다.

바버 형사가 미간을 찡그리며 말했다. "안타깝게도 스완슨 양이 어제 새벽 3시쯤 살해된 채로 발견됐습니다."

"아!" 나는 한 손으로 입을 막았다. "세상에. 끔찍한 일이네요. 그 환자는 겨우…. 꽤 젊었던 걸로 기억하는데요."

"25세예요. 정말 딱하게 됐죠. 이틀 전에 실종됐는데, 결국 샌호아킨 강에서 시체로 발견됐어요." 그가 말했다.

"세상에." 앰버 스완슨의 시체가 강물 위에 둥둥 떠 있는 장면이 머리에 그려져 나는 눈을 꼭 감았다. "너무 무섭네요. 그런데…." 나는 마른침을 삼켰다. "제가 어떻게 도와드리면 되죠, 형사님?"

"네, 앰버 양을 마지막으로 본 게 언제인지 기억하실까요?" 그가 물었다.

나는 머리를 저었다. "수술 후 진료를 본 게 마지막이었어요. 벌써 이삼 주는 된 걸로 기억합니다만."

"그 이후로는 앰버 양을 본 적이 없으시고요?"

"없어요…."

그의 연이은 질문에 기분이 불쾌해졌다. 그는 왜 나한테 이런 질문을 하는 걸까?

"그저께 밤에 어디 계셨었죠, 노라 선생님?"

나는 얼굴을 찡그렸다. "그저께 밤이요?"

"그날 밤 뭘 하셨는지 알려주시면…."

나는 그를 노려봤다. "형사님은 앰버 스완슨을 치료한 의사를 모두 찾아다니며 이런 식으로 질문을 하시나요?"

바버 형사는 잠시 나를 쳐다보았다. 날카로운 눈매에 짙은 갈색 눈은 그의 나이에 비해 훨씬 총기 있어 보였다. 그 눈빛이 나를 몹시 불편하게 만들었지만, 나는 시선을 피하지 않았다. 마침내 그가 상체를 숙이며 더 가까이 다가왔다.

"그게 말이죠, 노라 선생님. 앰버 양의 시신이 발견됐을 때, 시신의 두 손이 전부 절단된 상태였다, 이겁니다."

아 이런, 아는구나. 이 남자는 내가 누군지 알고 있었다. 굳이 그의 입을 통해 들을 필요도 없었다. 시신에서 그런 특이점을 발견한 후 내 주변을 탐문하는 데는 꼭 한 가지 이유밖에 없었다.

아버지는 자신만의 독특한 범행 수법이 있었다. 아버지에게 살해당한 피해자의 시신은 모두 두 손이 잘린 채로 발견되었고, 절단된 손의 뼈는 우리 집 지하실 상자에 잘 보관돼 있었다. 그게 언론에서 아버지를 '핸디맨Handyman'이라고 부르는 이유였다. 아버지가 그 지하실에서 수작업으로 뭘 많이 만들었기 때문이기도 하지만, 피해자의 절단된 손 때문이기도 했다.

"애런 니어링은 지금 교도소에 수감 중이에요." 나는 조심스럽게 입을 열었다. "이 일은 저와는 아무 상관도 없는 일입니다."

바버 형사는 고개를 갸우뚱하며 말했다. "글쎄요, 애런 니어링은 당신의 아버지이죠. 그러니 조금은 상관이 있다고 생각하는데요."

얼굴이 점점 달아오르는 게 느껴졌지만, 나는 반응하지 않으려고 주의를 기울였다. 그게 형사가 바라는 것일 테니.

"저에게 하실 질문이 더 있으신가요? 그렇더라도 변호사를 대동하지 않고서는 저도 답변하지 않겠습니다. 저를 의심한다는 게 얼마나 말도 안 되는 일인지, 저만큼이나 형사님도 잘 아실 거라고 생각되는데요." 내가 말했다.

형사는 나와 눈싸움이라도 하려는 건지, 그저 가만히 나를 쏘아보기만 했다. 눈싸움이라면 나도 자신 있었다.

"노라 선생님, 젊은 여성이 신체가 심하게 훼손된 채로 살해됐습니다." 마침내 그가 입을 열었다. "이번 사건이 그때 그 사건과 무관하게 처리될 거라고 생각한다면 잘못 생각하시는 겁니다."

바버 형사는 끙 소리를 내며 자리에서 일어서더니, 명함을 한 장 꺼내 내 책상 위에 내려놓았다.

"뭔가 도움이 될 만한 정보가 생각나면 연락 주시겠습니까? 언제든 좋습니다."

나는 고개를 끄덕였다. "그렇게 하죠."

그가 느릿느릿 일어나 내 사무실 문을 닫고 사라진 뒤에야 나는 다시 제대로 숨을 쉴 수 있었다. 여전히 머릿속은 혼란스러웠지만 뭔가 짚이는 게 있었다.

나는 주머니에서 휴대폰을 꺼내 인터넷에서 앰버 스완슨이라는 이름을 검색했다.

애런 니어링은 범행 수법이 독특했던 것만큼, 피해자를 선택할 때도 자신만의 기준이 존재했다. 짙은 갈색 머리카락과 파란색 눈동자를 가진 20대 여성. 대부분이 그랬다.

인터넷에 앰버 스완슨을 검색하긴 했지만, 그녀가 어떤 사람인지는 이미 알고 있었다. 몇 주밖에 지나지 않았기 때문에 그녀의 얼굴도 어렴풋이 기억이 났다. 다만 한 가지 확인하고 싶은 부분이 남아있었다. 그리고 앰버 스완슨의 사진을 클릭함과 동시에 기억도 정확히 되살아났다.

내가 기억하는 모습과 정확히 일치했다. 20대 중반. 길고 짙은 머리카락에 예쁜 얼굴. 그런 모든 게 완벽히 기억났다. 내가 확인하고 싶었던 것은 바로 내 얼굴을 정면으로 바라보고 있는, 그녀의 맑고 파란 눈동자였다.

12

26년 전

점심시간, 티파니가 좋은 생각이 났다며 하얀 종잇조각들을 입으로 씹어 총알처럼 작고 동그랗게 만들기 시작했다. 그녀는 종이뭉치를 빨대 안에 끼워 넣더니, 작고 붉은 입술로 빨대를 물고 세게 후 불었다. 축축하고 반들거리는 종이 총알이 공중을 날아 마저리 베이커의 길고 지저분한 갈색 머리카락 사이에 정확히 박혔다.

마저리는 자기 머리 뒤를 탁 내리쳤다. 그녀는 뭔가가 자기 머리에 떨어졌다는 건 알았지만, 그게 뭔지는 모르고 있었다. 그 모습에 티파니는 한 손으로 입을 가린 채 킥킥거리고 웃었다. 요즘 들어 제일 앞장서서 마저리를 괴롭히고 있는 아이는 티파니였다. 그녀의 관심은 오로지 마저리를 괴롭히는 일뿐이었다. 그녀에게는 그게 하나의 놀이였다.

"나도 해볼래!" 아만다 쿠트라로가 말했다. 아만다는 자기 빨대를 가지고 조금 전에 본 과정을 그대로 따라 했다. 두 번째 종이 뭉치가 마저리의 머리카락에 또다시 박혔다. 세 번째 총알은 마저리의 머리를 맞고 티셔츠의 후드 안으로 떨어졌다.

가장 답답한 건, 마저리가 계속 손을 휘저으면서도 종이 뭉치를 전혀 찾아내지 못한다는 거였다. 마저리가 주위를 두리번거리다가 우리 쪽을 노려보자, 모여 있던 아이들은 일제히 웃음을 터트렸다.

"노라, 너도 해볼래?" 티파니가 물었다.

나는 머리를 가로저었다.

"왜?"

나는 어깨를 으쓱하며 말했다. "별로 하고 싶지 않아."

만약 다른 애가 그랬다면 티파니는 그 애 팔을 억지로 잡아끌어서라도 하게 했겠지만, 티파니는 나한테만큼은 함부로 굴지 못했다.

점심시간이 거의 끝나자, 마저리가 식판을 들고 일어섰다. 그녀의 머리카락에는 적어도 열 개 이상의 종이 뭉치가 매달려 있었다. 어찌어찌 두세 개는 떼어냈지만, 대부분은 풀이라도 발라 붙인 것처럼 머리카락 사이사이에 찰싹 달라붙어 있었다. 아무래도 온종일 저러고 다닐 것 같았다.

점심시간 다음에는 쉬는 시간이었다. 마저리는 평소처럼 책을 들고 운동장 반대편으로 (뒤뚱뒤뚱) 걸어갔고, 나는 그 모습을 지켜보다가 마저리가 앉아 있는 쪽으로 걸어갔다. 그리고 마저리가 무슨 말을 하기도 전에 그 옆에 앉았다.

"안녕." 내가 말했다.

마저리가 고개를 들어 나를 봤다. "다른 애들이 나 놀리라고 보낸 거지?"

"아니."

마저리는 눈물 맺힌 갈색 눈을 가늘게 뜨고 나를 봤다. "그럼 여기서 뭐 하는 건데, 노라?"

"너 맨날 혼자 놀잖아. 그래서 같이 말할 사람이 필요할 것 같았어."

마저리는 말도 안 된다는 듯 웃었다. "나랑 말하면 다른 여자애들이 다시는 너랑 친구 안 할걸? 너도 나처럼 바보 멍청이라고 놀림당할 거야."

"난 그런 거 걱정 안 해." 나는 솔직히 대답했다. "있지, 오늘 티파니한테 같이 놀겠다고 약속했거든? 하지만 나는 너랑 같이 놀고 싶어. 너만 좋다면 말이야."

"음…." 마저리가 아랫입술을 깨물었다. "정말 나랑 놀고 싶다고?"

나는 고개를 끄덕였다. "너는 좋은 애 같아. 다른 애들이 널 놀리는 건 진짜 나쁘다고 생각해."

마저리의 입술에 미소가 아주 미세하게 번졌다. "그래, 좋아. 그럼 같이 놀자. 근데 언제?"

"오늘 학교 끝나고 어때? 집에 같이 가자."

마저리는 얼굴을 일그러뜨리며 말했다. "오늘은 엄마가 학교 끝나자마자 데리러 온댔어. 오늘 치과 가는 날이거든."

나는 애써 실망하는 기색을 감췄다. "괜찮아. 그럼 내일 학교 끝나고는 어때?"

마저리는 그제야 진심으로 웃었다. "그래, 좋아!"

"잘 됐다!" 나도 좋아서 웃는 것처럼 입 모양을 꾸몄다. "그런데 한 가지 말해 둘 게 있어. 우리가 내일 만날 거라는 건 비밀로 해야 해. 그걸 다른 사람한테 말하면, 티파니도 알게 될 거고, 그러면 너랑 놀지 말라고 분명 뭐라 그럴 거야. 난 그런 말 듣기 싫거든." 나는 눈썹을 올리며 말했다. "너도 그렇지?"

마저리는 천천히 고개를 저었다. "싫지…."

"그리고 부모님한테도 말하면 안 돼. 왜냐하면 부모님들끼리는 서로 별별 얘길 다 하셔서 금방 소문나고 그러잖아."

"그렇지." 마저리는 내 말을 온전히 납득한 것 같진 않았지만, 그렇게 대답했다.

사실 오늘 곧장 마저리를 만났으면 싶었다. 그래야 우리가 만나기로 한 걸 마저리가 여기저기 떠들고 다니지는 않을까 걱정할 필요도 없고, 일도 훨씬 수월해질 테니까. "너희 엄마 아빠를 포함해서 누구한테라도 이 얘기를 하면, 우린 내일 놀 수 없어. 내 말 무슨 말인지 알겠지?"

"알았어." 마저리는 그러겠다고 다짐했다.

나는 마저리의 눈을 보며 생각했다. 과연 이 아이의 말을 믿어도 될까? 믿어도 될 것 같았다. 한 번도 친구를 사귀어 본 적이 없는 이 아이는 분명 절실하게 친구를 원하고 있었다. 티파니가 시켜서 그러는 게 아니라 내가 정말 자기를 좋아해서 그러는 거라고 믿고 싶어 했다.

확실히, 티파니가 시킨 건 확실히 아니었다.

실은 더 안 좋은 거였다.

"저 내일 학교에서 늦게 올 거 같아요." 나는 저녁을 먹다가 부모님에게 말했다.

"그래?" 엄마는 스푼으로 캐서롤을 떠서 입에 넣으며 물었다. "얼마나 늦을 것 같은데?"

"한 1시간쯤? 도서관에서 뭘 좀 찾아볼 게 있어서요."

"린다." 아빠가 엄마의 접시를 내려다보며 말했다. "당신, 설마 그걸 다 먹으려는 건 아니지?"

엄마가 얼굴을 찌푸리며 말했다. "그게 무슨 뜻인데?"

아빠의 목소리는 언제나 그렇듯 조용하고 차분했지만, 말 속에는 뼈가 있었다. "뱃속에 거지라도 든 것처럼 먹어대는데 그러면 가만히 보고만 있으란 거야? 그렇게 살집을 키워서 대체 어쩌려고?"

엄마의 얼굴이 빨개졌다. "배고팠단 말이야."

"아직도 저러는군." 아빠는 올드 패션을 한 모금 쭉 들이켰다. 아빠는 올드 패션을 정말 좋아해서 저녁을 먹을 때마다 꼭 한 잔씩 같이 마셨다. "린다, 당신이 그럴 때마다 난 너무 창피해. 당신이랑 같이 사람 많은 곳에 나가고 싶지 않아진다고." 아빠는 나를 보며 말했다. "노라, 넌 결혼한 뒤에 절대 엄마처럼 되면 안 된다. 알겠지?"

그 말을 들은 엄마는 먹던 접시를 들고 식탁에서 일어섰다. 그리고 문을 쾅 닫으며 부엌으로 가 버렸다. 엄마 아빠가 이렇게 말싸움을 한 건 처음도 아니었다. 아마도 엄마는 아빠가 보지 못하는 곳에서 혼자 접시에 남은 캐서롤을 먹고 있을 것 같았다.

엄마가 자리를 뜨자, 아빠는 내가 식탁에 같이 있다는 것도 잊은 것 같았다. 접시에 남은 음식을 입안으로 밀어 넣고는 남은 올드 패션도 다 마셨다. 식사를 끝내자마자 어찌나 급하게 자리에서 일어나는지 의자가 넘어갈 뻔했다. 아빠는 주머니에서 열쇠를 꺼내 지하실 문을 열고 그 안으로 사라졌다. 이제 오늘 밤은 아빠를 보기 힘들 것이다. 아빠는 부부싸움을 한 뒤에는 항상 지하실로 내려가 버렸다.

접시에 담긴 음식을 아직 반밖에 먹지 못했지만, 더는 먹고 싶지 않았다. 나는 조용히 자리에서 일어나 지하실 문 앞으로 살금살금 걸어갔다. 문손잡이를 잡고 가만히 돌려보았다. 당연히 문은 잠겨 있었다.

나는 문에 귀를 대고 안에서 나는 소리를 들었다. 뭔가 윙윙거리는 소리가 들렸다. 기계톱이 돌아갈 때 나는 그런 소리? 그 아래서 무슨 일이 벌어지는지 보고 싶었다.

문과 문틀 사이 공간에 귀를 더 바짝 들이대자 라벤더 향이 평소보다 더 강하게 났다. 그런데 뭔가 다른 냄새도 났다. 라벤더 향 사이에 어떤 다른 냄새가 섞여 있었다. 마치….

뭔가가 썩고 있는 듯한 냄새가.

"노라."

나는 뒤로 자빠질 만큼 놀랐다. 엄마가 빈 접시 세 개와 그 위에 컵 하나를 쌓아 손에 들고는 내 앞에 서 있었다. 엄마가 지하실에 신경 끄라고 말하는 대신 이렇게 말했다. "이리 와서 설거지 좀 도와주렴."

"알겠어요." 나는 두 손을 꽉 쥐었다. "아빠는 책장 만드는 거 언제나 다 끝낼까요?"

엄마는 잠시 말이 없었다. "나도 몰라."

"하지만—"

"모른다고 했잖니, 노라."

나는 발을 쿵쿵거리며 엄마를 따라 부엌으로 들어갔다. 아빠는 왜 그렇게 지하실 문을 꽁꽁 잠가 놓는 건지 이해가 되지 않았다. 아빠가 뭘 하는지 왜 보면 안 된다는 거지?

내가 아빠를 도와줄 수도 있을 텐데.

13

현재

오늘은 수술이 없어서 그나마 다행이었다. 바버 형사가 다녀간 후로 나는 일에 집중하기가 힘들었다. 도대체 누가 그런 짓을 했을까? 앰버 스완슨에 관한 생각 때문에 온종일 머릿속이 복잡했다.

우연의 일치일 거야. 제발 그러길 간절히 바랐다. 하지만 사실 나는 우연의 일치 같은 건 믿지 않았다.

그래도 아버지가 그랬을 리는 없다고 생각했다. 그는 열여덟 명을 살해하고 교도소에서 종신형을 사는 중이니까.

오후 다섯 시쯤 화장실에 가서 찬물로 세수를 했다. 거울에 비친 내 눈은 벌겋게 충혈되어 있었다.

나는 눈을 감고 깊이 심호흡을 했다. 아무 일 없을 거야. 나는 잘못한 게 없어.

눈을 뜨고 세수를 한 번 더 했다. 그리고는 손을 씻으려고 손바닥에 손 세정제를 꾹 눌러 짰다. 그런데 세정제를 손으로 문지르기도 전에 향이 먼저 콧속으로 훅 들어왔다. 구역질이 났다.

라벤더잖아.

나는 불쑥 화가 치밀어 손 세정제 병을 집어 들었다. 화장실 문을 확 열고는 복도를 지나 곧장 필립 선배 방으로 갔다. 사무실 문을 쾅쾅 두드리고는 대답도 듣기 전에 문을 벌컥 열어젖혔다. 컴퓨터 앞에 앉아 일을 하던 선배는 나를 보더니 눈이 커졌다.

"이게 뭐예요?" 나는 세정제 병을 손에 들고 선배의 얼굴 앞에 마구 흔들어 댔다.

그는 미간을 찌푸리며 대답했다. "손 세정제잖아?"

"라벤더 향이 나잖아요!"

그는 어깨를 으쓱했다. "그래서…?"

"이게 왜 여기 있는 거예요?"

"내가 주문했어." 선배는 나를 향해 고개를 저었다. "화장실에 세정제가 다 떨어졌길래 샀지. 대체 뭐가 문젠데? 이해할 수가 없네."

나는 이를 악물고 대답했다. "난 라벤더가 싫다고요. 전에도 말했잖아요."

"그런 말을 했었나? 전혀 기억이 안 나는데."

"분명히 했어요."

"이거 원, 세상에." 그는 머리를 쓸어 넘기며 말했다. "세정제 하나 가지고 왜 이러는 거야, 노라? 흥분 좀 가라앉혀."

쓰레기통에 손 세정제를 세게 집어 던지자, 쓰레기통이 넘어질 듯 흔들거렸다. "손 세정제는 내일 다른 걸로 갖다 놓을게요. 제가 뭐라고 했는지 기억도 못 할 거면 세정제 같은 건 두 번 다시 사지 마세요. 아셨어요?"

나는 사무실 문을 쾅 닫고는 씩씩거리며 사무실을 나왔다. 내가 조금 과하게 반응했나 싶기도 했다. 사실은 조금 과한 정도가 아니었다. 하지만 나는 세상에서 라벤더 향을 가장 싫어했다. 그 끔찍한 세정제 냄새 때문에 아직도 속이 울렁거렸다. 이 향에서 벗어나려면 당장 샤워부터 해야 할 것 같았다.

보통은 클리닉에서 내가 가장 늦게 퇴근했지만, 오늘은 마지막 환자를 진료하자마자 재빨리 서류 작업을 마치고 집에 갈 준비를 했다. 대기실로 나오자, 하퍼와 쉴라 둘 다 코트를 입고 있었다.

"노라, 하퍼랑 한잔하면서 써니라는 놈 욕이나 실컷 해주려고 하는데, 같이 안 갈래요?" 쉴라가 물었다.

"미안해요. 오늘은 집에 가봐야 할 것 같아요." 내가 말했다.

하퍼가 나를 보며 얼굴을 찡그렸다. "아직 그 환자가 신경 쓰여 그러시는 거예요? 그 사망했다는 환자?"

형사가 다녀간 뒤, 나는 다른 직원들에게 앰버 스완슨 얘기를 했다. 할 수밖에 없었다. 하지만 앰버 스완슨이 살해된 방식이 연쇄 살인범이었던 내 아버지가 저질렀던 범행 수법과 똑같아서, 내가 용의선상에 올랐단 말은 차마 하지 못했다. 아무도 내가 노라 니어링이라는 사실은 모르고 있다. 그리고 앞으로도 그래야 했다.

"그냥 좀 피곤해서 그래요." 나는 거짓말을 했다. "아무튼 재밌게 놀아요."

차에 올라탈 때까진 정말로 집으로 갈 생각이었다. 하지만 어느새 나는 운전대를 다른 방향으로 돌리고 있었다. 3일 연속 크리스토퍼즈에 가고 있었다. 하지만 이번에는 올드 패션이 마시고 싶은 건 아니었다.

어둑한 실내로 들어서니, 바 테이블 뒤에서 칵테일을 만들고 있는 브래디가 보였다. 칵테일 셰이커를 흔드는, 선명한 그의 팔 근육을 보자 몸 전체에 찌릿한 전율이 느껴졌다. 오랫동안 욕구를 억누르며 살아왔지만, 오늘은 도무지 그럴 수가 없었다.

나와 눈이 마주치자 환하게 웃어 주는 그의 얼굴에 기분이 좋아졌다. 그는 다른 손님과 이야기를 끝내고 곧바로 내 앞으로 왔다. "오늘도 올드 패션이지?"

나는 어제 빌렸던 우산을 바 테이블 너머로 건네주며, 그의 눈을 똑바로 바라보았다. "일 언제 끝나?"

놀란 듯 그의 얼굴에 미소가 번졌다. "한 시간이면 끝나."

"잘됐네."

"그럼…." 그의 눈썹이 위로 올라갔다. "오늘은 나랑 같이 저녁 먹기로 한 거야?"

나는 고개를 저었다. "아니, 너희 집으로 가자."

"우리 집…?"

"싫으면 싫다고 해도 돼."

"아니야, 당연히 좋지." 그가 얼른 대답했다. "하지만 그 전에 뭘 좀 먹거나 하지 않고…?"

"어, 그냥 곧장 집으로 가고 싶어."

그는 몇 번 눈을 깜빡거렸다. "그래, 알았어. 그럼…. 여기서 조금만 기다려 줘."

브래디는 내게 올드 패션 한 잔을 만들어주고, 술값은 받지 않겠다고 고집을 부렸다. 기다리는 동안 술을 홀짝거리며 곁눈질로 브래디가 움직이는 모습을 계속 지켜봤다. 오늘은 바에 손님이 많아서 얘기를 나눌 기회가 거의 없었지만, 손님을 챙기는 사이사이 그는 나를 보며 한 번씩 웃어주었다.

문득 브래디와 처음 데이트했던 날이 떠올랐다. 그때 우린 이런 게 진짜 데이트지, 싶은 그런 데이트를 했었다. 브래디는 잘 다린 흰색 와이셔츠에 넥타이를 매고 내가 사는 원룸으로 나를 데리러 왔었다. 그는 나를 이탈리안 레스토랑으로 데려갔는데, 넥타이 맨 모습이 어쩐지 불편해 보여 나는 식당에 앉자마자 살짝 몸을 숙이고는 이렇게 말했다. "넥타이 벗고 싶으면 벗어도 돼."

"어…." 자동적으로 그의 손이 넥타이 매듭을 매만졌다. "나, 넥타이 잘못 맸어?"

"아니, 그냥 되게 불편해 보여서."

"난…." 그는 넥타이를 잡아당겼다. "실은, 맞아. 진짜 불편해."

"그럼 왜 매고 나왔어?"

"너한테 잘 보이고 싶어서." 그는 수줍게 웃었다. "별 효과는 없는 것 같지만 말이야."

재밌는 건, 그게 효과가 있었다는 거였다. 지금 생각해봐도, 나는 그를 정말 좋아했었다. 사랑까진 아니었지만, 내가 누군가를 좋아할 수 있는 수준에서 거의 최대치까지 그를 좋아했었다.

그런 그와 나는 왜 헤어졌던 걸까? 기억이 나질 않아 정말 미칠 것 같았다.

시간이 다 되어 다른 바텐더가 브래디와 자리를 바꿨고, 그걸 본 나는 자리에서 벌떡 일어났다. 브래디가 청바지에 손을 닦으며 나를 향해 걸어왔다. "갈까?"

나는 고개를 끄덕였다. "집은 여기서 멀어?"

"10분 정도. 엘카미노 고속도로 바로 옆이야."

아주 잠깐 그의 차를 타고 갔다가 나중에 데려다 달라고 할까, 생각했다가 그냥 내 차를 타고 가기로 했다.

"뒤에서 따라갈게." 내가 말했다.

"그래. 네 전화번호 좀 알려줄래?" 그가 말했다.

나는 눈을 가늘게 떴다. "내 전화번호? 그건 왜?"

"혹시 중간에 내 차를 놓칠 수도 있잖아. 그러니까 미리 번호 저장해 놔야지."

나는 휴대폰을 핸드백 속에 넣고는 가슴 앞에서 꽉 끌어안았다. "네 차 안 놓칠게. 걱정 안 해도 돼. 무슨 뇌수술을 하는 것도 아닌데, 뭘."

브래디가 한숨을 쉬며 말했다. "번호는 알려주기 싫다, 이거지? 알았어. 그럼 내 번호라도 저장해 둬. 그건 괜찮지?"

"좋아." 나는 핸드백에서 휴대폰을 꺼내고 번호를 불러 보라고 했다. 나는 실수로라도 통화 버튼을 누르지 않도록 조심하면서 그의 번호와 이름을 저장했다. 그러면서도 그에게 전화하는 일은 절대 없을 거라고 생각했다.

브래디의 집은 크리스토퍼즈에서 남쪽으로 10분 정도 내려간, 산호세 경계 지역에 있었다. 주변은 조용했지만, 깔끔하고 좋은 동네는 아니었다. 집들은 금방이라도 무너질 것 같았고, 마당의 잔디도 관리가 안 돼 있었다. 필립 선배처럼 고급 차를 타지 않는 게 다행이다 싶을 정도였다. 비싼 차였다면 도난이라도 당할까 봐 걱정해야 할 판이었다.

우리가 차를 댄 곳에는 살짝 회색빛이 도는 작은 주택 한 채가 서 있었다. 주변 다른 집들과 마찬가지로 낡고 허름한 집이었다.

벽의 페인트는 벗겨지고 창문 하나에는 판자가 덧대져 있었으며, 현관으로 이어진 시멘트 계단은 가장자리가 조금씩 깨져 있었다. 현관 옆 베란다에는 흔들의자 하나가 천천히 흔들리고 있었다. 의자에 아무도 없다고 생각했는데, 다시 보니 의자에 앉아 있는 깡마른 몸의 윤곽이 얼핏 눈에 들어왔다. 흰머리가 달빛을 받아 반짝이고 있었다.

브래디가 손을 들어 인사를 건넸다. "안녕하세요. 첼름스퍼드 부인."

뼈만 남은 오른손이 잠시 들렸을 뿐, 대답은 들리지 않았다.

"집주인 할머닌데, 정신이 약간 오락가락하셔." 나를 데리고 뒷마당으로 걸어가며 브래디가 설명했다. "그래서 임대 계약이나 집 관리는 조카딸이 대신 맡아 하고 있어. 저분은 그냥 온종일 현관 앞에 나와 앉아 있는 게 일이야. 그나마 들어가는 문을 따로 써서 다행이지."

브래디가 스크린 도어를 연 뒤 자물쇠에 열쇠를 꽂고 돌리자, 이층으로 올라가는 계단이 나왔다. 브래디는 어둡고 좁은 계단을 올라가며 내게 따라오라고 손짓했다.

브래디가 세 들어 사는 집은 작았다. 집 전체 규모를 생각했을 때 그리 놀랄 일도 아니었다. 나는 주위를 둘러보았다. 좁은 거실에는 닳아빠진 낡은 방석과 암체어가 있었는데, 누가 내버린 걸 주워온 것처럼 보였다. 브래디는 내 표정을 조심스레 살폈다.

"이혼할 때 가구나 가전제품은 전부 놔두고 몸만 나왔어. 그래서 진짜 아무것도 없어." 그가 말했다.

"상관없어." 내가 말했고, 그건 진심이었다.

"집 구경시켜 줄게." 그가 거실에서 나를 향해 손짓했다. "당연히 여기가 거실이고, 부엌은 저쪽이야. 오른쪽 방이 침실. 바로 옆이 화장실." 그는 약간 냉소적인 말투로 말했다. "이럴 줄 알았으면, 너희 집으로 갈 걸 그랬다 싶지?"

"아니."

"그렇군. 네가 어디 사는지 알게 될까 봐 그게 싫은 거지?"

그가 내 속을 너무 훤히 꿰뚫고 있는 것 같아 나는 움찔했다. 이건 일회성 만남일 뿐이었다. 나는 그에게 내 전화번호를 알려줄 생각도 없었고, 혹시라도 그가 우리 집 문 앞에서 기다리는 것도 원치 않았다.

"그래도 괜찮아. 정말이야." 그가 말했다.

나는 닫혀있는 다른 문을 보며 고갯짓했다. "저 방은 뭐야?"

그는 잠시 망설이더니 말했다. “저긴 사무실로 쓰고 있어. 컴퓨터로 작업해야 할 때 저기서 해.” 그는 헛기침을 한 번 하더니 물었다. “뭐 마실 거 좀 줄까? 물이라도?”

“아니, 괜찮아.”

“맥주? 아니면….” 그는 냉장고를 열고 안을 들여다봤다. “보드카나 뭐 그런 것도 좀 있을 텐데.”

나는 부엌으로 걸어가 술을 찾고 있는 그의 어깨에 가만히 손을 올렸다. 브래디는 냉장고 문을 닫고 돌아서 나를 보았다. 브래디가 내 눈을 가만히 응시하는 동안, 그의 가슴이 천천히 오르락내리락했다.

그리고 브래디는 고개를 숙여 내게 키스했다.

14

내가 원한 게 바로 이런 거였다.

브래디 옆에 누운 나는 숨을 고르기가 힘들 정도로 헐떡이고 있었다. 우리는 근질거리는 이불로 몸을 반쯤 가린 채, 퀸 사이즈 침대에 나란히 누웠다. 내가 브래디에게 고개를 돌리자, 그는 몽롱한 표정으로 나를 보고 씩 웃어 주었다. 미소 지은 내 얼굴도 브래디만큼이나 몽롱한 표정일 게 분명했다. 처음부터 끝까지 멍한 게 어쩐지 현실처럼 느껴지지 않았다.

"괜찮았어?" 그가 물었다.

"응, 정말 좋았어. 너 실력 많이 늘었더라."

그는 웃음을 터트렸다. "대학 때보다는 늘었단 말이지? 제발 그랬어야 할 텐데."

남자랑 잔 게 얼마나 오랜만인지 사실대로 말하고 싶지 않았다.

그와 헤어진 후로 다른 남자를 만난 적도 있긴 했지만, 그렇게 많은 것도 아니었다. 브래디가 내 어깨에 팔을 두르고 나를 더 바짝 끌어당기기에 나도 더 가까이 몸을 붙였다. 어쩌면 내가 지나치게 조심한 건지도 몰라. 한두 번, 아니 열 번쯤 더 오늘처럼 보내기 위해 브래디에게 전화번호 정도는 알려주는 것도 괜찮지 않을까? 그런 생각이 들었다.

"오늘 밤에 네가 바에 다시 나타나서 얼마나 반가웠는지 알아?" 그가 내 머리에 얼굴을 묻은 채 말했다. "어젯밤 돌아간 뒤로 다시는 안 나타날 거라고 생각했거든."

"나도 널 다시 봐서 좋아." 나는 고개를 들고 그를 올려다봤다. "크리스토퍼즈에서 나를 처음 봤을 때, 어땠어? 보자마자 금방 난 줄 알았어?"

"2초 만에 알아봤지."

"정말? 그동안 꽤 많이 달라졌다고 생각했는데."

"별로 달라지지 않았어. 넌 잊기 힘든 사람이거든."

나는 그 말의 의미를 한참 곱씹어 보았다. 칭찬일까? 우리가 결국 여기서 이러고 있는 걸 보면, 칭찬이 맞는 것 같긴 했다. 하지만 잊히지 않고 오래 기억된다는 게 꼭 좋은 것만은 아니었다. 환자들이 나를 기억해주는 건 좋지만, 대학 때 잠깐 만난 남자가 그렇게 빨리 나를 알아보는 건 왠지 마음이 불편했다.

"그럴 리가. 거짓말이지?"

"진짜야!" 그는 열을 내며 말했다. "너 같은 사람은 만나 본 적이 없어. 너한테는 특별한 뭔가가 있다니까."

내게는 특별한 뭔가가 없었다. 설령 있다고 해도 나는 그걸 여기저기 드러내며 다니고 싶은 마음은 조금도 없었다. 브래디에게 난 예전의 그 평범한 노라 데이비스일 뿐이었다. 그는 내 과거에 대해 아무것도 알지 못했고, 앞으로도 그래야만 했다.

"그리고 내가 만난 여자 중에 가장 예쁘기도 하고."

나는 웃었다. "알았어, 그렇다고 해줄게."

"진짜라니까." 그는 내 어깨를 꽉 끌어안았다. "내가 평생 진짜 예쁘다고 생각한 사람은 너랑 로리 스트로드, 딱 둘 뿐이야."

로리 스트로드? 로리 스트로드가 누구지? 생소한 이름 같은….

아, 이런.

내가 브래디와 왜 헤어졌는지 기억났다.

내 몸이 차갑게 굳는 걸 브래디도 느꼈는지, 손으로 내 턱을 살짝 건드렸다. "노라?"

나는 침대에서 일어나 앉았다. 그리고 바닥에 널브러져 있던 초록색 수술복 상의를 잡아당겼다. "화장실 좀 쓸게."

나는 셔츠와 속옷, 그리고 바지를 차례대로 입었고, 브래디는 침대에 앉은 채로 그 모습을 지켜봤다. 내가 바지 끈을 묶자, 그는 얼굴을 찌푸리며 물었다. "지금 가려는 거야?"

"아침에 수술이 있어서 내일 일찍 일어나야 해."

"그래도 그렇지…." 그의 탄탄한 가슴을 덮고 있던 담요가 흘러내렸고, 아주 잠깐 그냥 가지 말까, 하는 생각도 들었다. "그렇게 늦지도 않았잖아. 조금만 더 있다 가. 피자 같은 거 시켜서 같이 먹자."

"안 될 거 같아."

"중국 음식은 어때?"

"미안해." 나는 신발을 찾아 침실을 두리번거리다가 현관에 벗어둔 걸 그제야 떠올렸다. "내일 스케줄이 진짜 많아서 그래."

브래디가 더 뭐라고 하기 전에 나는 얼른 화장실로 들어가 문을 닫았다.

손잡이에 작은 잠금장치가 달려 있었다. 브래디가 불쑥 안으로 들어오진 않을 거라고 생각하면서도 나는 잠금장치를 돌려 문을 잠갔다. 지금쯤 브래디는 침대에 앉아 자기가 뭘 잘못했는지 알아내려고 머리를 쥐어짜고 있겠지? 하지만 지금 나는 잠깐이라도 혼자 있을 공간이 필요했다.

거울에 비친 내 모습을 들여다봤다. 단단히 틀어 올렸던 머리는 부엌과 침실, 그 사이 어디쯤에서 풀어져 검은 머리카락이 사방으로 흩어져 있었다. 다행히 화장은 하지 않아 번지진 않았지만, 확실히 단정한 모습은 아니었다. 나는 물을 틀어 연거푸 세수를 하고 크게 심호흡을 했다.

로리 스트로드. 잘 아는 이름이었다.

영화 〈할로윈〉에서 제이미 리 커티스가 연기한 여주인공 이름이 로리 스트로드였다. 흰 마스크를 쓰고 베이비시터를 죽이려고 따라다니던 살인마, 마이클 마이어스가 나온 그 영화. 브래디와 연애하던 시절, 우리는 그 영화를 같이 봤었다. 브래디가 슬래셔 무비*를 워낙 좋아해서 우리는 〈할로윈〉의 다른 시리즈들은 물론, 〈13

* 정체 모를 인물이 등장인물을 잔인하게 살해하는 내용을 담은, 호러 영화의 하위 장르

일의 금요일〉, 〈나이트메어〉까지 모두 찾아봤었다.

자꾸 보다 보니, 나도 그런 영화가 점점 좋아지기 시작했다. 언젠가부터 저녁이 되면 브래디네 집 소파 베드에 함께 웅크리고 앉아 배우들이 피투성이가 되어 맞아 죽는 걸 보는 게 우리의 자연스러운 데이트 코스처럼 되어 있었다. 누군가와 그토록 좋은 관계를 유지하며 가까이 연결돼 있다고 느꼈던 건, 그때가 처음이자 마지막이었던 것 같았다.

더 이상 그를 좋아해선 안 된다고 느꼈던 그 순간이 정확하게 떠올랐다.

토요일 밤이었다. 우리는 코스튬 파티에 가기로 했는데, 마지막 순간까지도 어떤 코스튬으로 할지 결정을 못 내리고 계속 고민하고 있었다. 나는 줄곧 섹시한 고양이 분장 같은 걸 하겠다고 했지만, 브래디는 '지난 할로윈 때' 썼던 호러 마스크들이 아직 벽장 속에 있다며 그걸 쓰자고 했다.

아니나 다를까, 벽장을 열어보니 한쪽 구석에 마스크 대여섯 개가 차곡차곡 쌓여 있었다. 브래디가 제이슨의 하키 마스크를 꺼내 드는 걸 보고, 나는 깔깔대며 웃었다. 화상으로 일그러진 프레디 크루거의 마스크를 꺼냈을 때도 나는 웃었다. "이것도 안 무서워?" 라며 그는 장난스럽게 말했다.

그러더니 쌓여 있던 것 중에 또 다른 마스크를 꺼내 자기 얼굴에 갖다 댔을 때, 나는 온몸에 소름이 쫙 끼쳤다. "그게 뭐야?"

자신이 10년 전쯤 할로윈 때 썼던 거라고 그는 설명했다. "오리건주 이 인근에서 잡혔던 그 연쇄 살인범 기억나? 여자만 골라 죽이고 손도 다 잘라 모은, 핸디맨?"

그제야 나는 그게 누구의 마스크인지 확실히 알았다. 브래디는 내 아버지 얼굴을 본떠 만든 할로윈 마스크를 가지고 있었다.

그 오래된 마스크를 보니 속이 뒤집히는 것만 같았고, 나는 파티에 가지 않기 위해 핑계를 대야만 했다. 그리고 다음 날, 나는 브래디와 헤어졌다. 남은 대학 기간 나는 브래디와 마주칠 때마다 못 본 척 다른 길로 도망쳐 다녔다.

세상에, 어떻게 그 일을 잊을 수 있지? 어쩌면 그 기억을 애써 지운 건지도 몰랐다. 브래디와 헤어진 후, 나는 다시는 공포 영화를 보지 않았다. 전처럼 아무 생각 없이 영화를 즐길 수가 없기 때문이었다.

문득 궁금해졌다. 브래디는 지금도 슬래셔 무비를 볼까? 아직도 예전처럼 그런 영화들을 좋아할까?

아버지의 마스크를 아직도 가지고 있을까?

떨리는 호흡을 애써 가다듬으며 욕실에서 나왔다. 침실 문이 닫혀 있었다. 아까 내가 나오면서 문을 닫았었나? 기억나지 않았다. 나는 브래디에게 그만 가겠다고 말하려고 문손잡이에 손을 올렸다. 최소한 간다는 말은 해야 할 것 같았다. 그는 잘못한 게 없었다.

그런데 문손잡이가 돌아가질 않았다. 침실 문은 잠겨 있었다.

나는 얼굴을 찌푸리며 다시 문손잡이를 돌렸다. 브래디는 왜 침실 문을 안에서 잠근 거지? 이상했다.

"노라? 뭐해?"

나는 얼른 고개를 들었다. 브래디가 조금 전 입었던 청바지와 티셔츠 차림으로 내 옆에 서 있었다. 그의 얼굴이 의아하다는 표정을 짓고 있었다. "다시 침실로 돌아가려던 참이었어." 내가 말했다.

그는 어깨 너머를 흘깃 봤다. "침실은 저쪽이야. 여긴 내 사무실이고, 기억 안 나?"

"아."

그는 빈정대는 말투로 말했다. "이렇게 좁은 집에서 길을 잃어버리는 사람은 세상에 너밖에 없을 거다."

"그래…." 나는 뱃속이 뒤틀리는 기분으로 잠긴 문을 돌아봤다. "도대체 사무실은 왜 잠가 놓은 거야?"

그는 어깨를 으쓱했다. "재무 관련 서류들이 좀 있거든. 혹시 모르니…. 안전하게 보관하려는 거지."

"그렇구나…."

왠지 모르지만, 브래디가 내 시선을 피한다는 느낌이 얼핏 들었다. 지금 내게 거짓말을 하는 걸까? 이 잠긴 문 안에 뭔가 다른 게 있는 건가? 다른 사람이 보면 안 되는 게?

어린 시절 살았던 그 집의, 늘 잠겨 있던 지하실 문을 떠올리지 않을 수가 없었다. 그리고 잠긴 문 뒤에 숨겨져 있던 것들도.

하지만 이건 완전히 다른 문제였다. 보통 사람들은 안전을 위해 집의 문을 잠가둔다. 문을 잠갔다고 해서 그게 꼭 사이코패스 연쇄 살인범을 뜻하는 건 아니었다. 그리고 브래디는 완벽히 좋은 사람처럼 보였다. 그건 확실했다.

나는 코로 숨을 깊이 들이마셨다. 숨을 쉬며 오래된 피와 썩어

가는 살의 익숙한 냄새를 찾아보려 애썼다.

아니, 그런 냄새는 어디에서도 나지 않았다.

라벤더 향도 나지 않았다.

"아무튼" 나는 브래디를 지나쳐 거실로 다시 걸어갔다. 핸드백은 내가 조금 전 내려놓았던 부엌 조리대에, 신발은 거실 바닥에 있었다. 나는 신발을 다시 신었다. "이제 그만 가볼게."

"차 있는 데까지 같이 가줄게."

"그럴 필요 없어."

재킷을 입다 말고 브래디를 올려다보니, 마음이 상한 듯 슬픈 얼굴을 하고 있었다. 내가 진짜 못되게 굴고 있구나, 새삼 깨달았다. 오늘 밤 그렇게 좋은 시간을 보내놓고, 갑자기 그 자릴 벗어나려 하다니. 그는 아무것도 잘못한 게 없는데. 조금 전 침실에서도 그렇게 좋았는데….

"알았어. 같이 나가." 내가 말했다.

브래디는 부엌 조리대에 있던 열쇠 꾸러미를 집어 바지 주머니에 밀어 넣었다. 그리고는 나를 따라 계단을 내려와 현관을 통해 밖으로 나왔다. 내 뒤를 따라오는 발걸음 소리만 들릴 뿐, 가는 내내 우리는 서로 아무 말도 하지 않았다.

조금 전 여기 도착했을 때도 이미 어두웠지만, 지금은 완전히 깜깐해진 느낌이었다. 길가에는 가로등도 거의 없었다.

브래디가 차까지 같이 와줘서 다행이라는 생각마저 들었다. 심지어 내 차인데도 브래디는 먼저 운전석으로 돌아가 나를 위해 차 문을 열고 기다려 주기까지 했다. 매너 하나는 제대로 배웠구나 싶었다.

그 모습을 보니, 첫 데이트 때 넥타이를 매고 나온 그 모습이 또 생각났다. 다시 집 안으로 돌아가고 싶을 정도로 그는 자상했다.

"노라." 그가 내 이름을 불렀다.

나는 운전석에 앉아 고개를 들었다. "왜?"

"오늘 밤 널 만나서 정말 좋았어." 그가 말했다.

"나도 그래."

그는 입술 옆을 깨물더니 말했다. "내 휴대폰 번호 갖고 있지? 내가 일하는 곳이랑 사는 곳도 이제 알았고. 그러니까…. 언제든 네가 원하면…. 알지?"

"알았어." 나는 대답했지만, 내가 그에게 전화하는 일은 절대 없을 거라는 걸 우리 둘 다 알고 있었다. "갈게, 브래디. 고마워."

그는 한숨을 내쉬었다. "그래…."

나는 차 문을 닫고, 시동을 켠 다음 차를 출발시켰다. 뒤는 돌아보지 않았다. 하지만 백미러로 보니, 브래디는 아직도 그 자리에 그대로 서서 나를 보고 있었다.

15

20분 후, 나는 차고를 나와 아무도 없는 집 안으로 걸어 들어갔다. 걸음을 옮길 때마다 신발이 단단한 목재 바닥에 부딪는 소리가 집 안에 울려 퍼졌다.

"자기, 나 왔어!" 나는 큰 소리로 외쳤다.

발걸음을 멈추고 잠시 눈을 감은 채 현관에 서서 지금과는 다른 삶을 사는 내 모습을 머릿속으로 그려봤다. 방금처럼 그렇게 외치면, (브래디 같은) 누군가가 밖으로 나와 나를 맞아주겠지? 그리고 나를 안아주며 저녁 데워놨으니 얼른 먹으라고 말해줄 것 같았다.

말도 안 되는 상상을 떨쳐버리고 부엌으로 갔다. 뱃속에서 자꾸 꼬르륵 소리가 났다. 브래디가 피자 시킨다고 할 때 그냥 있을 걸 그랬나? 거기 한 시간 더 머무른다고 뭐가 그리 달라졌을까 싶었다. 오히려 더 좋았을지도 모르는데….

아니, 거기서 바로 나온 건 잘한 일이었다. 그와 함께 있을 때 내 진실이 밝혀진다면…. 상상만 해도 끔찍했다.

노트북은 어젯밤에 사용한 뒤로 치우지 않아 부엌 조리대에 그대로 있었다. 배가 너무 고팠지만, 나는 곧장 노트북부터 열었다. 그러면 안 되는데 하면서도 인터넷을 클릭하고 구글 검색창에 브래디 미첼의 이름을 쳤다.

두 번 다시 그를 만나지 않을 거란 걸 생각하면 완전히 무의미한 행동이긴 했다. 그의 소셜 미디어 활동이 그리 많지 않은 걸 보고 한결 마음이 놓였다. 말도 안 되는 헛소리를 여기저기 퍼 나르는 데는 관심이 없는 듯 보였다. 트위터 계정은 아예 없는 것 같았고, 페이스북 계정만 눈에 띄었는데, 지극히 정상적이고 잘 나온 얼굴 사진이 프로필 사진으로 걸려 있었다. 하지만 계정이 비공개 설정으로 되어 있어 볼 수 있는 건 그게 다였다.

원한다면 언제든 그에게 전화할 수 있었지만, 나는 휴대폰에 손을 대지 않기 위해 애썼다.

나는 다시 검색창으로 돌아가 이번에는 앰버 스완슨을 검색했다.

제일 먼저 뉴스 기사가 떴다. '25세 은행원 샌호아킨 강에서 시체로 발견.'

기사 내용을 재빨리 훑어보았다. 기사의 대부분은 형사에게서 들었던 내용 그대로였다. 오늘 새벽, 지나가던 10대 청소년들이 앰버의 시신을 발견했다. 그녀는 이틀 전 마지막으로 목격됐고, 그 이후로 직장에 출근하지 않았다. 사체를 확인한 검시관은 그녀가 죽은 지 하루가 지났을 것으로 추정했다.

그러니까 실종되어 죽기 전까지, 그녀는 산 채로 어딘가에 갇혀 있었다는 뜻이었다.

기사에는 앰버의 시신이 발견될 당시, 두 손이 절단돼 있었다는 사실도 적혀 있었다. 애런 니어링에 관해 언급한 내용은 전혀 없었다. 당연한 일이었다. 그는 지금 교도소에 수감 중이었으니까. 열여덟 명을 죽인 대가로 종신형을 사는 중이었고, 가석방으로 풀려날 가능성도 전혀 없었다.

이건 우연의 일치야. 미친 짓거리를 하는 미친놈들이 세상에는 너무 많았다.

나는 눈을 감고 앰버의 모습을 떠올려 보았다. 수술 전 그녀는 정신이 없어 보였지만, 다음 진료에서 만났을 땐 꽤 상냥하고 다정한 사람이란 걸 알 수 있었다. 헨리 캘러핸이 그랬던 것처럼 자기 목숨을 살려줘 고맙다는 말도 했었다. "수술 잘 해주셔서 정말 감사해요, 노라 선생님. 수술 흉터도 정말 작게 남았어요! 비키니로도 가릴 수 있겠어요."

그때도 나는 캘러핸을 수술할 때처럼 복강경 대신 개복술을 선택했었다. 둘 중 하나를 택하라면 나는 항상 개복술 쪽이었다.

이번에는 앰버의 소셜 미디어 링크를 클릭했다. 프로필에는 레이밴 선글라스를 끼고 비키니를 입은 채 바닷가에 앉아 있는 그녀의 사진이 걸려 있었다. 카메라를 향해 활짝 웃고 있는 모습이 정말 젊고 행복해 보였고, 앞으로 그녀에게 남은 시간도 아주 많을 것처럼 보였다.

앰버에게 그런 짓을 한 게 누구든 빨리 잡히길 바랐다. 그리고 범인이 감옥에 가 오래오래 썩었으면 좋겠다고도 생각했다.

그때 뒷문에서 뭔가가 툭 부딪치는 소리가 들렸다. 고양이가 왔구나. 나는 노트북을 닫고 일어나 고양이용 통조림을 꺼냈다. 이번엔 소고기였다. 불쌍한 녀석. 내가 늦게 온 바람에 배가 많이 고팠겠구나.

툭.

"알았어, 지금 갈게!"

통조림을 따서 뚜껑은 쓰레기통에 버리고, 뒷문을 열었는데….

고양이가 보이지 않았다.

뒷마당을 쭉 한번 훑어보았지만, 너무 어두워 아무것도 보이지 않았다. 한 걸음 밖으로 나갔다. 그러면 원래는 센서 등이 켜져야 하는데, 켜지지 않았다. 전구가 나갔나? 마지막으로 밤에 뒷마당에 나왔던 게 언제였는지 기억나지 않았다.

나는 깜깜한 뒷마당에서 움직임을 멈추고 무슨 소리가 들리지는 않는지 귀를 기울였다. 고양이 울음소리는 물론, 어떤 소리도 들리지 않았다.

"야옹아, 어딨니?"

아무 대답이 없었다.

나는 다시 집 안으로 들어가 문을 닫고 잠갔다.

고양이용 통조림을 부엌 조리대에 내려놓고, 팔짱을 꼈다. 바깥 날씨가 꽤 쌀쌀했다. 이제 곧 겨울이 되면 밤 기온이 5도까지 떨어질 터였다.

여기보다 북쪽인 오리건주는 더 추웠다. 우리 집 지하실은 문 앞에만 가도 서늘한 기운이 느껴질 정도로 기온이 낮았었다. 기온이 그렇게 낮지만 않았어도 악취는 더 심했을 것이고, 더 빨리 그런 사실을 알아차릴 수도 있었을 터였다. 그건 라벤더 따위로 덮을 수 있는 냄새가 아니었을 것이다.

뒷문에서 조금 떨어진 부엌 바닥에서 편지 한 통을 발견한 건 바로 그때였다. 마치 누군가가 문 아래로 던져 넣고 간 것처럼 편지가 바닥에 떨어져 있었다. 우리 집 뒷문 밑으로 편지를 밀어 넣고 갈 이유가 뭐가 있을까?

나는 손을 뻗어 편지를 집어 들었다. 그리고 봉투 앞면, 보내는 사람 주소에 적힌 익숙한 그 이름을 봤다.

애런 니어링.

설마.

어떻게 이럴 수가 있지? 물론 아버지는 매주 내게 편지를 보내왔지만, 편지는 늘 우체국을 통해 배송됐지, 이렇게 뒷문 틈새로 미끄러져 들어온 적은 없었다. 결코 일어날 수 없는 일이었다. 심지어 봉투에는 우체국 소인도 찍혀 있지 않았다.

나는 식탁 의자에 털썩 주저앉았다. 편지를 든 손이 부들부들 떨렸다. 이건 말이 안 되는 일인데.

어쩌면 내가 괜히 호들갑을 떠는 건지도 몰랐다. 일반 우편물과 함께 도착했고, 식탁 위에 우편물 더미를 내려놓다가 하나가 바닥에 떨어진 것일 수도 있었다. 계속 모르고 있다가 뒤늦게 알아차린 걸 거야. 소인은 어쩌다 실수로 안 찍힌 거겠지.

그럴 수도 있었다. 가능성이 높진 않아도 아예 불가능한 얘기는 아니었다.

그렇게 믿고 싶었다. 다른 가능성은 생각하기조차 두려웠다.

나는 노트북을 다시 열었다. 인터넷 주소창에 연방 교정국의 웹사이트 주소를 쳤다. 이미 여러 번 들어가 봤기에 웹사이트 주소도 외우고 있었다. 메뉴에서 교도소가 속한 위치를 선택했다. 손이 너무 심하게 떨려 아버지의 이름을 치다가 두 번이나 틀렸고, 세 번 만에 성공했다.

흔한 이름은 아니었기에 명단에는 딱 한 사람만 떴다.

이름: 애런 니어링

나이: 67세

인종: 백인

성별: 남성

출소일: 미정

교정국 사이트에 따르면 아버지는 아직 수감 중인 것으로 되어 있었고, 출소 날짜가 정해진 것도 아니었다. 혹시라도 탈옥 같은 걸 했다면 내가 모를 리 없었다. 그런 소식이라면 뉴스를 온통 도배했을 테니까.

바버 형사에게서 명함을 받았으니, 그에게 전화를 걸어 편지 얘기를 할까 싶기도 했다.

하지만 걸리는 게 있었다. 바버 형사가 찾아왔을 때, 나를 괜히 떠보고 있다는 느낌을 받았었다. 내가 앰버의 죽음에 정말로 어떤 관련이 있다고 생각해서 온 건 아닌 것 같았다.

하지만 내가 전화를 걸어 이 편지를 보여준다면…. 그의 생각이 달라질 수도 있었다.

나는 편지를 가만히 쏘아보았다. 아버지는 25년이 넘도록 매주 편지를 보내고 있었다. 할머니가 꽤 오랫동안 편지를 몰래 버리고 있었다는 사실을 처음 알게 됐을 때, 나는 할머니에게 몹시 화를 냈었다. "할머니가 무슨 권리로 제 편지를 버린 거죠?"

"그 인간은 악마야, 노라." 할머니는 말했었다. "네가 그 인간 밑에서 11년이나 자란 것도 끔찍한데, 혹시라도 네가 그 인간한테 나쁜 물이라도 들까 봐 난 너무 무섭다."

할머니는 내 외할머니였다. 부모님이 모두 체포된 후, 할머니는 나를 집으로 데려왔고, 아버지가 종신형을 선고받고 어머니가 자살한 이후에도 나를 쭉 돌봐주셨다. 두 사람은 각자의 방식대로 나를 버렸지만, 다행히 내 옆에는 할머니가 계셨다.

하지만 나는 할머니가 나를 온전히 신뢰하지는 않는다는 느낌을 항상 받았다. 때론 두려워하는 듯한 눈빛으로 나를 볼 때도 있었다.

할머니만 그런 게 아니었다.

내 성을 바꾸는 일 역시 고민하고 말고 할 문제가 아니었다. 나조차 노라 니어링으로 살고 싶은 마음은 조금도 없었다. 그 이름을 지워버릴 수 있어 얼마나 다행이었는지 모른다.

내가 바란 건 그게 전부였다. 내게서 아버지의 흔적을 지우는 것.

나는 편지를 다시 내려다봤다. 그리고는 반으로 찢은 다음 다시 반으로 찢었다. 아버지가 무슨 말을 하건, 나는 듣고 싶지 않았다.

16

26년 전

잠을 이룰 수가 없었다.

침대에 누워 서서히 잠이 들려던 참이었는데, 부모님의 다투는 소리에 잠이 깨고 말았다. 부모님 침실은 내 방 바로 옆이었다. 벽 하나를 사이에 두고 있어 두 분이 하는 말이 내 방에서도 다 들렸다. 더 싫었던 건 나를 두고 싸우고 있다는 사실이었다. 부모님은 평소에도 나 때문에 자주 싸웠다.

"아무래도 우리 노라, 정신과 상담을 받아봐야 할 것 같아." 엄마는 계속 그렇게 말했다. "뭔가 이상해. 평범한 애 같지 않아."

항상 그렇듯 아빠는 나를 두둔했다. "노라는 괜찮아. 린다, 당신이 괜히 그러는 거라니까."

"하나도 안 괜찮아! 나 진짜 걱정된다고. 아니, 어린애가 친구가 하나도 없는데, 별로 속상해 하는 기색도 없고, 정말 이상하지 않아?"

"린다…."

"노라한테 아무래도 뭐가 있는 것 같아, 애런. 정상이 아니야."

"지금 자기가 무슨 말을 하는지도 모르면서 자꾸 그런 소릴 하는거야? 노라는 괜찮아. 내 말 믿어."

말다툼은 거의 한 시간 동안이나 계속되었다. 나는 그 소리가 듣기 싫어 베개를 머리에 대고 귀를 막았지만, 소용이 없었다. 말소리 하나하나까지 다 들렸다.

아무튼 엄마는 잘못 생각하고 있었다. 나한테 친구가 없긴 왜 없어? 지금도 마저리를 만나 함께 놀 생각에 이렇게 신이 나는데. 마저리랑 함께 할 재밌는 게임도 미리 생각해 두었다. 처음에는 그 게임을 안 좋아할 수도 있지만, 잘 구슬리면 결국엔 그 애도 좋아할 거라고 생각했다.

목이 몹시 말랐다. 저녁을 먹으며 물을 마셨는데도, 꼭 모래가 들어간 것처럼 입안이 까끌거려서 물이 마시고 싶어졌다.

나는 계단을 살금살금 내려가 부엌으로 갔다. 찬장에서 컵을 하나 꺼내 수도꼭지에 대고 물을 받았다. 찬물을 한 컵 가득 채운 다음 한 번에 다 마셨다.

훨씬 나았다.

컵을 식기 세척기에 넣고, 방으로 돌아가기 위해 지하실 문 앞을 지나가는데, 지난번처럼 또 그 안에서 어떤 소리가 들렸다. 뭔가를 두드리는 듯한 소리.

아빠가 지하실에 내려가셨나? 지금 꽤 늦은 시간인데….

이해할 수가 없었다. 아빠는 작업실에서 살다시피 늘 그 아래 내려가 있었지만, 가지고 올라온 거라곤 아주 간단하게 생긴 가구 두 개뿐이었다. 도대체 그 아래에서 뭘 한 걸까?

나는 콧속으로 라벤더 향이 진하게 퍼지는 걸 느끼며, 문에 귀를 대고 안에서 나는 소리를 들었다. 뭔가 둔탁한 소리가 들렸는데, 꼭 말하는 소리 같기도 했다.

얼른 문에서 떨어졌다. 그리고 문손잡이를 내려다봤다. 언제나 그랬던 것처럼 문은 잠겨 있을 거라고 생각하며, 나는 그 위에 손을 올렸다.

그런데 문손잡이가 돌아갔다.

17

현재

보통 수술이 있는 날은 뭘 먹을 수 있는 시간이 기껏해야 5분에서 10분 정도밖에 되지 않았다. 오늘처럼 점심시간이 한 시간이나 되는 날은 몇 년 만에 한 번 있을까 말까 할 정도로 드문 일이었다. 누군가 스케줄을 엉터리로 짠 게 분명했지만, 나로서는 오히려 행운이었다. 나는 그 틈을 타 얼른 마트로 달려갔다.

수술복을 입고 마트를 돌아다니는 나를 호기심 어린 눈길로 쳐다보는 사람도 있었지만, 그래도 수술용 덧신을 벗는 걸 잊지 않아 다행이었다. 필요한 물건은 대개 온라인으로 장을 봤지만, 어제 라벤더 향 세정제 때문에 한바탕 난리를 친 뒤라 오늘은 꼭 세정제를 사다 둬야 할 것만 같았다.

세정제는 매장 제일 끝 쪽에 있었다. 다양한 브랜드에서 나온 세정제 종류가 어찌나 많은지 놀라울 지경이었고, 심지어 라벤더 향 세정제는 눈에 띄지도 않았다. 이렇게 많은 세정제 중에 하필 선배는 골라도 그런 걸 골라온 건지 신기하기만 했다. 그렇게 오랜 시간이 흘렀어도 나는 여전히 그 향만 맡으면 뱃속이 뒤집히는 것 같았다.

심지어 떠올리기만 했는데도 헛구역질이 나려고 했다.

나는 용기에 '밀크 앤 허니' 향이 난다고 적힌 세정제를 한 통 골랐다. 아무거나 상관없지만, 밀크 앤 허니라면 더없이 완벽했다. 라벤더만 아니면 더러운 양말 냄새라도 괜찮을 것 같았다.

세정제를 들고 계산대 줄로 걸어가다가 통로 끝에서 그만 쇼핑 카트를 밀고 오는 할머니와 부딪칠 뻔했다.

그런데 어딘가 낯이 익은 할머니였다. 가녀린 몸과 가늘고 흰 머리카락, 나이트가운처럼 보이는 하늘거리는 원피스를 입은 모습이 어딘가 특이했다. 세정제를 손에 든 채로 잠시 머뭇거리자, 노인은 갈라진 입술을 열어 이렇게 말했다. "브래디가 새로 만나는 그 여자 친구로군?"

기억났다. 브래디 집에 갔을 때 현관 앞에 앉아 있던 바로 그 할머니였다. 브래디는 할머니를 '첼름스퍼드 부인'이라고 불렀었다. 밝은 곳에서 보니, 어젯밤 현관 앞에서 봤을 때보다 더 나이 들고, 쇠약해 보였다.

"여자 친구 아니에요. 그냥 친구예요." 나는 웅얼거렸다.

첼름스퍼드 부인은 희부연 푸른색 눈으로 나를 위아래로 훑어봤다.

"브래디를 조심해야 해." 그녀는 소곤대며 말했다.

나는 부인을 보며 눈을 깜빡였다. "뭐라고 하셨어요?"

"아주 위험한 사람이야." 그녀는 목소리를 한층 더 낮췄다. "밤에 위층에서 누군가 비명을 지르는 소릴 내가 들었다고. 여자 소리였어. 도와달라고 울부짖었어."

나는 입을 벌렸지만, 아무 말도 나오질 않았다. 내가 무슨 말을 하기도 전에 중년의 한 여성이 다른 통로에서 모습을 드러냈다. 그녀는 할머니의 어깨를 잡았다.

"고모!" 여자는 화를 내며 말했다. "그렇게 돌아다니시면 어떡해요! 계속 찾아다녔잖아요." 그녀는 내게 미안해하는 표정을 지어 보였다. "저희 고모가 괜히 방해한 건 아닌지 모르겠어요."

나는 아무 말 없이 고개만 저었다.

"어젯밤에 브래디랑 같이 있었어." 첼름스퍼드 부인이 자기 조카에게 말했다. "이 여자한테 미리 경고해 줘야 해."

"브래디랑 전, 친구 사이예요." 내가 재빨리 말했다.

"고모, 괜히 착한 간호사 선생님 괴롭히지 말고 그만 가요." 그녀는 나를 보며 미소 지었다. "정말 죄송해요. 저희 고모가 자꾸 정신이 오락가락해서 가끔 이렇게 엉뚱한 소릴 하세요."

"그렇군요. 전 괜찮아요. 걱정하지 마세요." 내가 말했다.

첼름스퍼드 부인은 조카의 손에 이끌려 다른 곳으로 갔지만, 나는 세정제를 든 채 그 자리에 한동안 서 있었다.

그녀가 한 말이 왠지 신경을 건드렸다. 브래디의 집에서 잠겨 있던 문을 본 뒤라 더더욱 그랬다.

'밤에 위층에서 누군가 비명을 지르는 소릴 내가 들었다고. 여자 소리였어. 도와달라고 울부짖었어.'

그럴 리가 없었다. 첼름스퍼드 부인의 말을 완전히 믿는 건 아니었다. 그녀는 아무래도 망상 장애 증상을 보이는 듯했다. 브래디가 평소 슬래셔 무비를 좋아하고, 어렸을 때부터 연쇄 살인범처럼 분장하는 걸 좋아했다고 해서 빈방에 여자를 가두고 고문한다는 건 말이 되지 않았다. 그가 그럴 사람이 아니라는 건 누구보다 내가 잘 알았다.

어쨌든 나는 두 번 다시 그를 만날 생각이 없었다. 그러니까 그 일에 관해 생각하는 것도 아무 소용없는 일이었다.

18

다음 한 주 동안 앰버 스완슨에 관한 새로운 소식이 있는지 매일같이 뉴스를 꼼꼼히 확인했다. 어쩌면 데이트 신청을 했다가 거절당한 남자나, 아침 일찍 그녀가 조깅하는 모습을 보고 따라붙기 시작한 또라이가 벌인 짓일 수도 있었다. 어쨌거나 범인이 빨리 잡혔으면 싶었다.

경찰이 범인을 잡았다면 뉴스에도 보도가 됐을 텐데, 아직 그런 소식은 보이지 않았다.

바버 형사는 사무실에 다시 나타나지 않았고, 아버지의 편지가 이상한 방법으로 집 안에 떨어져 있는 일도 일어나지 않았다. 나는 어쩌다 내가 편지를 부엌 바닥에 떨어뜨린 게 분명하다고 결론 내렸다. 도저히 다른 식으로는 생각할 수가 없었다.

집으로 가는 길에 몇 번이나 크리스토퍼즈에 들러 올드 패션을 마시고 싶은 충동을 느꼈지만 그럴 수 없었다. 브래디와 마주치면 분위기가 굉장히 어색할 것만 같았다. 아무래도 새로운 바를 찾아보는 게 차라리 나을 것 같았다.

일주일 뒤 모처럼 수술 스케줄이 하나도 없는 날, 나는 아침 일찍 클리닉에 도착했다. 사무실에 들어섰는데, 또 필립 선배가 하퍼에게 작업을 걸고 있었다. 그 모습을 보니 나도 모르게 신경이 곤두섰다.

사실 그건 그리 새삼스러운 일도 아니었다. 필립 선배는 눈만 뜨면 숨 쉬듯 여자들에게 추파를 던지는 사람이었다. 스무 살이나 많은 쉴라에게도 추근거렸고, 아무 가망이 없는 나한테도 그랬다. 하지만 지금 그 모습이 더욱 눈에 거슬렸던 건, 하퍼가 오래 사귄 남자 친구와 헤어진 지 얼마 안 됐기 때문이었다. 하퍼는 지금 외롭고 혼란스러운 마음일 게 분명했다.

필립 선배는 하퍼의 책상 끝에 걸터앉아 세상에 모르는 게 없는 사람처럼 잘난 척 떠들어대고 있었고, 하퍼는 무슨 신이라도 바라보는 것처럼 크고 파란 눈으로 그를 가만히 올려다보고 있었다. 영 틀린 말도 아닌 게, 그는 자신을 신처럼 생각하는 사람이었다.

"안녕하세요, 노라 선생님." 하퍼가 쾌활하게 인사를 건넸다. "첫 환자분 오셔서 지금 쉴라가 바이털사인 체크하는 중이에요."

나는 필립 선배를 쳐다보며 쌀쌀맞게 말했다. "선배는 환자 없어요?"

"응, 첫 예약이 취소됐어." 그는 나를 보며 씩 웃었다. "얼른 나가서 다들 마실 커피나 좀 사 오려던 중이었어."

뭐, 커피라면 마다할 이유는 없었다. 내 머그잔이 어디론가 사라져 버린 후라서 더더욱 그랬다. 안 그래도 필립 선배가 깨뜨려 놓고서는 몰래 쓰레기통에 버린 뒤 시치미를 떼고 있는 건 아닐까, 의심하던 중이었다.

"필립 선생님, 정말 그러실 필요 없어요." 하퍼가 말했다. 다행히 하퍼는 여전히 선배를 선생님이라고 부르고 있었다. 만약 그냥 이름으로 불렀다면 정말로 걱정했을 것 같았다.

"진짜 괜찮다니까." 그는 책상에서 풀쩍 뛰어내리더니 두 팔을 옆으로 뻗어 꽤 불룩한 이두박근을 뽐내듯 내보였다. 언제 시간이 나서 운동을 한 거지? 나는 밥 먹을 시간도 없는데. "노라는 뭐 마실 거야? 블랙커피?"

"넵."

재킷을 가지러 사무실로 들어가는 필립 선배를 따라 들어갔다.

"왜 그래, 노라?" 그가 물었다.

나는 손짓으로 그를 사무실 안쪽으로 몰아넣고 문을 닫았다. "하퍼가 처음 여기 왔을 때, 내가 했던 말 기억하죠? 절대 작업 걸지 말라고 했던 거? 그 말 다시 하려고요. 절대로 하퍼한테는 그러지 말아요."

선배는 눈을 굴렸다. "노라…."

"저 지금 장난하는 거 아니에요."

필립 선배는 책상 위에 있던 청진기를 한쪽으로 밀어내고 책상 끝에 앉았다. "하퍼가 여기서 일한 지도 벌써 일 년이나 됐어. 새삼스럽게 그 얘길 또 하는 이유가 뭐야?"

"써니랑 헤어진 지 얼마 안 됐잖아요. 지금 마음이 무척 약해져 있다고요."

"노라, 하퍼가 자기 딸이라도 돼? 자기가 그렇게 걱정할 일은 아닌 것 같은데."

만약 필립 선배가 하퍼와 사귀기 시작하면 결말이 좋을 수가 없었다. 결국엔 하퍼가 클리닉을 그만두게 될 가능성이 컸다. 그나마 최선의 시나리오가 그 정도였다.

"선배는 원하면 누구든 만날 수 있잖아요…." 내가 말했다.

선배는 즐겁다는 표정이었다. "그렇긴 하지. 그렇게 말해주니 고맙네."

나는 끙 소리를 냈다. "지금 그 말이 아니잖아요. 그러니까 내 말은, 다른 사람을 찾아보라고요. 하퍼 말고요, 아셨어요? 제발 클리닉 안에서는 그러지 말라고요. 부탁이에요."

"노라, 그거 알아? 자기 화낼 때 여기 작은 혈관이 툭 튀어나오는 거." 그는 검지로 자기 관자놀이를 톡톡 두드리며 말했다. "그러다 혈관 터지겠어."

"선배…."

"알았다고, 알았어!" 그는 항복한다는 표시로 두 손을 들어 올렸다. "더 이상 하퍼 근처에도 가지 않을게. 완벽하게 사무적으로 굴게. 이제 됐지?"

그의 말을 다 믿을 수는 없었지만, 나는 고개를 끄덕였다.

필립 선배가 커피를 사러 간 뒤에야 나는 첫 환자를 보러 진료실로 들어갔다. 3개월 전 탈장 회복 수술을 했던, 티머시 더들리라는 남자 환자였다. 외과 의사로서 내 실력은 최고였다. 그래서 수술 후 합병증이 발생할 확률도 매우 낮았지만, 제로는 아니었다. 몇몇 환자는 절개 부위에 감염이 생기기도 했다. 아무리 실력이 좋아도 그것까지는 어쩔 수가 없었다.

더들리 씨도 수술 부위에 감염 증세가 있었다.

외과 의사로서 경험한 어떤 규칙 같은 게 있다면, 그건 성격이 최악인 환자에게 꼭 합병증이 생긴다는 거였다. 나를 온전히 신뢰하지 않는 환자. 그러다 일이 잘못되면 그들은 하여튼 외과 의사들은 피를 봐야 직성이 풀린다는 자신의 편견을 더욱 굳히곤 했다.

더들리 씨는 항생제를 투여해도 효과가 없어, 결국 절개 부위를 세척해야만 했다. 하지만 이제는 괜찮았다. 염증도 사라졌고 절개 부위도 다 아물어 치료는 거의 끝난 상태였다. 그래서 오늘은 수술 부위를 간단히 확인하고, 아무 일 없었다는 듯 그를 집으로 돌려보낸 뒤 다시는 보지 말았으면 하는 마음이었다.

하지만 진료실로 들어선 순간, 일이 그렇게 순조롭게 끝나지 않으리라는 걸 직감할 수 있었다.

더들리 씨는 티셔츠 아래로 불룩 튀어나온 배를 내밀고 진찰대에 앉아 있었다. 우리가 준 가운은 입지도 않고 그냥 옆에 내려놓은 채였다. 그는 짤막한 두 팔로 배 위에서 팔짱을 낀 채로 나를 노려보고 있었다.

악명 높은 내 아버지의 위세가 필요한 순간이었다. 나는 재빨리 미소를 지어 보였지만, 그는 마주 웃지 않았다. 조금도 웃는 기색이 없었다.

"오늘 컨디션은 어떠세요, 더들리 씨?" 내가 물었다.

"별로 안 좋아요. 수술한 부위가 아직도 아파요." 그가 대답했다.

"아직도 아프시다니 유감입니다."

숱 많은 그의 흰 눈썹이 위로 올라갔다. "정말 유감이라고 생각하는 건 맞소?"

나는 침통한 표정으로 고개를 끄덕였다. 이런 상황에서 화난 표정을 감추기란 정말 힘이 들었다. 생각 같아서는 내가 수술해주지 않았다면 당신 창자는 감금 상태로 괴사됐을 거고, 그랬다면 탈장 회복술이 아니라 창자의 상당 부분을 잘라냈어야 했을 거라고 소리라도 지르고 싶었다. 그렇게 됐더라도 그는 여전히 내 치료에 불만을 품었을 테지만.

"우리 가정의 말이, 나는 그 수술을 굳이 받지 않아도 됐을 거라고 합디다." 그가 말했다.

나는 두 손을 깍지 낀 채로 참을성 있게 그 말에 대꾸했다. "이쪽은 그분의 전문 분야가 아닙니다. 선생님은 그 수술을 꼭 받으셨어야 했어요. 그렇지 않고서야 제가 왜 수술했겠습니까?"

"가정의가 그러더군요. 당신은 일단 메스부터 들기로 유명한 의사라고."

지금까지 그가 나에게 했던 말 중, 이 말이 제일 신경에 거슬렸다. '일단 메스부터 들기로 유명한 의사'라니. 나한테 그런 평판이 따라다닌단 말이지? 내가 적극적인 치료를 선호한다는 건 나도 인정한다. 하지만 나는 외과 의사다. 그리고 우리 같은 사람들이 하는 게 바로 메스를 드는 일이고.

"그건 사실이 아닙니다." 내가 말했다.

"그리고 어떤 간호사한테 들은 얘긴데, 한 해 동안 수술을 누가 더 많이 하는지 다른 의사랑 시합한다고 그러더군요." 그가 말했다.

입안이 바싹 마르는 기분이었다. 나는 평정심을 잃지 않으려고 노력했지만, 쉽지 않았다. 어떤 간호사가 그런 소릴 했지? 대체 누가 나에 대해 그런 소리를 했을까? 그건 결코 해서는 안 될 말이었다. 한 사람의 커리어를 완전히 망가뜨릴 수도 있는 말이었다.

내가 만약 그 말을 한 간호사를 찾아낸다면, 그 사람은 자기가 뱉은 말을 꽤 많이 후회하게 될 터였다.

"그런 일 절대 없습니다. 제 말 믿으세요." 나는 침착하게 말했다. "대체 어떤 간호사가 그런 소릴 했죠?"

"누군지는 기억나지 않소."

그가 거짓말을 하는지 아닌지는 알 길이 없었다. 워낙 한 병실에 들어오는 간호사가 여럿이다 보니 그들의 이름까지는 기억 못 할 수도 있었다.

빌어먹을, 이 모든 일은 필립의 잘못일 가능성이 농후했다. 우리가 한 내기에 관해 나는 누구에게도 말한 적이 없었다. 사실은 내가 앞서고 있지만, 선배는 자신이 앞선다고 생각해서 그 일에 관해 간호사들에게 자랑스럽게 떠벌린 게 분명했다.

그래, 내가 수술을 많이 한다는 건 인정하지.

"당신에겐 이 모든 게 다 게임인가 봅니다?" 더들리 씨의 말투는 무척 냉소적이었다. "당신 때문에 나는 창자에 염증이 생겨 죽을 뻔했는데."

"더들리 씨—"

"내 말 똑똑히 들으시오, 노라 선생." 그는 손가락으로 내 얼굴을 가리키며 말했다. "내가 오늘 온 건, 내 변호사가 곧 당신한테 연락할 거란 말을 하려고 온 거요. 그 이유는 똑똑히 아셨겠지."

그렇게 말한 뒤, 그는 진찰대에서 내려와 나를 밀치고 발을 쿵쿵거리며 진료실 밖으로 걸어 나갔다.

이런, 시작부터 엉망진창이었다. 하지만 내게 수술 받은 대부분의 환자가 저러는 건 아니었다. 내가 저녁 대접을 거절하기 전까지 헨리 캘러핸이 그랬던 것처럼, 내게 무척 고마워하는 환자들이 대부분이었다. 그리고 더들리 씨가 정말로 나를 상대로 소송을 걸 수 있을지도 의심스러웠다. 애당초 그가 여기 나타난 이유도 그래서일 거라는 생각이 들었다. 그 역시 나를 고소하는 게 어렵다는 걸 알기 때문에, 최소한 겁이라도 주자는 계획이었을 것이다.

시도는 좋았지만, 별 타격은 없었다.

다음 환자가 도착했는지 확인하기 위해 프런트로 향하던 중이었는데, 하퍼가 급하게 복도로 들어서는 바람에 하마터면 그녀와 부딪칠 뻔했다. 하퍼의 볼이 살짝 상기돼 있었다. "노라 선생님, 안 그래도 지금 선생님 방으로 가던 중이었어요."

"다음 환자분이 오셨나요?"

"아뇨, 그게 아니라…." 하퍼는 대기실 쪽으로 시선을 던지며 말했다. "경찰관이 또 찾아왔어요."

더들리 씨의 협박은 무섭지 않았지만, 이건 달랐다. 나는 급히 숨을 들이마셨다. "지난번에 왔던 그 사람이에요?"

그녀는 천천히 고개를 끄덕였다. "네, 그 형사예요."

아, 이런. 이번에도 앰버 스완슨 때문인가? 경찰은 아직도 누가 범인인지 찾지 못하고 있었다. 그게 나라고 생각했을 리는 없었다. 나는 맹장을 제거하는 수술을 해준 것 말고는 그 여자에 대해 아는 것도 거의 없었다.

하퍼의 이마에 주름이 잡혔다. "별일 없는 거겠죠, 선생님?"

"물론이죠." 내 말투가 어찌나 단호한지 나조차 믿을 뻔했다. "우리 환자였던 분이…. 안타깝게 살해된 거잖아요. 경찰도 어떻게 된 일인지 알아내려고 애쓰는 중이고. 당연히 내가 도울 수 있으면 도와줘야죠."

하퍼는 그 여자를 죽인 범인을 찾는 일에 내가 어떤 도움을 준다는 건지 궁금한 얼굴이었다. 그래도 진실을 말해줄 순 없었다. 누구에게도.

하퍼가 바버 형사를 데리러 간 동안 나는 사무실에서 기다렸다. 평소 환자를 볼 때는 의사 가운을 거의 입지 않았지만, 나는 문 뒤 고리에 걸려 있던 하얀 가운을 걸쳐 입었다. 조금이라도 전문가처럼 보일 수만 있다면 뭐든 해 볼 만 하다고 생각했다.

내 사무실로 들어온 형사는 잠을 거의 못 잔 듯 피곤해 보였다. 턱에는 회색 수염이 까칠하게 자라 있었고, 셔츠는 잔뜩 구겨져 있었다. 처음 봤을 때보다 친숙해지기는커녕 더 무뚝뚝한 얼굴이었고, 예의상 웃는 기색도 전혀 없었다. 무섭도록 심각한 얼굴이었다.

"안녕하십니까, 노라 선생님." 그가 말했다.

나는 침을 꿀꺽 삼켰다. "형사님, 제가 뭔가 도움을 드릴 수 있다는 건 기쁜 일이지만, 이렇게 제 환자들이 지켜보는 사무실로 불쑥 찾아오시기보다는 차라리 저희 집에서 얘기를 나눴으면 좋겠는데요."

바버 형사는 표정 하나 바꾸지 않고 대답했다. "워낙 바쁘신 분이라 만나기가 쉽지 않아 그런 것이니 이해해 주시기 바랍니다. 그리고 이번 건이 긴급히 처리해야 할 사건이기도 하고요."

나는 머리를 저었다. "이해가 안 가는군요. 앰버 양은 일주일 전에 죽었는데, 뭘 그리 긴급하게 처리해야 한다는 거죠?"

"앰버 양 때문에 온 게 아닙니다."

온몸이 차갑게 식는 느낌이었다. 앰버 스완슨 때문에 온 게 아니라고? "그럼 무슨 일로…."

"노라 선생님, 셸비 길리스라는 이름의 환자를 아시나요?"

형사는 짙은 색 재킷 주머니에서 사진 한 장을 꺼내 내 책상 위로 밀었다. 나는 사진을 집어 정면을 응시하며 웃고 있는 얼굴을 들여다보았다. 길고 진한 갈색 머리카락에 파란색 눈을 가진 예쁜 여자의 사진이었다.

짙은 색 머리카락과 파란 눈동자.

"네, 몇 달 전에 유방 종괴 절제 수술을 하면서 조직 검사를 진행했던 걸로 기억합니다." 내가 말했다.

이제 모두 다 기억났다. 셸비 길비스는 오른쪽 가슴에 혹이 생겨 걱정을 많이 했었다. 나는 유방의 종괴를 제거하는 수술을 했고, 떼어낸 조직은 생체 검사를 위해 실험실로 보냈다. 결과는 양성이었다. 그 소식을 환자에게 직접 전했을 때, 그녀는 뛸 듯이 기빼했다. 두 손으로 내 손을 꽉 잡으며 "인생을 다시 살 기회를 얻은 기분이에요, 노라 선생님."이라고 말했었다.

나는 목소리를 가다듬었다. "그 환자분은…. 괜찮은 거죠?"

내가 생각해도 정말 바보 같은 질문이었다. 괜찮을 리가 없었다. 그녀가 아무 일 없이 괜찮다면 지금 형사가 나를 찾아와 그녀에 관해 물을 이유도 없을 것이다.

"어제저녁 등산객들이 셸비 양의 시신을 발견하고 신고했습니다. 칼에 찔려 사망했더군요." 그가 말했다.

목소리도 제대로 나오지 않았다. 인생을 다시 살 기회를 얻은 사람에게 정말 너무한 일이었다. "정말…. 너무 끔찍하네요."

"그리고 두 손도 모두 절단돼 있었습니다."

세상에, 이런. 토할 것처럼 속이 메슥거렸다. 내가 치료한 환자가 그런 식으로 죽은 채 발견되다니…. 물론 우연의 일치일 가능성도 있었지만, 두 명씩이나? 그걸 우연의 일치라고 할 수는 없었다. 그리고 형사도 그렇게 생각한 듯했다.

"노라 선생님?" 형사의 목소리가 매우 멀게 느껴졌다. "괜찮으십니까?"

"괜찮습니다." 나는 가까스로 대답했다. 형사가 보는 앞에서 이런 식으로 당황한 모습을 보일 수는 없었다. 지금 벌어지고 있는 일을 이해할 수는 없었지만, 겁에 질려 허둥대 봤자 좋을 게 아무것도 없었다. "전 괜찮아요."

바버 형사는 팔을 뻗어 조금 전 책상 위에 올려놨던 그 사진을 다시 집어 들었다. 그는 사진의 귀퉁이만 살짝 집어 매우 조심스럽게 주머니에 넣는 것처럼 보였다. 내 지문을 채취하려고 사진을 보여준 거였을까? 아니면 나 혼자 괜히 예민해져서 그러는 걸까? 지문이야 얼마든지 가져가도 상관없었다. 나는 이번 사건과 아무 관련이 없으니, 피해자들의 물건에서 내 지문이 나올 일도 절대로 없었다.

"셸비 양은 이틀 전에 실종 신고가 접수됐습니다. 미술관에서 일하는데, 월요일에는 출근했지만, 화요일에는 출근하지 않았다고 하더군요. 월요일 저녁에 퇴근해서 화요일 아침, 그사이 어느 시점에 실종된 게 확실해 보입니다만."

"그렇군요." 나는 작은 소리로 대답했다.

"그 시간 동안 선생님은 어디서 뭘 하셨는지 말해 주실 수 있겠습니까?"

"네, 대략 밤 8시쯤 사무실을 나가 집으로 갔을 겁니다."

"혼자 사시는군요."

"그렇습니다." 나는 땀에 젖은 손으로 내 무릎을 꽉 잡았다. "제 아버지는 아직 교도소에 수감 중인 게 맞는 거죠?"

"선생님께서 제일 잘 아시겠죠." 그는 내게서 잠시도 시선을 떼지 않고 물었다. "아버지를 면회하러 간 적이 있으신가요?"

"아뇨, 한 번도 없습니다."

그의 눈썹이 위로 올라갔다. "어떻게 그럴 수가 있죠? 그래도 아버지인데?"

"아버지가 아니라 괴물이에요. 그러니 그런 짓을 저질렀죠."

나는 그의 표정을 유심히 관찰했다. 그는 내가 실수하기를 기다리는 것 같았지만, 내게서 얻을 수 있는 건 아무것도 없을 터였다.

한편으로는 그 편지에 관해 털어놓고 싶은 마음도 조금쯤 있었다. 부엌 바닥에 떨어져 있던 아버지의 편지. 어쩌면 그게 이번 일과 관련이 있는지도 몰랐다. 더 이상 이 모든 걸 우연의 일치라고 생각할 수가 없었다.

하지만 이 형사를 믿을 수 없었다. 내가 그 편지 얘길 꺼내면 그는 어떻게든 그 사실을 나와 엮어 내게 잘못이 있는 것처럼 만들 것 같았다. 아버지는 지금 수감 중이니, 그가 우리 집 문 아래로 편지를 밀어 넣었을 리는 없었으니까.

"너무 슬픈 일이네요. 가족분들이 정말 충격이 크실 것 같아요. 어떻게 이런 비극이 일어날 수 있죠?"

바버 형사는 턱에 난 까칠한 수염을 손가락 끝으로 문질렀다. "당신 아버지가 재판받던 모습을 전 아직도 기억하고 있습니다. 그때 자신이 유죄라고 진술하면서 피해자들에게 정말 미안하다고 말했었죠. 할 수만 있다면 자신의 목숨을 그 여자들에게 다시 돌려주고 싶다는 말도 했었고. 누가 봐도 거짓말인데, 아주 진심인 것처럼 떠들어대더군요." 그는 나를 보며 눈을 크게 떴다. "선생님도 아버지만큼 거짓말을 잘 하시나요?"

얼굴이 뜨거워지는 게 느껴졌다. "형사님, 이만하면 충분한 것 같군요. 이제 그만 나가주시겠습니까? 그리고 앞으로는 변호사를 대동하지 않고는 아무 말도 하지 않겠습니다. 그냥 하는 소리가 아닙니다."

변호사부터 알아봐야겠군. 젠장.

바버 형사는 의자에 앉은 채로 자세를 바꿨다. 그는 지금 나를 어디까지 몰아붙일 수 있는지, 내가 어떤 사람인지 가늠해보는 중인 것 같았다. 그러나 오늘 만남으로 내가 그렇게 호락호락한 사람이 아니란 걸 깨달았을 것이다. 아무리 형사라지만, 직장까지 찾아와 괴롭힐 권리는 없었다. 마침내 그가 자리에서 일어났다.

"셸비 양에게 무슨 일이 있었는지 확인을 좀 하고 싶었을 뿐입니다. 뭐라도 단서가 될 만한 정보가 생각나시면 전화 부탁드립니다."

"알겠습니다." 나는 이를 꽉 문채 대답했다.

형사는 마지막까지 나를 지그시 바라보더니, 몸을 돌려 사무실에서 나갔다.

그가 나간 후, 나는 멍하니 벽만 바라보며 잠시 의자에 앉아 있었다. 불과 한 시간 전까지만 해도 하퍼에게 추근대는 필립이 내 최대 고민거리였다는 게 믿어지지 않았다. 그다음에는 나를 고소하겠다고 위협하는 환자가 등장하더니 갈수록 문제가 심각해졌다.

일주일 간격으로 내 환자 두 사람이 살해당했다. 그런 게 우연의 일치일 수는 없지 않은가?

설령 우연의 일치라고 하더라도 손이 잘린 건 어떻게 설명해야 하지…? 나와 어떤 관련이 있다는 건 부정할 수 없었다. 내가 이끌어낼 수 있는 확실한 결론은 그거였다.

누가 이런 짓을 하고 있는지는 몰라도 그는 나를 아는 사람인 게 분명했다.

19

26년 전

지하실 문을 밀자, 삐걱 소리와 함께 문이 열렸다.

지하실 안은 너무나도 깜깜했다. 조금 전 들었던 소리 때문에 아빠가 내려와 있지 않을까 생각했었는데, 이렇게 깜깜한 데서 일을 할 리는 없었다.

나는 손을 뻗어 조명 스위치를 눌렀다.

우리 집 지하실에 들어와 보는 건 처음이었다. 정사각형 모양의 공간은 축축했고, 콘크리트 벽에는 페인트도 칠해져 있지 않았다. 전등을 켰는데도 아래쪽은 여전히 매우 어두웠다. 조명이라고는 천장에 걸려 있는 알전구 하나가 전부였다. 지하실 한쪽 구석에는 당연하게도 작업대가 하나 놓여 있었다. 나는 왜 뭔가 다른 게 있을 거라고 생각했을까? 길쭉한 형태의 작업대 위에는 기계톱처럼 보이는 뭔가가 놓여 있어서 전에 들었던 소리가 이 톱 소리였구나, 추측할 수 있었다. 망치도 하나 있었다. 그런데 공구라고 하기엔 좀 이상해 보이는 것들도 있었다.

예를 들면, 칼 같은 것. 시퍼렇게 날이 선 긴 칼이 알전구 불빛 아래에서 번득이고 있었다. 또한 탁자 위에는 표백제가 담긴 커다란 통도 놓여 있었다. 가구를 만드는데 표백제가 필요했던가?

라벤더 향이 나는 커다란 탈취제 스프레이도 한 통 있었다.

그런데 그중에서도 가장 이상한 것은 탁자를 온통 물들인 진한 갈색 얼룩이었다. 페인트인 게 분명했다. 아마도 아빠는 모든 가구에 갈색 페인트를 칠한 모양이지?

지하실 전체에서 라벤더 냄새가 났다. 모든 벽과 바닥에 그 냄새가 붙어 있었다. 하지만 그것보다 더 지독한 다른 냄새도 났다. 뭔가가 썩고 있는 듯한 냄새.

정말 지독했다. 뭔가가 이 아래에서 죽은 것 마냥.

또 이상한 점은, 작업 중인 가구가 하나도 없다는 거였다. 아빠는 이번 주 내내 저녁마다 여기 내려와 있었는데, 만들고 있는 의자나 책장 그런 게 전혀 보이지 않았다. 그럼 아빠는 도대체 여기서 뭘 만들고 있었던 거지? 분명 뭔가를 계속하고 있었는데.

작업대를 계속 내려다보고 있는데, 뒤에서 어떤 소리가 들렸다. 나는 펄쩍 뛸 만큼 놀라 주위를 둘러보았다. 하지만 아무것도 없었다.

그때 또 소리가 들렸다. 숨죽여 내는 듯한 사람 소리.

그걸 본 건 그때였다. 지하실 구석 가장 어두운 곳에 상자인지 바구니인지 모를 것이 얇은 천으로 덮여 있었다. 무슨 소리인지는 모르겠지만, 그 천 아래에서 들리는 것 같았다.

나는 조심스럽게 지하실 구석으로 걸어갔다. 내 발걸음 소리가 너무 크게 들렸지만, 그게 문제가 아니었다. 어차피 여기 내려온 사람은 나뿐일 테니까.

가까이 다가가 걸음을 멈추고 잠시 그 자리에 서서 지켜보았다. 숨죽인 듯한 소리가 또 들렸다. 살아있는 뭔가가 그 안에 있는 것 같았다. 동물인가? 아니, 동물이 내는 소리하고는 좀 달랐다.

나는 깊이 숨을 들이쉰 다음, 천을 향해 손을 뻗었다. 조심스럽게 천을 당겼더니, 바닥까지 덮고 있던 천의 가장자리가 살짝 들렸다. 내가 마주한 건 상자가 아니라 우리였다. 사방이 쇠창살로 된 직사각형 모양의 우리. 그리고 천 밑으로 이쪽을 내다보는 파란색 눈동자를 보고 말았다.

"노라, 뭐하니?"

나는 잡았던 천 자락을 놓으며 우리에서 재빨리 떨어졌다. 심장이 마구 쿵쾅거렸다. 계단 위를 올려다보니, 아빠의 검은 그림자가 문가에 서 있었다. 눈에 불을 켠 것처럼 아빠의 눈이 어둠 속에서 빛나고 있었다.

"죄…. 죄송해요." 나는 더듬거렸다. "무… 문이…."

계단을 내려오는 아빠의 묵직한 발걸음 소리가 공간에 울려 퍼졌다. 내 걸음 소리도 무척 크다고 느꼈는데, 아빠의 발소리는 총이라도 쏜 것처럼 정말 크게 들렸다. "궁금했던 모양이구나."

"네." 나는 기어들어 가는 목소리로 대답했다.

계단 제일 아래까지 내려온 아빠의 검은 눈동자가 내 눈을 똑바로 들여다보고 있었다. "그래, 내려와 보니 어떠니?"

조금 전 부엌에서 물 한 잔을 다 마셨는데도 입이 바짝 타들어 가는 기분이었다. "저…."

아빠는 작업대 위에 한 손을 얹고 미끄러지듯 쭉 훑었다. "세상 모두가 이해를 못 해도 너만은 나를 이해할 거라고 생각했다, 노라. 넌 꼭 나 같단 말이야. 네 눈에서도 그게 보여."

이제야 나는 모든 게 이해됐다. 아빠는 지하실 문을 잠그는 걸 잊은 게 아니었다. 아빠는 내가 여기 내려와 보길 바란 거였다.

아빠는 가만히 나를 내려다보고 있었다. 우리는, 아빠와 나는 닮은 구석이 아주 많았다. 검은색 머리, 짙은 갈색 눈동자도 똑같았다. 사람들이 얼굴만 보고도 우리가 부녀 사이란 걸 알아차릴 정도로.

"네가 배워야 할 게 아주 많아." 아빠는 작은 목소리로 웅얼거렸다. "너한테 많은 걸 가르쳐주고 싶어."

나는 천이 덮여 있는 우리를 힐끗 쳐다봤다. 그 안에서 또다시 숨죽인 사람 소리가 들려왔다. 비명을 지르는 것 같았다.

"너도 배우고 싶지, 그렇지?" 아빠가 말했다.

나는 천천히 고개를 끄덕였다. "네." 목소리가 겨우 나왔다.

"좋아." 아빠는 손목시계를 보더니 말했다. "오늘은 너무 늦었으니, 그만 자는 게 좋겠다, 노라. 하지만 조만간 수업을 시작하기로 약속하마."

나는 아빠를 따라 지하실 계단을 올라갔다. 등 뒤로 아빠가 지하실 문을 잠그는 소리가 들렸다.

20

현재

오늘은 퇴근하고 싶지 않았다. 아무도 없는 빈집에 들어가야 한다고 생각하니 괜히 무섭고 겁이 났다. 아무리 애를 써도 셸비의 얼굴이 자꾸만 떠올랐다. 마지막으로 봤을 때, 그렇게 생기가 넘쳐 보였는데, 지금은….

누가 왜 그런 짓을 하는 건지 이유를 알고 싶었다. 하지만 대답을 듣는다 해도 납득할 수 있을 것 같진 않았다. 아버지에게도 이유 같은 건 없었다. 아니, 엄밀히 말하면 이유가 있긴 있었다. 아버지는 그게 즐거웠기 때문에 그렇게 했다.

내 외모는 내가 남자였다면 애런 니어링의 판박이라는 말을 들었을 만큼 비슷했다. 할머니는 내가 아빠를 닮은 게 싫다고 했다.

나를 쳐다보며 혐오스럽다는 듯 고개를 저은 적도 있었다. "노라, 네 속에 아무래도 악마가 사나 보다."

할머니가 아직 살아계셨다면 형사가 그랬던 것처럼 할머니 역시 그 여자들을 죽인 사람이 나라고 생각했을지도 모른다는 생각이 들었다.

집에 가고 싶지 않은 만큼 사무실에 제일 마지막까지 남은 사람이 되고 싶지도 않았다. 밖에서 하퍼가 가방을 챙기는 소리가 들렸을 때, 나도 얼른 핸드백과 재킷을 챙겨 밖으로 나갔다. 하퍼는 나를 보고 웃긴 했지만, 눈을 크게 뜨며 깜짝 놀란 표정을 지었다. 내 표정이 무척 안 좋았던 모양이었다.

"노라 선생님, 괜찮으세요?" 하퍼가 말했다.

"괜찮아요." 나는 얼른 대답했다. 하퍼가 겨드랑이 사이에 생물학 책을 끼워 넣으며 일어서는 걸 보고 내가 물었다. "이제 퇴근하는 거예요?"

그녀는 고개를 끄덕였다. "룸메이트가 자꾸만 클럽에 가자고 해서요."

"아, 그래요?" 하퍼가 아무 약속도 없으면 같이 술이나 한잔하자고 말하고 싶었는데 할 수 없었다. "재밌게 놀고 와요."

"그럼 내일 뵐게요." 하퍼는 파란 눈을 깜빡이며 나를 보고 웃었다. 짙은 갈색 머리카락과 파란 눈을 가진 예쁜 여자. 앰버 스완슨과 셸비 길리스와 똑같았다.

"하퍼, 자기 몸은 자기가 지켜야 하는 거 알죠? 그런 용도로 뭐 가지고 다니는 거 있어요?"

"지금은 없는데, 베키 방에 콘돔이 백 개도 넘는 것 같더라고요. 필요하면 베키한테 빌리면 돼요."

나는 움찔했다. "아니, 그런 말이 아니라, 길거리에서 누가 갑자기 공격이라도 하면 말이에요. 스스로를 보호할 수 있는 도구가 있냐 그 말이었어요."

"음…." 하퍼는 핸드백을 고쳐 멨다. "없는 것 같아요…."

"잠깐만 있어 봐요."

나는 비품 창고로 얼른 달려갔다. 두 여자를 죽인 사람이 누군지는 모르지만, 하퍼에게도 그런 일이 일어나는 건 정말 겪고 싶지 않았다. 창고에는 거즈, 반창고, 알코올 솜 등이 잔뜩 쌓여 있었고, 실밥과 스테이플을 제거할 때 사용하는 도구도 갖춰져 있었다. 어두운 골목에서 괴한과 마주쳤을 때 도움이 될 만한 건 찾아보기가 힘들었다. 그때 주사기가 눈에 들어왔다.

완벽하진 않지만, 없는 것보단 낫겠지.

나는 3밀리리터 주사기에 18게이지짜리 굵은 주사침을 돌려 꽂았다. 이 정도면 상대를 꽤 고통스럽게 할 수 있겠다 싶었다. 물론 그 전에 주삿바늘의 보호 덮개부터 벗겨야 하지만, 완전히 무방비 상태인 것보단 나을 것 같았다.

나는 주사침을 꽂은 주사기를 들고 비품 창고에서 나왔다. 그걸 하퍼에게 건네니, 그녀는 만지고 싶지도 않다는 표정으로 매우 조심스럽게 받아 들더니 "아…, 감사해요."라고 하며 가방 속에 넣었다.

"쓸 만한 게 있을 줄 알았는데, 다음에 나가서 호신용 삼단봉 같은 거라도 사는 게 좋겠어요." 내가 말했다.

"선생님 진짜 괜찮으신 거 맞죠?" 하퍼가 걱정스러운 눈으로 나를 쳐다봤다.

아니, 난 괜찮지 않았다. 조금도 괜찮지 않았지만, 진실을 말하고 싶진 않았다. 그걸 알게 되면 더 이상 나를 예전 같은 시선으로 볼 수 없을 테니까. 바버 형사 같은 그런 눈빛으로 나를 보게 될 테니까.

두 손이 잘린 채 죽은 두 명의 여자들. 그건 무슨 의미일까?

"난 괜찮아요. 무슨 문제라도 생기면 바로 911에 전화하는 거 잊지 마요." 나는 하퍼에게 거듭 당부했다.

"그럴게요." 그녀는 내가 이상하게 군다고 생각하는 것 같았지만, 그래도 순순히 알겠다고 대답했다.

하퍼가 나가자마자 나도 사무실을 나섰다. 하지만 절대 집으로는 가고 싶지 않았다. 아무도 없는 집에 가면 또다시 아버지의 편지가 문 밑에 떨어져 있을 것만 같았다.

주택용 방범 시스템과 CCTV를 설치해야겠다는 생각이 들었다. 모두 그곳이 안전한 동네라고 했지만, 지금은 전혀 안전하게 느껴지지 않았다.

고속도로를 달려 집으로 가던 중, 크리스토퍼즈 방향으로 나가는 출구가 가까워지고 있었다. 브래디와 굉장한 밤을 보내고 그 집에서 도망치듯 빠져나온 후로, 거의 일주일 가까이 크리스토퍼즈에 발길을 끊은 상태였다. 그곳은 내가 몇 년째 다니던 단골 바이고, 그는 거기서 일한 지 얼마 되지도 않은 직원인데, 왜 내가 브래디 때문에 그곳에 다시 갈 수 없는 건지, 어쩐지 억울한 생각이

드는 것도 사실이었다.

이러면 안 된다고 생각하면서도 어느새 고속도로 출구 방향으로 차를 몰고 있었다. 잠깐 들어가 브래디가 있는지 없는지만 확인하자. 있으면 바로 나오고, 없으면 올드 패션을 딱 한 잔만 마시는 거야.

브래디를 다시 보고 싶지는 않았다. 지난번 마트에서 집주인 할머니가 내게 했던 말이 신경 쓰여서 그런 건 아니었다. 그 할머니는 아무리 봐도 제정신으로 보이진 않았으니까. 지금은 그저 세상 누구와도 엮이고 싶지 않을 뿐이었다.

바 안을 슬쩍 들여다보니, 처음 보는 바텐더가 서빙을 하고 있었다. 브래디는 어디에도 보이지 않았다. 신이시여, 감사합니다.

마음 한구석에는 실망스러운 마음이 드는 것도 사실이었지만 어쨌든 잘됐다 싶어 냉큼 뒤쪽 테이블에 자리를 잡고 앉아 올드 패션을 주문했다. 이 한 잔으로 오늘 일을 다 잊는 건 역부족일 것이다. 무슨 짓을 한대도 이 심란한 마음이 쉽게 가라앉을 것 같지는 않았다.

"노라?"

내 이름을 부르는 소리에 나는 얼른 고개를 들었다. 내 옆에 서 있는 브래디를 보고 내 입에서는 헉 소리가 새어 나왔다. 브래디도 놀란 듯했지만, 그래도 내가 반가운 모양이었다.

"안녕." 나는 말했다. "어, 그러니까…. 네가 일하는 중인 줄은 몰랐네."

브래디는 바를 보더니, 다시 내게로 시선을 돌렸다. "방금 교대했어."

와우, 어쩜 나는 타이밍도 이렇게 못 맞출까.

마침 그때 웨이트리스가 올드 패션을 들고 다가왔다. 그녀는 무뚝뚝한 얼굴로 내 앞에 술잔을 내려놓더니, 브래디와 눈이 마주치자 방긋 웃는 얼굴로 어깨에 손까지 올리고 인사를 건넸다.

따뜻하게 퍼지는 기분 좋은 느낌이 간절했던 나는 올드 패션을 들어 얼른 한 모금 마셨다. 그런데 도로 뱉어내고 싶을 정도로 맛이 이상했다.

"윽! 맛이 왜 이래!" 나도 모르게 큰 소리가 나왔다.

브래디에게 말을 걸려고 근처에서 얼쩡거리고 있던 웨이트리스도 내 말을 들은 모양이었다. 그녀는 나를 향해 어깨를 으쓱하며 말했다. "죄송해요. 새로 온 바텐더가 실력이 영 별로예요."

"이건 너무 쓰잖아요." 나는 술잔을 밀어내며 말했다. "비율이 완전 엉망이에요."

브래디가 슬며시 웃으며 말했다. "걱정 마. 내가 새로 만들어 줄게."

내가 뭐라고 하기도 전에 브래디는 내 잔을 휙 가져갔다. 그는 바 뒤로 걸어가 바텐더에게 뭐라고 말을 걸더니 1분 뒤, 새로 만든 술을 가지고 돌아와 내 앞에 내려놓았다. 그러고는 내가 한 모금 마실 때까지 기다렸다. 당연히 술맛은 아주 좋았다. 적당히 달고 적당히 썼다.

아버지가 즐겨 마시던 딱 그 맛이었다.

"진짜 고마워." 내가 말했다.

"별거 아니야."

그는 나를 향해 고개를 까딱해 보이고는 뒤돌아 출입문을 향해 걸어갔다. 그런 그를 보며, 이러면 안 되는데 하면서도 나는 그의 이름을 부르고 말았다. "브래디!"

그가 멈추고 뒤돌아봤다. "응?"

나는 숨을 크게 들이마시고 말했다. "사실은, 혼자 있고 싶지 않아."

천천히 그의 얼굴에 미소가 번졌다. 그는 망설이는 기색도 없이 내가 앉은 테이블로 돌아와 건너편에 앉았다. "그 말만 기다렸어."

그는 내 앞에 있던 냅킨을 집어 들고 만지작거렸다. "대학 때 너랑 헤어진 후에도 자꾸 네 생각이 났었어."

나는 큰 소리로 웃었다. "에이, 거짓말하지 마."

"진짜라니까! 계속 나한테서 달아나기만 하는 사람을 뭐가 좋다고 이러는지."

"우린 겨우 3개월 만났던 사이야."

"나도 알아, 하지만…." 그는 냅킨을 살짝 찢었다. "그 당시 우리는 서로 비슷한 데도 별로 없었지. 나도 알아. 그러니까 나는 컴퓨터밖에 모르는 얼간이였고, 넌 어떻게든 의사가 되겠다며 공부에만 미쳐 있던 애였고. 그런데도 난 왠지 우리가 연결돼 있다는 느낌을 받았었어. 바보 같은 소린 거 나도 아는데, 어쨌든 난 그랬어."

그렇군. 나 같은 사람과 연결돼 있다고 느낀다는 건, 브래디도 나랑 비슷한 종류의 사람이라는 뜻일까?

그는 어깨를 으쓱하며 말했다. "너랑 헤어진 후로는 한 번도 그런 사람을 만나본 적이 없었어."

"한 번도?"

그는 고개를 저었다.

"전 부인도?"

웃는 그의 입술이 한쪽만 쓱 올라갔다. "글쎄, 그런 느낌이 있었다면 이혼하지 않고 지금까지 잘살고 있지 않았을까?"

"그럴 수도 있고, 아닐 수도 있겠지."

"아무튼, 네가 왜 헤어지자고 했는지 난 아직도 이유를 모르겠어. 우리 사이, 아무 문제도 없다고 생각했는데, 네가 갑자기 헤어지자고 했잖아."

"그건 지금도 미안하게 생각해."

"이유가 뭔지, 지금이라도 말해줄 순 없어?" 그는 이마를 찡그리며 말했다. "앞으로 참고라도 할 수 있게 말이야."

"너 때문에 그런 건 아니야. 그냥 우리 관계가 너무 진지해지는 것 같아 싫었을 뿐이야. 그건 지금도 마찬가지고."

"그렇구나. 하지만…." 그는 무슨 말을 할 것 같은 표정이었지만, 생각을 바꾼 듯했다. "그래, 그럴 수 있다고 생각해."

나는 남은 올드 패션을 마저 마셨다. 나는 재고 말고 할 것도 없이 불쑥 말을 꺼냈다. "너희 집에 다시 가지 않을래?"

"좋아." 그가 너무 빨리 대답해 나도 모르게 웃음이 나왔다. "이번에도 차 두 대로 갈 거야?"

"응."

"이따가 내가 여기까지 데려다 줄 수도 있는데—"

"아니, 따로 갈래."

"알았어, 가자." 그는 고개를 끄덕였다.

21

오늘 밤은 지난번보다 더 좋았다. 계속 이런 식으로 가다가는 다음 달쯤이면 내가 정신을 잃고 까무러치는 게 아닐까 싶을 정도였다. 까무러치는 한이 있더라도 그런 기분을 한번 맛보고 싶기도 했다.

침대에 바싹 붙은 채 함께 누워있던 브래디가 손을 뻗어 휴대폰을 집어 들더니, 어디론가 전화를 걸었다.

"누구한테 전화하는 거야?" 내가 물었다.

"피자 주문하려고. 오늘은 안 된다고 하지 마. 네가 안 먹으면 나 혼자서라도 다 먹어 치울 거니까. 지금 너무 배고파. 너 때문에 식욕이 폭발한 것 같아."

"좋아, 나도 먹을래." 피자 소리를 듣자마자 나도 믿을 수 없을 정도로 허기가 몰려왔다.

"여보세요?" 수화기 너머 목소리가 옆에 있는 내게도 다 들렸다. "피자 주문하려고요. 라지 사이즈 치즈피자로 부탁해요. 페퍼로니… 버섯… 양파… 추가해 주시고요." 나는 팔꿈치로 브래디의 옆구리를 쿡 찔렀다. "아, 아니요, 양파는 빼주세요. 샐러드 하나 같이 주문하는 건 어때?" 그는 나를 보며 눈썹을 들어 올렸고, 나는 고개를 끄덕였다. "네, 샐러드 추가해 주시고요…. 프렌치프라이도 먹을래?" 나는 고개를 저었다. "프렌치프라이는 말고요, 피자랑 샐러드만 주세요."

그는 전화를 끊고 내게 고개를 돌렸다. "피자 오려면 30분 정도 걸리는데, 한 번 더 할래?"

나는 그의 어깨를 툭 쳤다. "진짜 또 하고 싶은 거야?"

그는 씩 웃었다. "너만 좋다면 나야 좋지."

나는 잠시 생각하다가 고개를 저었다. 내겐 그럴 기운이 남아 있지 않았다. 브래디의 체력이 감탄스러울 뿐이었다. "TV나 보자."

"뭐든 분부만 내리십시오." 그는 침대 옆 탁자에 있던 리모컨을 집어 들었다. 서랍장 위에 올려놓은 작은 텔레비전의 전원을 켜려다 말고 그가 물었다. "우리 영화나 볼까?"

불현듯 언젠가 이 상황을 경험했던 것 같은 느낌이 들었다. 전에도 브래디가 정확히 '우리 영화나 볼까?'라고 물었던 것 같은데. 그다음에는 우리가 어떤 영화를 고르든, 차마 눈 뜨고 보기 힘들 정도로 폭력적이고 피가 낭자한 그런 영화가 나올 거라는 생각이 들었다.

"지금도 슬래셔 무비 좋아해?" 내가 물었다.

잠깐 동안 브래디는 내가 무슨 소릴 하는지 모르겠다는 듯 내 얼굴을 쳐다보더니, 웃음을 터트리며 말했다. "난 또 무슨 소리라고. 아니야, 그런 영화 안 본 지 몇 년은 됐어. 나도 나이를 먹은 거지."

더 이상 흥미가 없다니, 갑자기 안도감이 밀려왔다. 그런 영화를 좋아한 것도 그냥 한때였구나. 지금까지 내가 너무 예민했던 것 같다. "그럼 지금은 어떤 영화 좋아해?"

"영화는 다 좋아해. 쿠엔틴 타란티노 감독을 특히 좋아하긴 하지만."

쿠엔틴 타란티노?! 그 감독 영화라면 슬래셔 무비보다 나을 게 없잖아! 더 잔인한 건 아니라고 해도, 더 낫다고 말할 수는 없었다. 타란티노의 영화라면 폭력적인 장면이 많기로 유명했다. 여자 주인공이 200명쯤 되는 닌자의 목을 베는 그런 영화도 있지 않았나?

"네가 보고 싶은 거 아무거나 봐. 여성 취향의 영화도 난 상관없어."

텔레비전 채널의 선택권까지 양보하는 걸 보니, 브래디는 나를 정말 좋아하는 모양이었다. "그냥 TV에 뭐 나오는지 보자." 내가 말했다.

브래디가 텔레비전을 켜자 마침 10시 뉴스를 하고 있었고, 하필이면 셸비 길리스에 관한 뉴스가 보도되고 있었다. 그날 낮에 촬영한 듯한 영상에서 기자는 셸비의 시신이 발견된 곳이라며 어느 산길의 모습을 보여준 뒤 이렇게 말했다. "26세 셸비 길리스가 시신으로 발견된 현장입니다. 셸비 양의 몸에는 밧줄에 쓸린 상처와 함께 가슴에 여러 차례 칼에 찔린 상처가 남아 있었습니다. 또한 전문가들은 그녀가 죽기 전에 두 손이 모두 절단된 것으로 보고 있습니다."

나는 브래디가 어떤 표정을 짓고 있을지 궁금해 그의 얼굴을 슬쩍 쳐다보았다. 그런 소식에도 그는 특별히 놀라거나 질색하는 것 같아 보이지는 않았다. "무섭네." 그가 한 말은 그게 다였다.

"그러게." 나는 나지막이 중얼거렸다.

"이거, 예전에 그 연쇄 살인범이 저지른 짓하고 비슷하지 않아? 애런 니어링이라고, 그때 다들 핸디맨이라고 불렀었잖아. 기억나? 그때 우리 나이가 한 열한 살에서 열두 살쯤 됐었을 텐데."

바에서 브래디를 처음 봤던 그날 밤이 떠올랐다. 그때 브래디는 퀴즈 쇼의 정답이었던 아버지 이름을 아주 쉽게 맞췄었다. "난 잘 모르겠어." 나는 대답했다.

그는 팔꿈치로 나를 툭 치며 말했다. "그때도 그 살인범이 피해자들 손을 다 절단해서 엄청 큰 상자에 무슨 기념품이라도 되는 것처럼 보관했었잖아."

목으로 신물이 올라오려고 했다. "그 얘기는 하지 마…."

브래디의 눈이 갑자기 커졌다. "아, 내가 괜한 소릴 했나 봐. 미안해. 나 때문에 기분 나빠진 거야? 그러라고 말한 건 아니야. 그냥, 넌 외과 의사니까 그런 얘기는 아무렇지도 않을 것 같아서 말했던 건데…."

나는 침을 꿀꺽 삼켰다. 물론 뉴스에서 흔히 들리는 얘기들이었다. 그저 이 순간에 듣고 싶지 않을 뿐. 나는 아무 일도 없었던 것처럼 태연하게 굴려고 노력했다. 그리고 바닥에 여기저기 널브러져 있던 옷가지들을 집어 들었다.

"잠깐." 브래디가 일어나 앉았다. "미안하다고 했잖아. 설마 가려는 건 아니지?" 브래디도 자기 바지를 입으며 말했다. "그냥 가는 건 안 되지."

나는 수술복 상의를 뒤집다 말고 브래디의 갈색 눈을 바라보았다. "왜 가면 안 된다는 거야?"

"네가 그냥 갈 줄 알았으면, 피자에 양파는 안 뺐을 거야. 이건 좀 불공평하지 않아?"

어깨에서 힘이 빠졌다. 잠깐이라도 모든 걸 잊고 싶어 여기까지 따라왔으면서 내가 왜 이렇게 흥분하는 건지 나도 나 자신을 이해할 수 없었다.

"그럼 피자만 먹고 갈게. 그리고 뉴스는 보지 말자." 내가 말했다. "내가 같이 볼 수 있는 다른 프로를 찾아볼게."

브래디는 다시 베개에 기대더니, 마치 중요한 임무라도 수행하는 것처럼 텔레비전 채널을 돌리기 시작했다. 그럴 기분은 아니었지만, 브래디의 행동이 귀여워 웃지 않을 수 없었다.

브래디가 볼 만한 프로를 찾는 동안 나는 잠깐 화장실에 가려고 일어섰다. 침실 밖 복도에는 불빛이라곤 없어서 나는 하마터면 문틀에 발이 걸려 넘어질 뻔했다. 화장실은 왼쪽에, 그리고 화장실 바로 오른쪽에는 다른 방이 있었다. 브래디가 사무실로 쓴다는 방. 문은 여전히 닫혀 있었다. 아마도 잠겨 있겠지?

나는 또다시 마음이 불안해지며 불편한 감정에 휩싸였다. 브래디는 왜 방문을 잠가뒀을까? 어차피 현관문에도 잠금장치가 있고, 이 집은 자기 혼자 사는 집인데. 굳이 저 방까지 잠가둘 이유가 있을까? 마트에서 만났을 때 집주인 할머니가 했던 말이 다시 떠올랐다.

'밤에 위층에서 누군가 비명을 지르는 소릴 내가 들었다고. 여자 소리였어. 도와달라고 울부짖었어.'

침실 쪽을 힐끗 돌아보니, 브래디는 여전히 리모컨을 붙들고 채널을 돌리고 있었다. 나는 화장실에 가는 대신 불가사의한 그 방에 한 발짝 더 가까이 다가섰다.

브래디가 그냥 사무실이라고 했으니, 그 말이 맞겠지. 뭣 하러 거짓말을 했겠어?

하지만 아버지도 지하실에서 뭘 하는지 내내 거짓말을 했었잖아?

진정해. 그렇다고 모든 사람이 다 미치광이 살인마는 아니야, 노라.

브래디는 좋은 사람이었다. 대학 때도 그랬고, 지금도 여전히 좋은 사람이었다. 이 방은 그냥 사무실이야. 그가 말한 그대로일 거라고 확신했다. 그가 문을 잠가둔 건, 재무 관련 서류의 보안을 위해서일 거야. 더구나 이 동네는 주변 환경이 그리 좋지도 않잖아.

브래디가 아직도 리모컨을 붙들고 있는지, 나는 다시 한번 침실을 돌아봤다. 그리고 닫힌 문을 향해 더 가까이 다가갔다. 지난번처럼 잠겨 있을 거라고 예상하면서 나는 문손잡이에 손을 올렸다. 하지만 문은 잠겨 있지 않았다. 손잡이가 돌아가며 문이 열렸다.

방안을 본 내 입이 떡 벌어졌다. 거긴 사무실이 아니었다. 사무실이라니, 어림도 없었다. 아, 세상에.

내가 무슨 말을 하기도 전에 내 뒤로 브래디의 그림자가 쓱 다가오는 게 느껴졌다.

22

“노라” 브래디가 내 이름을 불렀다.

나는 도저히 내 눈을 믿을 수가 없어 고개를 저었다. “이게 다 뭔지 말해 봐.”

브래디 말만 믿고, 책상과 컴퓨터 같은 게 있을 거라고 생각했었다. 아니면 서류 보관용 캐비닛이나. 하지만 사무실이라고 한 이 방은 전혀 사무실 같아 보이지 않았다.

대신 침대가 있었다. 분홍색 시트가 깔린 1인용 침대. 그리고 벽을 따라 동물 인형들이 줄지어 놓여 있었다. 베개에는 처음 보는 만화 캐릭터가 그려져 있었고, 방 반대편 벽에는 분홍색으로 된 작은 인형 집이 놓여 있었다.

“노라.” 브래디는 목뒤를 문지르며 말했다. “미안해. 난….”

“이게 도대체 뭐야?”

브래디는 온통 핑크색으로 도배된 침실을 보고, 다시 나를 쳐다봤다. 그의 얼굴에는 미안한 기색이 역력했다. "여긴 내 딸 방이야."

"딸이 있었어?"

"응." 맨발로 서 있던 그는 몸의 중심을 한쪽으로 옮겼다. "너한테 말 안 한 건 미안해. 난 그냥…. 모르겠어. 왠지 그러면 안 될 것 같았어."

"딸 이름이 뭐야?" 내가 물었다.

"루비." 그는 억지로 웃으며 말했다. "다섯 살이야. 주로 엄마랑 같이 사는데, 2주에 한 번 주말에만 여기서 자고 가. 사진 보여줄까?"

아이에 관한 말이니 진실일 거라 믿으면서도 나는 고개를 끄덕였다. 사진을 보며 딸이 정말 귀엽니 어쩌니 그런 말을 할 기분은 아니었다. 더구나 딸이 있다는 사실을 감쪽같이 속인 지금 같은 상황에서는.

브래디는 침실에서 휴대폰을 가지고 돌아와 재빨리 사진첩을 열고 사진 하나를 찾았다. 양 갈래로 예쁘게 땋은 갈색 머리에, 코와 턱은 브래디를 꼭 닮은 여자아이의 사진이었다. 앞니 하나가 빠져 있었는데, 그 모습조차 귀여웠다. 내가 사진을 찬찬히 보고 있는 동안 그는 조심스럽게 내 얼굴만 바라보았다.

"귀엽네." 나는 냉랭한 말투로 그렇게 말했다.

"그치? 고마워."

브래디에게 휴대폰을 내밀자, 그가 다시 받아 들었다. "이제 가봐야겠어." 내가 웅얼거렸다.

"뭐?" 그의 얼굴이 어두워졌다. "노라, 제발. 가지 마. 응?"

나는 그를 쏘아보았다. "딸이 있으면서 왜 나한테는 말 안 한 거야?"

"모르겠어." 그는 고개를 떨구었다. "나도 이혼한 지 겨우 1년밖에 안 됐고, 이런 모든 게…. 이런 상황이 다 처음이란 말이야. 기껏해야 일주일 아님 이 주일에 한 번 오는 애를 굳이 너한테 말해야 하나 싶기도 했고. 그리고 솔직히 말해서 너랑 처음 잤던 날도 이제 다시는 너를 못 만날 거라고 생각했었어. 그래서 더더욱 루비 얘길 하고 싶지 않았던 거고."

나는 두 손을 허리에 올렸다. "그러니까 그런 얘길 할 만큼 날 믿지 않았단 소리네."

"솔직히, 너도 섹스한 지 5초 만에 가버렸잖아. 그건 괜찮고?"

나는 빈정거리며 말했다. "그래? 잘 봐. 이번에도 또 그럴 거니까."

"노라…."

나는 브래디를 밀치며 거실로 가, 거기 두었던 핸드백과 재킷, 신발을 찾아 들었다. 브래디가 잔뜩 이마를 찌푸리며 나를 따라왔다. 그는 아직도 셔츠를 입지 않은 채였고, 그 모습에 마음이 조금 흔들린 것도 사실이지만, 여기서 당장 나가야겠다는 생각에는 변함이 없었다.

"노라, 진짜 미안해. 오늘 밤 너한테 말하려 그랬어. 진심이야."

"그랬구나? 그랬겠지."

"봐봐, 아무것도 달라질 건 없어, 안 그래?"

나는 코트 소매에 팔을 휙 끼워 넣으며 말했다. "아무것도 달라질 게 없다고? 그 말을 들으니, 네가 날 어떻게 생각하는지 이제 알겠네. 나는 그냥 '지나가는 여자'니까 말할 필요도 없다, 그거지? 선 긋기 제대로 하는구나. 아주 잘했어."

그의 어깨가 축 처졌다. "선 그은 거 아니야. 진심이야."

나는 브래디를 향해 돌아섰다. 브래디는 정말 비참한 얼굴을 하고 있었다. 처음부터 딸에 대해 말하지 않은 걸 정말 후회하고 있는 듯했지만, 어쨌든 그건 중요하지 않았다. 나한테 말하지 않은 건 옳은 생각이었다. 딸이 있다는 걸 처음부터 알았더라면 애초에 그와 자지도 않았을 터였다. 일이 복잡해지는 건 딱 질색이었다.

"잘 있어, 브래디."

"차까지 같이 가줄게."

"됐어."

순간 슬픈 얼굴이 분개한 표정으로 바뀌는 듯했다. "노라, 그게 그렇게 문제가 될 일도 아니라고 생각했지만, 어쨌든 루비에 대해 정말로 말할 생각이었어. 하지만 넌 그저 이걸 핑계 삼아서 여길 나갈 궁리뿐인 것 같아. 지난번처럼."

"그건 아니야."

그는 여전히 화난 얼굴로 말했다. "아니라고?"

나는 고개를 저었다. 그가 자기 딸에 대해 말하지 않은 건 아무래도 그가 나와 사귀고 싶어 하는 것과 비슷한 이유일 것이다. 브래디가 대학 시절 슬래셔 무비를 보며 느꼈던, 그런 전율을 느끼게 하는 사람이 나였기 때문이다. 그는 내 아버지에 대해서는 아무것도 모르고 있었지만, 내 안에 뭔가가 숨겨져 있다는 걸 은연중에 감지하고 있었다.

그는 나를 원하는 동시에 두려워했기 때문에, 자기 딸에 대한 사실을 내게 알리고 싶지 않았던 것이다.

“그럼 잘 지내, 브래디.”

현관으로 걸어갔지만, 그는 따라오지 않았다.

밖으로 나오자, 서늘한 밤공기에 머리가 맑아지는 기분이었다. 그 작은 집 안에서 내가 얼마나 감정을 억누르고 있었는지, 그곳을 나오니 새삼 느낄 수 있었다. 집 쪽을 힐끔 뒤돌아보니, 집주인 할머니가 또다시 현관 앞 흔들의자에 앉아 천천히 몸을 흔들며 나를 쳐다보고 있었다.

나는 두 손을 겨드랑이 밑에 꼈다. 다시는 여기 오지 않을 것 같아서 차라리 다행이었다.

23

다음 날 아침이 되자, 두 건의 살인 사건에 관한 기사가 뉴스를 온통 도배했다.

사람들은 새로운 연쇄 살인범이 나타났다고 흥분했고, 똑같은 범행 수법을 가졌던 핸디맨에 대해서도 새삼스럽게 떠들어댔다. 핸디맨이 현재 26년째 수감 중이고, 평생 교도소를 나올 수 없을 거라는 사실을 언급한 뉴스 기사도 가끔 눈에 띄었다. 이 여성들을 죽인 범죄자가 누구든 그 사람은 핸디맨의 모방범이 틀림없었다.

정말 감사하게도, 나는 오전 내내 수술 스케줄이 잡혀 있었다. 덕분에 최소 다섯 시간 동안은 앰버 스완슨, 셸비 길리스, 그리고 브래디 미첼에 관해 생각하지 않고 수술에만 집중할 수 있었다.

하지만 오후 진료에 가기 위해 클리닉으로 가는 도중 라디오를 켰더니, 거기서도 살인 사건에 관한 이야기만 계속 흘러나오고 있었다. 과거에 모든 관심이 핸디맨에게 쏟아졌던 것처럼 이번에도 사람들의 관심은 온통 그 사건에 몰리고 있었다. 라디오를 끄고 조용히 차를 몰았다.

평소에는 늦지 않으려고 허겁지겁 클리닉으로 달려오기 일쑤였지만, 오늘은 거의 기적처럼 오후 첫 진료가 시작되기 10분 전에 클리닉에 도착했다. 사무실에 들어서자, 필립 선배와 하퍼가 프런트 뒤에서 머리를 맞대고 앉아 샌드위치를 먹고 있었다. 지금은 선배가 하퍼에게 수작을 걸까 봐 초조해할 기운조차 없었지만, 나는 헛기침을 하며 안으로 들어갔다.

"노라, 왔어?" 선배는 전혀 잘못한 게 없다는 듯 먼저 말을 걸었다. "혹시 점심 안 먹었을까 봐 샌드위치 하나 더 사 왔는데, 먹을래? 이탈리안 샌드위치야."

"고맙지만, 괜찮아요." 나는 작은 소리로 대답했다. 푸드 트럭에서 산 치즈버거를 급하게 먹었더니, 속이 몹시 더부룩했다.

하퍼가 고개를 들고 말했다. "노라 선생님, 저희 환자였던 두 사람 얘기로 뉴스가 온통 떠들썩해요! 선생님도 들으셨죠?"

"우리 클리닉에 왔었다는 얘긴 왜 아무도 안 하는 거야? 엄청난 홍보가 됐을 텐데." 필립 선배가 투덜거렸다.

하퍼는 선배를 향해 눈을 흘기긴 했지만, 어딘지 살가움이 느껴지는 표정이었다. 하지만 지금은 이런 것까지 짚고 넘어갈 기분이 아니었다.

"하퍼는 핸디맨이라고 모르지?" 선배가 말했다.

하퍼는 웃으며 대답했다. "제가 태어나기도 전에 있었던 일이잖아요!"

"노라는 그때 태어났었지? 핸디맨 기억나?" 필립이 나를 쳐다보며 말했다.

물론 기억한다. 경찰들이 우리 집 지하실을 수색할 때 나는 열한 살이었다. "조금요. 진짜 오래전 얘기잖아요."

"그때 여자들이 한 스무 명은 죽었었지?" 선배가 말했다. 경찰은 서른 명 정도로 추정했지만, 정확히 확인된 숫자는 열여덟 명이었다. "핸디맨이 피해자들 손을 잘라 기념품처럼 보관하고 있었잖아. 정말 제대로 미친놈인 거지."

"그랬던 것 같네요." 나는 말했다.

"그 사람 오리건주 출신이었던 걸로 기억하는데." 필립이 뭔가 생각하는 듯 자기 턱을 만지작거렸다. "노라도 오리건주가 고향이라고 하지 않았어?"

"아닌데요."

"오리건 주립대학 나왔다고 알고 있었는데? 이력서에서 봤다고."

나는 차분하게 심호흡을 했다. 나는 오리건주가 아닌 다른 곳에서 대학을 다니고 싶었지만, 그럴 만한 돈이 없었다. 더구나 의대에 가려면 학자금 대출을 어마어마하게 많이 받아야 해서 그나마 주립대학에 가는 게 당시로선 최선이었다.

"선배가 잘못 기억하는 거예요." 내가 말했다.

선배는 이상하다는 듯한 표정을 지었다. "노라가 그렇다면 그런 거겠지…."

물론, 내가 어느 학교를 졸업했는지 선배가 알아내는 건 아주 쉬운 일이었다. 그런데도 왜 그냥 그렇다고 말을 못 하고 거짓말을 했는지 스스로도 이해할 수가 없었다. 오리건주에 살았던 게 무슨 큰 죄도 아닌데.

"메시지 온 거나 확인해야겠어요." 나는 하퍼와 필립을 내버려 두고 내 사무실로 들어갔다. 둘 사이가 어떻게 될지 아무도 모르지만, 이번만은 화내지 않고 내버려 둘 생각이었다. 적어도 하퍼가 필립과 함께 있는 한 내 환자들을 따라다니는 그 사이코패스로부터 조금은 안전할 거라는 생각이 들었기 때문이었다.

내 앞으로 온 음성 메시지들을 확인했다. 대부분은 환자나 다른 의사가 보냈거나 쉴라가 내용을 확인해 달라며 보낸 것이었는데, 그중 눈에 띄는 메시지도 두 개 있었다.

하나는 브래디 미첼이 보낸 메시지였다.

브래디는 구글에서 내 이름을 검색해 내가 일하는 곳을 알아낸 뒤, 나와 통화하려고 사무실로 전화를 걸었던 모양이었다.

메시지의 내용은 전화 달라는 말이 전부였다. 혹시라도 내가 자기 전화번호를 지웠을까 봐 그랬는지, 번호도 남겨져 있었다. 안 그래도 번호를 지울까 생각했었지만, 혹시라도 연락하고 싶은 마음이 생길까 봐 지우진 않았었다. 하지만 지금 당장은 전화하고 싶은 마음이 없었다.

또 다른 메시지는 바버 형사가 보낸 것이었다.

브래디의 메시지와 마찬가지로 별다른 말 없이 메시지를 확인하는 즉시 전화 달라는 내용이 전부였다.

바버 형사는 왜 나와 통화하려는 걸까? 아는 건 이미 다 말했는데.

하지만 그렇게 나쁜 일은 아닐 것 같았다. 심각한 일이었다면 그는 내 사무실이나 우리 집으로 당장 달려왔을 터였다. 단순히 뭔가를 확인하기 위한 것일 거라고 추측했다. 앰버나 셸비에 관한 의료 정보가 알고 싶은 것일 수도 있었다. 그런 경우라면 영장이 있어야 했다. 아무리 사망한 사람이라 하더라도 환자의 개인 정보를 그냥 넘겨줄 순 없었다.

오늘 오후도 예약 스케줄이 꽉 차 있었다. 나는 죽은 여자들에 관해 생각하지 않으려고 노력했지만, 잘린 손은 대체 어디에 있는 건지 자꾸만 궁금해졌다. 이번에도 어느 집 지하실 상자에 보관돼 있는 걸까?

워낙 끔찍한 일이라 도저히 상상조차 할 수 없었다.

4시에 예약된 글로리아 레인이라는 환자는 우리 클리닉에 처음 온 사람이었다. 58세의 여성으로, 담낭 제거술을 받기 위해 찾아온 것 같았다. 문에 걸려 있던 진료 차트를 열어 쉴라가 메모해 둔 기록을 보고 있는데, 그때 누군가 내 어깨를 건드렸다.

"이 환자 어딘가 좀 수상해요. 알고 계시라고요." 쉴라가 말했다.

"수상하다고요?"

쉴라가 고개를 끄덕였다. "다른 클리닉에서 먼저 진료 받고 왔다기에 알아봤더니, 소견서도 없고, 그쪽 클리닉에서는 이 환자를 진료한 적도 없다고 하더라고요. 혹시 기자 아닐까요? 우리 클리닉에 왔던 환자가 둘이나 살해됐다는 걸 알면 언론에서도 가만히 있지 않을 것 같은데요."

나는 얼굴을 찌푸렸다. "필립은 직접 나서서 언론에 흘리기라도 할 기세던데요. 클리닉 홍보에 큰 도움이 될 거라면서요."

쉴라의 얼굴이 차갑게 굳었다. "필립 원장님은 진짜 뭘 모르시네요. 이번 일은 우리 클리닉에 절대 좋은 일이 아니에요. 혹시라도 기자가 온 게 맞다면 당장 내쫓아야 한다고요."

나는 동의의 뜻으로 고개를 끄덕였다. 제발 글로리아 레인이 평범한 환자였으면 하고 바랐지만, 쉴라의 말이 맞다는 걸 직감으로 알 수 있었다. 쉴라는 똑똑한 사람이었다.

진료실 문을 열고 들어가자, 청바지와 스웨터를 입은 한 여자가 의자에 앉아 있었다. 우리가 내준 가운을 입지 않은 것만 봐도 뭔가 예사 환자는 아니라는 걸 짐작할 수 있었다.

그나마 그녀의 외모를 보니 경계심이 조금은 사라지는 듯했다. 그녀는 취재하기 위해 찾아온 기자처럼은 전혀 보이지 않았다. 흰 머리는 마구 헝클어져 있었고, 눈 밑에는 다크서클이 짙게 내려와 차트에 기록된 나이보다 십 년은 더 나이 들어 보였다.

"노라 선생님이신가요?" 그녀가 물었다.

"네, 그렇습니다만." 나는 미간을 찡그리며 말했다. 웃고 싶었지만, 그녀의 표정을 보니 도저히 그럴 수가 없었다. "레인 부인이시죠?"

그녀는 충혈된 눈으로 나를 쳐다봤다. "사실 제 성은 스완슨입니다. 앰버 스완슨의 엄마예요."

"아…." 젠장, 쉴라 말이 맞았다. "스완슨 부인, 따님 일은 정말 유감입니다."

"네, 당연히 그러시겠죠." 그녀의 말투에 경멸이 가득했다.

입이 바짝 말라 침을 삼키기조차 어려웠다. "진심입니다."

"연기 그만하시지." 나를 노려보는 그녀의 눈빛에 가슴이 철렁 내려앉는 기분이었다. "난 당신이 누군지 알아, 노라 니어링."

내 진짜 이름을 듣자마자, 나는 아무도 우리 얘기를 듣지 못하게 진료실 문부터 닫았다. 지금 당장 내가 할 수 있는 일은 그것밖에 없었다.

24

앰버의 어머니는 내가 누군지 알고 있었다. 이건 정말 큰일이었다.

그녀는 앰버와 꼭 같은 파란색 눈으로 나를 노려보고 있었다. 나는 우연히라도 다른 사람이 우리가 하는 얘기를 듣지 못하도록 목소리를 낮췄다. "스완슨 부인, 저는 따님의 죽음과 어떤 관련도 없다는 말씀을 먼저 드리고 싶군요. 무슨 얘길 들으신 건진 모르겠지만—"

"우연의 일치라고 하기엔 이번 일이 그때 그 사건과 너무 똑같은데, 어떻게 당신과 아무 관련이 없다고 말할 수 있지?" 그녀는 내 눈을 똑바로 바라보며 자리에서 일어섰다. "당신 아버지도 그 여자들을 전부 죽인 다음 죄다 손을 잘라버리지 않았나? 그리고 당신 환자 둘이 똑같은 수법으로 갑자기 살해됐고."

"그때 그 사건과 비슷하다는 건 저도 인정합니다. 하지만 전 그러지 않았어요. 스완슨 부인, 전 절대 그런 짓을 할 사람이 아닙니다."

"난 당신과 연관이 있다고 확신해."

"스완슨 부인." 나는 최대한 친절하고 부드러운 말투로 말하려고 최선을 다했다. "제가 따님의 목숨을 살린 건 이미 알고 계실 거라 믿습니다. 제가 바로 수술하지 않았다면 따님은 맹장이 파열됐을 겁니다. 제가 하는 일은, 사람을 살리는 일이지 누굴 죽이는 일이 아닙니다."

스완슨 부인은 내 앞으로 한 걸음 다가섰다. "헛소리! 난 당신이 하는 말 절대 믿지 않아."

헛소리라고? 난 정말로 딸의 목숨을 살렸다. 부인이 믿건 안 믿건 상관없이, 그건 사실이었다.

"내 말 똑똑히 들어, 노라 니어링." 그녀는 협박조로 말했다. "분명 뭔가 알고 있으면서 경찰에게 말하지 않은 거 다 알아."

"아뇨, 정말 그런 거 없어요." 나는 그렇게 말했지만, 부엌 바닥에 떨어져 있던 편지가 생각나 순간 멈칫했다. 물론 그런 사소한 행동조차 그녀는 놓치지 않았다.

"분명 알고 있어!" 그녀의 눈에 분노와 함께 눈물이 차올랐다. "대체 뭘 알고 있지? 내 딸한테 무슨 일이 있었는지, 어디까지 아는 거냐고?"

"아무것도 모릅니다." 나는 용케 목소리를 떨지 않고 대답했다. "맹세합니다. 스완슨 부인…."

"거짓말." 그녀는 진료실 작업대 위에 놓여 있던 물그릇을 집어 들더니 바닥으로 거칠게 내던졌다. 요란한 소리에 나는 너무 놀라

펄쩍 뛰었다. "당신이 내 딸을 죽인 거야?"

"아닙니다!"

어떻게 내가 범인일 수 있다고 생각하는 거지? 그래, 내 아버지는 괴물이었다. 그리고 나는 그의 딸이고, 우리에겐 같은 피가 흐르고 있었지만, 그게 나 역시 아버지 같은 살인마라는 걸 의미하지는 않았다. 어떻게 나를 살인자로 뒤집어씌울 수가 있지? 딸의 목숨을 살린 사람이 바로 나였다고, 빌어먹을.

"당신이 알아둘 게 있어." 그녀는 떨리는 목소리로 말했다. "여기서 나가면 나는 곧장 기자들을 찾아갈 거야. 그리고 당신이 누군지 다 까발릴 거야."

심장이 덜컥 내려앉았다. 그런 상황만은 제발 피하고 싶었다. 지난 26년 동안 나는 노라 니어링이란 이름으로부터 벗어나기 위해 최선을 다해 살아왔다. 아무도 내가 누군지 몰랐고, 계속 그렇게 살고 싶었다. 내가 누구인지, 온 세상이 알게 되면 이제 나는 어떡해야 하지? 이름을 다시 바꿀 수도 없는 노릇이었다. 의사 면허도 노라 데이비스라는 이름으로 되어 있다.

물론 진짜 문제는 그게 아닐 수도 있었다. 문득 나는 궁금해졌다. 바버 형사는 내게 무슨 말을 하려던 걸까…?

"제발 이러지 마세요. 정말 맹세합니다. 따님을 해친 사람은 제가 아닙니다. 그런 짓은 절대 하지 않았어요. 제 얘기를 언론에 알리겠다는 건 제 인생을 완전히 망가뜨리겠다는 것과 다름없습니다."

그녀는 나를 향해 또 한 발짝 다가섰지만, 나는 물러서지 않았다. 그녀는 나보다 키도 작았고, 나이도 스무 살 정도 많았다. 몸에 무기를 지니고 있을 가능성도 있었지만, 무기라면 나도 있었다. 수술복 앞주머니에는 수술용 메스가 꽂혀 있었다.

덕분에 겁나지는 않았다.

그녀는 나를 지나쳐 진료실 출입문으로 걸어가더니 문을 확 열고 밖으로 나가 버렸다.

그녀가 나간 후, 나는 무얼 해야 할지 몰라 그저 멍하니 서 있었다. 내가 쌓아온 모든 것이 무너지기까지 겨우 하루 정도의 시간밖에 남지 않았다는 생각이 들었다. 필립 선배는 언론의 관심을 바랐지만, 그건 진실을 모르기에 하는 소리였다. 모두가 진실을 알게 됐을 때 무슨 일이 벌어질지 그는 전혀 모르고 있었다. 내가 누구인지 안다면 그는 그 정보가 새 나가는 걸 막기 위해 할 수 있는 모든 노력을 기울일 터였다.

하지만 지금은 너무 늦었다. 스완슨 부인은 기자들을 만나러 갔고, 그녀를 막기 위해 내가 할 수 있는 일은 아무것도 없었다.

25

26년 전

다음 날, 나는 아침 6시에 잠에서 깼다. 다른 가족들은 아직 자고 있었다.

지난밤 나는 계속 뒤척이느라 잠을 잘 자지 못했다. 게다가 물까지 많이 마신 바람에 계속 오줌이 마려워 화장실에 가야만 했다. 하지만 잠을 못 잔 진짜 이유는 따로 있었다.

아래층으로 내려가 내가 제일 먼저 한 일은 지하실 문을 열어 보는 것이었다. 하지만 문은 평소처럼 잠겨 있었다.

나는 잠긴 문을 한동안 바라보았다. 어쩌면 모든 게 다 꿈이었는지도 모른다. 지하실에 내려갔던 일, 구석에 놓여 있던 우리, 우리 안에서 들리던 숨죽인 비명 소리, 지하실 갈라진 틈마다 배어 있던 시체 썩는 냄새.

문에 귀를 바짝 대보았지만, 아무 소리도 들리지 않았다. 이제는 다시 라벤더 향만 날 뿐, 썩는 냄새도 사라진 것 같았다.

나는 거실로 가 소파에 털썩 주저앉았다. 리모컨을 들고 텔레비전을 켰다. 아침에 일찍 일어나면 보통은 만화를 봤지만, 오늘은 채널을 돌려 뉴스 채널을 찾았다.

대략 20분쯤 지나 뉴스가 시작됐다. 시애틀에 사는 25세 맨디 요한슨이 실종된 지 약 열흘이 지났다는 뉴스였다. 맨디 요한슨이 저녁에 조깅하러 나간 뒤 돌아오지 않자, 남자친구가 실종 신고를 했고, 이후로 그녀에 관한 소식은 전혀 밝혀진 게 없으며, 현재 경찰이 실종된 곳을 중심으로 주변을 수색하고 있다는 뉴스였다.

그리고 화면에는 맨디 요한슨의 사진이 크게 비춰졌다. 우윳빛 피부에 크고 파란 눈, 길고 짙은 갈색 머리카락에 정말 예쁜 얼굴이었다. 환하게 웃고 있는 사진 속 그녀는 좋은 사람 같아 보였다.

나는 눈을 감았다. 내가 지하실에서 우리를 덮고 있는 천을 들췄을 때 밖을 내다보던 파란 눈이 아직도 눈앞에 선하게 그려졌다.

꿈이 아니었나?

맨디 요한슨이 우리 집 지하실에 있었다.

"잘 잤니, 노라."

아빠 목소리였다. 나는 오른손으로 리모컨을 더듬어 찾은 다음, 재빨리 전원 버튼을 눌러 껐다. 아빠가 평소 출근할 때 입는 파란색 수술복 차림으로 거실에 나왔다. "아빠, 안녕히 주무셨어요."

아빠는 자고 일어나 아직 부스스한 내 머리칼을 손으로 헝클어뜨렸다. "일찍 일어났구나."

"네."

아빠가 부엌에서 커피를 끓이려고 준비하는 동안 나는 목을 쭉 빼고 그 모습을 지켜보았다. 아빠는 커피가 끓기를 기다리며 거실로 오더니 내 옆 소파에 앉았다.

"어젯밤 네가 지하실에 와줘서 정말 기뻤단다." 아빠가 말했다.

평소 아빠는 목소리 좋다는 소릴 많이 들었다. 엄마 말이, 아빠는 목소리 톤이 차분해서 채혈하러 온 환자들을 진정시킬 때도 도움이 많이 된다고 했었다.

"네." 나는 대답했다.

"오늘 밤에도 지하실에 내려가 보고 싶을 것 같지 않니?" 아빠가 말했다.

"어쩌면요."

아빠는 내 어깨를 툭 치고는 일어나 커피를 가지러 갔다. 아빠가 커피를 머그잔에 따르는 모습을 나는 가만히 지켜보았다. 그런 아빠는 너무나 평범해 보였다. 광고 같은 데 나오는 전형적인 아버지의 모습이었다.

하지만 아빠는 평범한 사람이 아니었다.

나는 아빠가 출근할 때까지 전원이 꺼진 텔레비전 화면만 노려보며 소파에 앉아 있다가 아빠가 나간 뒤에야 다시 텔레비전을 켰다. 맨디 요한슨에 관해 더 알고 싶었다.

나는 계속 채널을 돌려 맨디에 관한 소식을 보도하고 있는 다른 뉴스 채널을 찾아냈다. 그 뉴스 채널의 기자는 맨디의 가족을 인터

뷰하고 있었다. 맨디와 똑같이 파란 눈을 가진 어머니가 카메라를 보며 제발 딸을 무사히 집으로 돌아오게만 해달라고 빌고 있었다. 우리는 맨디를 정말 사랑해요. 그저 다시 볼 수 있기만을 바랍니다.

"노라, 뭐 보고 있니?"

엄마가 오는 소리도 못 들었는데, 어느새 엄마는 잠이 덜 깬 얼굴로 어슬렁거리며 거실로 들어서고 있었다. 잠옷 가운 차림에 갈색 머리는 사방으로 뻗어 있었다. 엄마는 눈을 가늘게 뜨고 텔레비전을 봤다.

얼른 TV를 끄고 만화를 본 척하려 했지만, 이미 늦은 뒤였다. "뉴스 보고 있었어요." 내가 말했다. "이 여자, 시애틀에 사는데 실종됐대요. 이름은 맨디 요한슨이고요."

엄마는 잠시 화면을 지켜봤다. 고개를 들어 엄마를 보니, 얼굴이 새파랗게 질려 있었다. "아, 세상에." 엄마는 작은 소리로 중얼거리더니 한 손으로 입을 막고 부엌 싱크대를 향해 달려갔다.

엄마가 토하는 소리가 거실까지 들렸다.

수업이 끝난 뒤, 마저리와 나는 학교 뒤편에서 만났다.

마저리는 무척이나 행복한 표정이었다. 그러고 보니, 마저리가 즐거워하는 모습은 지금껏 처음 보는 것 같았다. 다른 애들이 워낙 마저리를 못살게 굴었고, 누구 하나 그 애를 도와주거나 그만 괴롭히라고 말해주는 사람도 없기 때문이었다.

오늘은 좀 예뻐 보이기까지 했다. 평소 잘 빗지 않는 듯 보였던 머리카락은 찰랑거렸고, 살짝 흥분한 것처럼 두 볼은 발그스레한

빛을 띠고 있었다. 나를 본 마저리의 얼굴이 환하게 빛났다.

"안녕, 노라! 정말 왔구나!" 마저리가 말했다.

"당연하지. 내가 안 올 줄 알았어?" 내가 말했다.

그녀는 내 말에 아무 말도 하지 않았다.

"오늘 우리가 만날 거라고 누구한테 얘기한 건 아니겠지?" 나는 자못 무서운 얼굴로 물었다.

마저리가 어찌나 고개를 세게 저었는지 턱살이 흔들거렸다. "엄마한테 학교에서 좀 늦을 거라는 말만 했어."

"잘했어."

우리는 마저리의 집에 가기로 했다. 누가 우릴 보는 건 아니겠지? 나는 주변을 살펴보았지만, 다른 애들은 이미 다 가고 운동장에는 아무도 없었다. 우리는 곧 인적이 드문 길로 접어들었다.

나와 걸으면서 마저리는 함께 집에 가면 정말 재밌을 거라고 쉴 새 없이 조잘거렸다. 정말 신나서 그러는 건 알겠지만, 마저리에게 무음 버튼이 달렸다면 당장 누르고 싶을 지경이었다.

"빨리 너한테 내 방을 보여주고 싶어. 나한테 바비 인형이 한 여덟 개쯤 있거든." 그녀가 말했다.

나는 신발만 쳐다봤다. "난 바비 인형 안 좋아해. 그건 아기들이나 갖고 노는 거잖아."

"아." 마저리의 얼굴이 시무룩해졌다. "그럼 넌 뭘 좋아해?"

미처 대답하기도 전에 우리는 큰길을 벗어나 산길이 있는 그곳에 다다랐다. 나는 천천히 걸음을 멈추며 팔꿈치로 마저리를 툭 쳤다. "너 저기 가본 적 있어?"

마저리는 고개를 저었다. “엄마가 저기 가면 안 된다 그랬어.”

“아. 저 길을 탐험해보면 왠지 재밌을 것 같지 않아? 게임하는 것처럼.”

그녀는 나무가 우거진 좁은 길을 내려다보더니, 다시 나를 돌아봤다. “안 가는 게 좋을 것 같은데?”

나는 화가 난 것처럼 한숨을 푹 내쉬었다. “재밌을 것 같아 해보자는 건데, 넌 싫다는 거구나?”

마저리는 울 것 같은 표정이었다. “엄마가…. 가지 말랬단 말이야.”

“당연히 혼자선 그런 데 가면 안 되지. 하지만 지금 넌 혼자가 아니잖아. 나랑 같이 갈 거잖아.”

“그… 그래도 가면 안 될 거 같아.”

나는 팔짱을 끼고 말했다. “알았어. 난 가볼 건데, 넌 오기 싫으면 오지 마. 같이 하려고 정말 재밌는 게임도 생각해 놨는데, 할 수 없지 뭐.”

마저리는 이리저리 머리를 굴리는 눈치였다. 인생을 통틀어 친구와 함께 노는 첫 기회를 놓치고 싶지 않을 터였다.

“알았어.” 그녀는 숨을 크게 내쉬고는 말했다. “그럼 조금만 들어가는 거다?”

“좋아.” 나는 마저리에게 싱긋 웃어주었다. “너도 이 게임이 정말 재밌다는 걸 알게 될 거야.”

그녀도 마주 보며 웃었다. “무슨 게임인데?”

나는 인적 없는 산길의 제일 안쪽을 응시하며 말했다. “‘사냥꾼과 짐승 사냥’이라는 건데, 너도 정말 좋아할 거야.”

26

현재

일을 모두 마무리 짓고 나니, 늘 그렇듯 클리닉에는 나 혼자만 남았다.

하퍼가 프런트와 대기실 조명을 전부 끄고 퇴근한 바람에 클리닉 로비는 칠흑같이 어두웠다. 어찌나 깜깜한지 잘못하면 의자 같은 데 부딪쳐 고꾸라질 수도 있을 것 같아 나는 한참 동안 벽을 더듬어 겨우 전등 스위치를 찾아 켰다.

낮 동안은 늘 분주하던 곳이 이렇게 조용한 게 어쩐지 좀 섬뜩하게 느껴졌다. 하퍼의 책상에는 그녀가 두고 간 생물학 책이 놓여 있었다. 책장을 넘기니, 여백마다 중요한 내용들을 꼼꼼하게 메모해 둔 하퍼의 글씨가 보였다. 대학에서 생물학을 공부하던 때가 떠올랐다. 그때 나는 다가올 미래에 대한 희망으로 가득했었지. 의사로 성공하면 내 과거를 영원히 떨쳐버릴 수 있을 것만 같았는데. 내가 대학에 가기 위해 집을 떠나던 날, 할머니는 내게 말했었다. "네가 누군지 아무도 알게 해선 안 돼."

그런데 어쩌다 보니, 모든 걸 다 망치게 생겼다. 하지만 정확히 말해, 내 잘못은 아니었다.

나는 빨리 집에 가고 싶은 마음에 건물 계단을 두 칸씩 뛰어 내려갔다. 기자들이 문밖에 들이닥치기 전, 집에서 조용히 시간을 보낼 마지막 밤이 될 것만 같았다. 뜨거운 물로 샤워라도 해야지. 아니, 목욕이 더 낫겠다. 뜨거운 물에 몸을 담그고 쉰 게 도대체 언제였지? 십 년도 넘은 것 같았다.

하지만 로비에 도착해 보니, 누군가 나를 기다리고 있었다.

"노라?"

나는 너무 놀라 움찔했다. "브래디, 여기서 뭐 하는 거야?"

브래디가 재킷 주머니에 두 손을 찔러 넣고, 건물 로비에 서 있었다. 나를 향해 한 발짝 다가오는 브래디를 보며, 나는 뒤로 물러섰다.

"잠깐 얘기 좀 할 수 있을까?" 그가 물었다.

"아니, 할 얘기 없어."

"노라…."

나는 브래디를 보며 얼굴을 찌푸렸다. "무슨 할 말이 남았다는 거야? 같이 좀 즐긴 것뿐이잖아. 넌 네 감정을 분명히 밝혔고. 우리 그냥…. 이쯤에서 끝내자."

"5분만 시간을 주면 안 될까?" 그는 손을 들어 손가락을 펼쳐 보였다. "딱 5분만. 내 얘길 듣고도 네가 싫다고 하면, 다시는 귀찮게 안 한다고 약속할게."

나는 한숨을 내쉬었다. 거절하면 계속 이럴 것 같았다. 차라리 지금 끝내는 게 낫겠다 싶었다. "알았어. 5분 안에 말해."

정확히 5분 안에 끝내라는 뜻으로 나는 일부러 팔을 들어 손목시계를 쳐다봤다.

그는 다시 재킷 주머니에 손을 찔러 넣었다. "그러니까 내가 하고 싶은 말은, 내 결혼 생활은 진짜 엉망이었어. 애초에 결혼도 전 와이프가 임신을 해서 진행된 거였거든. 우리는 내내 싸우기만 했어. 결혼 생활이 그런 식으로 끝이 나니까…. 다시는 누구와도 진지하게 만나고 싶은 마음이 안 생기더라고. 그런 일을 겪고 나니 마음이 삐딱해진 거였지." 그의 이마에 주름이 잡혔다. "그러다 바에 앉아 있는 널 보게 됐어. '맞아, 나도 다른 사람과 행복하게 잘 지내던 때가 있었지?' 그러면서 그때 기억이 되살아났어. 너랑 다시 잘 해 보고 싶더라고. 내 말, 이해돼?"

나는 빈정거리는 투로 말했다. "네가 왜 거짓말을 했는지는 설명이 안 되는 것 같은데?"

"하, 노라. 네가 애들을 싫어한다는 건 우리 둘 다 너무 잘 아는 사실이잖아."

"아이를 원하지 않는 거지, 그게 아이를 싫어한다는 뜻은 아니거든?"

그 말은 진심이었다. 나는 아이들을 좋아했다. 하지만 또 다른 애런 니어링이 세상에 나올 위험을 무릅쓰고 내 유전자를 자식에게 물려줄 수는 없었다.

"뭐라고 해야 네 마음을 돌릴 수 있겠니? 어떻게 해야 내 말을 믿어줄래? 널 정말 좋아해, 노라."

그의 갈색 눈을 들여다보며, 나는 그의 말이 진심임을 느낄 수 있었다.

결혼하지 않고 혼자 살기로 결심한 지난 10여 년간, 나를 좋다고 했던 남자가 아예 없던 건 아니었다. 하지만 내가 단호히 거절하면 대부분은 다들 쉽게 떨어져 나갔다. 그런데 브래디는 아니었다. 하필 내일이면 언론을 통해 내 정체가 전부 드러날 이 시점에, 오히려 나를 설득하려 하고 있었다.

그가 뉴스를 보고 어떤 표정을 지을지 보지 않아도 돼 너무 다행이었다.

"미안해. 그리고 5분 지났어." 내가 말했다.

"알았어." 그는 한숨을 쉬며 말했다. "내가 한 말은 지킬게."

최소 20분은 더 울고불고 매달릴 줄 알았는데, 그렇게 말하니 오히려 입이 딱 벌어졌다. "뭐야, 그게 다야? 벌써 포기하는 거야?"

"네가 싫다니까. 그래서 난…" 그는 고개를 갸웃했다. "그럼, 나 포기하지 말아야 하는 거야?"

사실은 나도 그가 붙잡아 주길 바랐던 걸까? 나는 갑자기 머릿속이 혼란스러워지는 걸 느끼며 그의 얼굴을 가만히 쳐다봤다. 그가 알겠다고 하니, 왠지 모를 실망감이 훅 밀려오는 기분이었다.

"나… 이만 가볼게."

"차 있는 데까지 같이 가도 돼?" 그가 물었다.

그러다 서로 눈이 마주쳤다. 젠장, 이럼 안 되는데. 왠지 또 브래디네 집에 가게 될 것만 같았다. 평소 나는 거절을 잘하는 사람이었는데, 지금은 자제력을 최대한 끌어내야만 할 것 같았다.

우리 둘은 건물 바로 바깥에 있는 어두운 주차장으로 함께 걸어갔다. 주차장에는 조명이 여러 개 있었지만, 서너 개는 전구가 나갔는지 불이 꺼져 있었다. 건물 관리실에 얘기해야겠군. 그러다 내 차에 무슨 일이 벌어졌는지 알아본 건 바로 차 앞까지 갔을 때였다.

"대체 누가 이런 짓을 한 거지?" 나는 깜짝 놀라 소리쳤다.

타이어에 바람이 빠지도록 그냥 구멍만 낸 정도가 아니었다. 고무 타이어 네 개가 모두 갈가리 찢겨 있었다. 누군가 작정하고 벌인 짓이었다. 스완슨 부인이 그런 걸까? 하지만 부인이 왔다 간 건 벌써 한참 전인데. 벌건 대낮에 이런 짓을 했을 리는 없었다. 어쩌면 갔다가 되돌아왔을 수도 있겠다는 생각이 들었다.

눈물이 찔끔 나오려는 걸 눈을 깜빡여 꾹 참았다. 마지막으로 울었던 게 언제였는지 기억도 못 할 만큼 나는 눈물이 없는 사람이었다. 이 정도 일로 울 순 없지….

"세상에. 대체 이게 무슨 일이야?" 브래디가 중얼거렸다.

브래디가 이 자리에 같이 있다는 게 진심으로 고마웠다. 혼자였다면 완전히 무너졌을 것 같았다. 그가 있으니 좀 진정이 되는 기분이었다.

"견인차 불러야겠다." 나는 시간을 확인했다. 생각보다 더 늦은 시각이었다. 이러다가는 언제 집에 들어갈 수 있을지 막막하기만 했다. "미치겠네. 열다섯 시간 내내 일하다가 퇴근했는데, 또 할 일이 생기다니."

"내가 집까지 태워줄게." 브래디가 얼른 말했다. "차는 지금 견인하지 마. 어차피 카센터들도 전부 문 닫았을 시간이야. 아침에 전화해서 가져가라고 하는 게 나아."

내 입에선 끙 소리가 절로 나왔다. "아침에 이거 처리할 시간 없단 말이야."

"나, 시간 돼." 그는 몸을 구부리고 앉아 타이어를 확인했다. "내가 아침에 여기 와서 견인차 기사한테 말할게. 너 대신 처리해 줄 테니, 걱정 마."

"널 어떻게 믿고 차를 맡겨?"

그는 입술을 삐죽거리며 말했다. "그 정도로 날 못 믿는단 말이야?"

나는 갈가리 찢긴 타이어와 아무런 사심도 없어 보이는 브래디의 얼굴을 번갈아 쳐다봤다. 브래디라면 믿어도 될 것 같았다. 15년 전부터 그를 알았지만, 못 믿을 만한 행동을 한 적은 전혀 없는 사람이었다. 물론, 딸에 관해 거짓말을 하긴 했지만, 어떻게 보면 그 일은 그가 나를 믿지 못해 벌어진 일이라고 보는 편이 맞을 것 같았다.

"좋아. 부탁할게." 나는 핸드백에서 열쇠 꾸러미를 찾아 고리에서 자동차 열쇠를 빼냈다. 그걸 브래디에게 건네며 말했다. "정말 고마워."

그는 내 차 열쇠를 주머니에 넣었다. "가자. 집까지 태워줄게."

내가 타는 캠리만큼이나 브래디 차도 실용적으로 보였다(비록 더 오래되고 낡긴 했지만). 나는 브래디 옆 조수석에 앉았다. 앉을 자리를 만들기 위해 비닐 포장지나 빈 콜라 캔 따위를 뒷좌석으로 던져야 하는 건 아닐까 생각했는데, 다행히 차 안은 깨끗했다.

브래디는 휴대폰을 계기판 위에 올려놓으며 물었다. "주소가 어떻게 돼?"

나는 망설였다.

그는 나를 쳐다봤다. "노라, 네가 사생활을 중요하게 생각하는 건 이해해. 하지만 주소를 모르는데 널 어떻게 집까지 태워 주겠어? 네가 주소를 가르쳐줘도 절대 허락 없이 집 앞에 찾아가지 않겠다고 약속할게. 그럼 됐지?"

"그래." 나는 불만스럽게 대답했다.

내가 주소를 부르자, 브래디가 휴대폰 내비게이션에 주소를 찍고 시동을 걸었다. 브래디가 쓸데없이 속도를 높이거나 옆에 탄 사람까지 불안하도록 운전을 거칠게 하지 않아 다행이었다. 아이를 태우고 운전을 자주 했을 테니 조심스럽게 운전하는 게 몸에 밴 게 아닐까 싶었다.

나는 뒷좌석을 힐끗 돌아봤다. 카시트나 어린이용 보조 의자가 있을 줄 알았는데, 뒤에는 아무것도 없었다.

"아이가 어리면 보조 의자에 앉혀야 하지 않아?" 내가 물었다.

그는 나를 보며 씩 웃었다. "당연히 그래야지. 지난번에 루비가 날 보고 그러더라고. 자기는 이제 너무 커서 카시트에 앉을 수가 없다고. 생각해 보니, 루비 말이 맞긴 맞더라고. 그래서 어제 치웠어. 보조 의자는 새로 주문해서 내일 올 거야. 카시트에 앉힐 때마다 벨트 매느라 허리가 끊어지는 줄 알았는데, 이제 안 그래도 되니까 나도 좋더라."

나는 수술복 바지의 허리끈에서 삐져나온 실을 잡아 뽑았다. "네가 아빠라는 게 잘 상상이 안 돼. 내 머릿속의 넌 아직도 스무 살인데."

"때로는 내 머릿속에서도 난 아직 스무 살이야." 그는 신호등 앞에서 우회전했다. "루비가 간식을 잔뜩 먹고도 쿠키를 더 달라고 할 때가 있거든? 그럴 때 난 이런 생각이 들어. '까짓거, 왜 안 돼? 쿠키가 얼마나 맛있는데. 굳이 나까지 애를 통제할 필요가 있어?'"

"그래서 쿠키를 더 준다는 말이야?"

"가끔은." 그는 검지를 입술에 대며 말했다. "쉿, 근데 애 엄마한테는 비밀이야. 지금 공동 양육권을 얻으려고 노력 중인데, 애 엄마가 그거 알면 나한테 불리하게 이용하려고 들지도 몰라."

"왜 처음부터 인정을 못 받은 거야?" 내가 보기엔 브래디가 무척 책임감 있는 부모였을 듯한데, 그 부분이 좀 놀라웠다.

"말하자면…." 그는 빨간불 앞에서 천천히 속도를 멈추다가 정지했다. "얘기가 길어. 재밌는 얘기도 아니고."

나는 가슴을 죄어오는 듯한 느낌을 애써 외면하면서 창밖을 내다봤다. 누가 타이어를 그렇게 했는지는 모르겠지만, 어쩌다 난 사고는 분명 아닌 것 같았다. 분명 고의로 저지른 짓이었다. 그리고 내 정체가 언론을 통해 드러나면 상황은 더 나빠질 터였다.

앞만 보며 운전에 집중하던 브래디가 잠시 내 쪽을 힐긋 보더니 미소를 지었다. 뉴스를 보고 브래디는 뭐라고 할까? 그가 나를 집까지 태워주는 일은 이번이 마지막일 거라는 생각이 들었다.

그럼 뭐 어때? 어차피 끝낼 생각이었는데.

차가 집 앞 도로로 들어서자, 빨간색과 파란색 경광등 불빛이 요란하게 번쩍이는 모습이 먼저 눈에 들어왔다. 심장이 마구 쿵쾅대기 시작했다. 우리 집 앞인가?

아, 이런. 바버 형사에게 전화하는 걸 잊고 있었다. 그렇더라도 저렇게 경광등을 번쩍이면서 집 앞에 나타나도 되는 건가?

"저기 무슨 일이지?" 브래디가 눈을 가늘게 뜨고 도로를 내다봤다. "너희 집 옆에 저거 경찰차야?"

나는 침을 꿀꺽 삼켰다. "여기서 그냥 내려줘…."

브래디는 내 말을 못 들은 척 계속 운전했다. "타이어 훼손된 일 때문에 온 걸까? 하지만 경찰이 어떻게 알았지? 경찰에 신고한 적 없잖아?"

"그냥 여기서 내려달라니까." 이번에는 더 크게 말했다.

하지만 브래디는 바로 집 앞에 도착할 때까지 차를 세우지 않았다. 경찰차는 우리 집 현관으로 이어진 통로 바로 옆에 주차돼 있었다. 브래디는 눈이 휘둥그레져서 경찰차를 보고 다시 내 얼굴을 쳐다봤다.

차가 멈추자마자 나는 차에서 뛰어내렸다. 정확히 말하면 차가 멈추기도 전에 문부터 열었다. 하지만 브래디도 재빨리 차에서 내려 내 뒤를 따라왔다. 나는 그만 가보라고 소리치고 싶은 걸 간신히 꾹 참으며 이를 갈았다. 자기 딴에는 나를 지켜줘야 한다고 생각했던 것 같았다.

"노라 선생님." 바버 형사는 불룩 나온 배 위에서 팔짱을 낀 채, 경찰차에 기대 서 있었다. 형사는 여기서 얼마나 오랫동안 날 기다린 걸까? 이 빌어먹을 경찰차가 불빛을 번쩍이며 우리 집 앞에 서 있는 모습을 이웃들도 다 봤겠지? "잠시 이야기 좀 나눌 수 있을까요?"

발가벗겨진 기분이었다. 우리가 대화하는 모습을 이웃들과 브래디가 볼 수 없게 집 안으로 들어가서 얘기하자고 말하고 싶었지만, 동시에 이 형사를 집에 들이는 것도 꺼림칙했다. 이제 정말로 변호사를 선임해야 할 때가 됐다고 느꼈다. 만만하게 당하고 있을 수만은 없었다. 그러지 않으면 결국은 나도 아버지가 있는 곳으로 가게 될 수도 있었다.

"노라 선생님?" 형사가 다시 불렀다.

나는 겨우 입을 열었다. "원하시는 게 뭐죠?"

"주변 이웃들의 눈도 있고 하니, 같이 집 안으로 들어가는 게 좋지 않을까요?" 바버 형사는 호기심 어린 눈으로 브래디를 힐끔 쳐다봤다. "원하신다면 남자친구분도 같이 계셔도 좋습니다."

나는 이를 악물고 말했다. "변호사가 동석한 자리가 아니면 어떤 얘기도 하지 않겠다고 말씀드렸을 텐데요. 질문에는 이미 다 답변을 드렸는데, 왜 또 찾아오신 거죠?"

"선생님 댁을 잠깐 둘러볼 수 있을까 해서 왔습니다." 그가 말했다.

머릿속이 하얘지는 기분이었다. "저희 집을 둘러본다고요?"

그는 두 손을 들었다. “정말 잠깐이면 됩니다. 저 혼자서 그냥 둘러보기만 하겠습니다.”

도대체 뭘 찾을 수 있을 거라고 기대하는 거지? 지하실에 쇠사슬로 묶어둔 여자들이라도 있을까 봐? 어쩌면 그냥 보여주는 게 나을 수도 있겠다 싶었다. 어차피 숨길 건 아무것도 없으니까.

“잠깐만요.” 내가 대답하기 전에 브래디가 먼저 말을 꺼냈다. 정중하면서도 단호한 목소리였다. “노라는 오늘 하루 정말 힘들게 일했습니다. 아침 다섯 시부터 줄줄이 수술 스케줄이 있었다고요. 집을 수색하려면 영장이 있으셔야 하는 걸로 아는데요. 그러니, 내일 아침 변호사가 참석한 자리에서 다시 얘기를 나누시는 건 어떨까요?”

바버 형사는 ‘이 남자 진심인가?’하는 표정으로 나를 쳐다봤다. 물론 경찰이 무슨 일 때문에 찾아왔는지 브래디가 내용을 조금이라도 알았다면 중간에 끼어들지 않았을지도 모른다. 하지만 놀라운 건, 브래디의 말이 효과가 있었다는 거였다. 형사는 고개를 끄덕이더니, 한 걸음 물러섰다.

“좋습니다. 그렇다면 내일 아침에 변호사를 대동한 자리에서 다시 얘기 나누시죠. 오전 10시 경찰서에서, 어떻습니까?”

“그러시죠.” 내가 대답했다. 이제 난 내일 10시까지 변호사를 찾아봐야 했다. 그리고 오전에 잡힌 수술 스케줄은 어떻게 해야 할지 그것도 고민해야 했다. 나는 살인 용의자로 불려 다닐 시간도 없는 사람인데, 빌어먹을!

바버 형사가 차에 올라타 멀어져 갈 때까지도 제대로 숨조차 쉴 수 없었다. 그의 모습이 사라진 후에도 손이 어찌나 심하게 떨리는지 열쇠를 자물쇠에 끼우기가 힘들었다. 이런 일은 처음이었다. 하느님 맙소사, 외과 의사가 손을 떤다는 건 말도 안 되는 거였다.

보다 못해 브래디가 열쇠를 빼앗아 문을 열었다. 그는 내 등에 팔을 두르고 나를 소파 쪽으로 이끌었고, 나는 순순히 소파에 가 앉았다. 그는 내 손을 잡고 꽉 쥐었다. “물 좀 갖다 줄게, 노라.”

나는 아무 말 없이 고개만 끄덕였다.

브래디가 갖다 준 컵을 받아 급히 반 정도를 들이켰다. 그가 내 옆에 털썩 주저앉았다. “무슨 일인지는 묻지 않을게. 이혼 전문 변호사를 찾는 게 아니라면 난 별로 도움은 안 될 거야.”

“알아.” 나는 물 잔에 생긴 작은 기포만 가만히 내려다보았다. “뭐 그렇게 난리 칠 일도 아니야.”

“나한테 말할 필요 없어. 내가 상관할 일은 아닌 것 같으니까.”

하지만 문득 무슨 일이 벌어지고 있는지 브래디에게 말하고 싶다는 생각이 들었다. 너무 오랫동안 혼자서만 끙끙 앓고 있어서 그랬는지 누구에게라도 털어놓으면 속이 후련해질 것 같았다. 어차피 시간이 지난다고 그냥 잊힐 일도 아닌 것 같았다.

“이번에 살해된 여자 두 명 있잖아.” 나는 물을 한 모금 더 마셨다. “뉴스를 떠들썩하게 만든 그 사건, 너도 알지? 손이 다 절단된 채로… 발견된 여자들.”

“알지….”

“내 환자들이었어.”

그의 눈이 커졌다. “두 사람 다?”

“어.”

“아.” 그는 자신의 갈색 머리를 손가락으로 쓸어 넘겼다. “우연의 일치치고는 정말 이상한 일이네. 그건 그렇지만, 경찰은 대체 왜 네가 이 일에 관련이 있을 거라고 생각하는 거야? 내 평생 그런 말도 안 되는 소리는 들어본 적도 없는 것 같아.”

“왜냐하면….” 나는 두 손으로 무릎을 문질렀다. 오른쪽 무릎에 얼룩이 묻어 있었다. 아마도 음식을 흘렸거나 피가 묻은 거겠지? “방금 말한 것처럼 피해자들 손이 전부 절단돼 있었거든. 핸디맨의 수법과 똑같이.”

그의 머리가 한쪽으로 기울어졌다. “그래도 이해가 안 가.”

거기서 멈출 수도 있었다. 난 이 일을 26년 동안이나 비밀로 해왔다. 지난 26년간, 나는 노라 데이비스였고, 우리 부모님은 차 사고로 모두 돌아가신 것으로 되어 있었다. 할머니는 절대 누구에게도 사실을 말하지 말라고 했었다. 심지어 아는 사람들을 피해 나를 데리고 이사까지 하신 분이었다. 하지만 나는 내 삶이 늘 가짜처럼 느껴지기만 했다. 그리고 나는 내 인생에서 나라는 사람을 연기하는 배우 같았다.

나는 브래디의 얼굴을 올려다봤다. 그래도 나를 저버리지 않을 사람이 있다면 브래디가 아닐까? 언젠가 누군가에게는 털어놓아야 할 사실이었다.

“왜냐하면… 애런 니어링이 내 아버지야.”

브래디가 어떤 반응을 보일지 예상하기도 힘들었지만, 그렇다고 그렇게 깔깔대며 웃음을 터트릴 줄은 전혀 생각도 못 했었다. 그는 몇 초 동안 계속 웃더니 내 표정을 보고 그제야 내가 농담한 게 아니라, 백 퍼센트 진심인 걸 눈치 챈 모양이었다. 그의 얼굴에서 웃음기가 조금씩 사라지는 걸 내 눈으로 직접 확인했다.

"애런 니어링의 딸이라고? 네가?" 그가 물었다.

"그래."

"그리고…." 이런 심각한 상황만 아니었다면 당황한 그의 표정이 귀엽다고 생각했을 것 같았다. "그러니까…. 그 일이 있은 후로 네 성을 바꿨고?"

"너 같음 안 그러겠어?"

"그러니까 네 말은…." 그는 목뒤를 문지르며 말을 이었다. "손이 잘린 채 살해당한 여자 두 명이… 네 환자였고, 핸디맨은 그러니까… 네 아버지란 말이지?"

"그래."

"어떻게 지금까지 그런 얘길 한 번도 안 했어?"

나는 헛기침을 했다. "지금 장난해? 내가 그런 얘길 여기저기 아무한테나 말하고 다녀야 한다는 거야?"

"그건 아니지만, 나는 그냥 아무나가 아니잖아. 네 남자친구였다고."

"우린 겨우 3개월 사귀었어, 브래디. 우리가 무슨 결혼이라도 했던 사이는 아니잖아."

그는 한동안 자기 손만 내려다볼 뿐 아무 말도 하지 않았다. 들리는 소리라고는 내 심장이 쿵쿵대는 소리뿐이었다.

"세상에." 그가 마침내 입을 열었다.

"알아."

"그러니까…." 그는 고개를 들고 내 눈을 바라봤다. "네가…?"

나는 급히 숨을 들이마셨다. "내가 뭘?"

꿀꺽 침을 삼킨 듯 그의 목울대가 움직였다. "네가 죽인 거야? 그 여자들을?"

그의 말을 듣는 순간, 나는 깨달았다. 나와 브래디 미첼의 관계가 무엇이었든 이제 영원히 끝이구나. 그에게 사실을 털어놓은 건 잘한 일이고, 어떤 면에서는 카타르시스로 작용할 수도 있을 거라고 생각했다. 그는 나를 정말 많이 좋아하니까, 어쩌면 내 편이 되어줄지도 모른다고 생각했다. 하지만 내 생각은 틀렸다. 한마디도 하지 말았어야 했다. 물론, 어차피 내일이면 뉴스에 보도될 테고, 결국엔 브래디도 뉴스를 보고 알게 됐을 테니 말했다고 문제가 될 건 없었다. 하지만 그랬다면 적어도 지금처럼 나를 쳐다보는 그의 표정은 보지 않아도 됐을 텐데, 후회스러웠다.

나는 화조차 낼 수 없었다. 혹시나 하고 바라긴 했지만…. 이미 예상했던 일이었다.

"난 아무도 죽이지 않았어." 나는 침착하게 말했다. "나는 아버지와는 달라."

"그래도 외과 의사잖아. 사람 몸을 가르는 게 네 직업이고." 세상에, 내일이면 사람들이 나에 대해 떠들어댈 말을 그가 미리 들려주는 기분이었다. 내 아버지처럼 나도 사이코 연쇄 살인범일 수밖에 없는 모든 이유들. 적어도 브래디는 예의상 당황하는 얼굴을 보여주긴 했다. "미안."

턱 근육이 경련을 일으켰다. "그만 가봐."

그동안 계속 그랬던 것처럼 브래디가 여기 더 있게 해달라고 내게 부탁하길 나는 내심 바랐지만, 그는 고개를 끄덕였다. "그래, 그러는 게 좋을 것 같아."

그걸로 끝이었다. 브래디는 곧장 일어나 집에서 나갔고, 그러면서 나와 눈 한 번 마주치지 않았다. 현관문을 나선 뒤엔 곧장 차로 걸어가, 차를 타고 떠날 때까지 뒤도 한 번 돌아보지 않았다.

27

브래디의 행동은, 앞으로의 내 인생이 어떤 식으로 흘러갈지 엿볼 수 있는 아주 훌륭한 예고편이었다. 거의 15년간 나를 좋아했던 남자도 내 과거를 이해하지 못해 도망치는데, 나머지 사람들은 어떤 반응을 보일지 너무나도 뻔했다.

브래디가 떠난 뒤 나는 한참 동안 소파에 앉아 있었다. 손가락 하나 까딱할 힘도 남지 않았다. 그때, 뒷문을 두드리는 소리가 들렸다. 또 고양이구나. 아마도 몹시 굶주렸을 것 같았다.

지난번에도 밥을 주려고 나갔지만, 어디에서도 고양이를 발견하지 못하고 그냥 들어왔었다.

겨우 소파에서 일어나 뒷문으로 걸어갔다. 귀를 뒷문에 대고 잠시 숨을 참았다. '야옹' 하고 우는 울음소리가 들렸다.

망할 놈의 고양이. 다행이었다.

나는 찬장을 열고 통조림 한 캔을 꺼냈다. 뒷문을 열자, 그 검은 고양이가 내가 오기만을 기다리며 앉아 있었다. 고양이는 잔뜩 기대에 찬 표정으로 나를 올려다봤다. 적어도 이 녀석은 나를 판단하지 않겠지? 애런 니어링이 누군지도 모를뿐더러 어차피 관심도 없을 터였다.

꼴좋다. 친구라고는 길고양이뿐이구나.

나는 통조림의 뚜껑을 따 그릇에 내용물을 쏟아 부었다. 고양이는 그릇에 매달려 열심히 먹이를 할짝거렸다. 고양이가 부러웠다. 고양이들의 관심은 먹을 게 어디에 있을까, 오로지 그것뿐이었다. 경력 따위를 걱정할 필요도, 오랫동안 자신을 좋아한 유일한 남자가 겁을 먹고 달아난다고 실망할 필요도 없었다.

나는 손을 뻗어 고양이의 검은 털을 천천히 쓰다듬었다. 왠지 마음이 편안해졌다.

고양이는 가끔 그러던 대로 밥을 먹다 말고 내 손에 머리를 비벼댔다. 내가 턱 밑을 긁어주자, 고양이는 기분이 좋은 듯 가르랑거렸다. 그때, 너무 갑작스럽게도 고양이가 나를 휙 지나치더니 집 안으로 쏜살같이 들어가 버렸다.

"야!" 나는 소리쳤다. "여긴 들어오면 안 돼!"

하지만 내 말을 고양이가 알아들을 리 없었다. 고양이는 부엌을 빠르게 가로지르더니, 거실로 들어가 소파 위로 풀쩍 올라갔다. 그리고는 쿠션 위에 앉아 편안한 듯 동그랗게 몸을 말았다.

"이 녀석! 나가지 못해!" 나는 다시 소리쳤다.

돌아버리겠군. 이 멍청한 녀석 털에 벼룩이 우글우글할 텐데, 소파가 벼룩 소굴이 되게 생겼네. 오늘 정말 왜 이렇게 일이 꼬이는 거지?

나는 거실을 지나 고양이가 앉아 있는 곳으로 갔다. 정말이지, 소파에 오줌이라도 싸면 폭발하고 말 것 같았다. 녀석은 그 자리가 정말 편한지, 당분간은 거기서 절대 내려올 생각이 없어 보였다. 나는 고양이를 노려보았다. 그래, 어디 두고 보자.

고양이를 밖으로 내보낼 생각으로 나는 두 팔을 뻗어 녀석의 몸통을 감쌌다. 손바닥에 갈비뼈의 감촉이 느껴졌다. 사람의 늑골과 비교하면 너무나 연약해서 쉽게 부러질 것 같았다.

속이 울렁거려 얼른 손을 떼고 뒤로 물러섰다. 머리가 빙빙 도는 기분이었다. 고양이가 제 발로 나가게 해달라고 기도하며 나는 한동안 녀석을 노려봤다. 여긴 재한테 안전한 곳이 아니야. 지금 당장 내보내야 해.

어떡해야 하지? 유기 동물 보호소에 전화해야 하나? 조그만 길고양이 하나 때문에 귀찮게 한다고 뭐라고 하면 어쩌지?

나는 수술복 주머니에 있던 휴대폰을 꺼냈다. 연락처를 열어 목록을 스크롤하며 쭉 훑어봤다. 주로 전화를 주고받는 사람들은 우리 클리닉과 종합병원의 직원, 의사들, 일 때문에 알고 지내는 사람들이 대부분이었다. 전화할 친구 하나 없다니, 어쩌다 내 인생이 이렇게 됐을까?

내 손가락이 필립 선배의 이름 위에서 잠시 멈췄다. 직장동료이자 선배이긴 하지만, 어쨌든 친구는 친구였다. 그래도 친구에 가깝다고 생각했다. 아주 오랫동안 알고 지낸 사이였으니까.

나는 더 고민하고 말고 할 것도 없이 그냥 필립 선배의 이름을 눌렀다. 선배가 지금 다른 여자와 밖에 나가 있을 확률은 한 80퍼센트쯤 됐다. 차라리 그게 하퍼만 아니길 바랐다.

벨 소리가 몇 번 울린 뒤, 전화기 너머로 익숙한 목소리가 들렸다. "노라? 무슨 일 있어? 괜찮아?"

"난 괜찮아요." 나는 전화기에 대고 인상을 찌푸렸다. "선배는 내가 죽기라도 할 것처럼 말하네요?"

"정말 급한 응급 상황이 아니고서는 나한테 전화한 적이 없으니깐 그러는 거지." 선배가 말했다.

"아니거든요." 그렇게 말하긴 했어도 선배 말이 맞다는 걸 나도 알고 있었다.

"그래, 무슨 일이야?"

"저…." 나는 흠흠 하고 헛기침을 했다. "지금 바빠요?"

"생각보다 좀 바쁘긴 하네. 왜?"

"그러니까…." 나는 소파 위를 차지하고 있는 검은 털의 몸뚱이를 내려다봤다. "좀 도와줄 수 있나 해서요."

"뭘?"

"집에… 고양이 한 마리가 들어왔는데, 내보낼 수가 없어요."

한동안 저쪽에선 아무 말도 없었다. "뭐라고?"

"그게 뒷문으로 그냥 갑자기 들어왔단 말이에요!" 나는 무심결에 계속 중얼거렸다. 평소 나답지 않은 행동에, 선배는 내가 완전히 이성을 잃었다고 생각한 듯했다. "나갈 생각을 않고 버티고 있는데, 어떻게 해야 할지 모르겠어요. 와서 좀 도와주면 안 돼요?"

그는 킬킬거리고 웃었다. "노라, 남자 품이 그리워서 집으로 부르는 거면 그냥 그렇다고 해. 고양이니 뭐니 말도 안 되는 얘기 지어내지 말고."

그의 헛소리에 넌더리가 났다. 선배에게 전화한 건 실수였다. "됐어요. 전화 끊어요."

"아, 농담이야, 농담! 내가 금방 그리로 갈게. 하던 일만 마치고 바로 가서 고양이 쫓아줄 테니, 잠깐만 기다려."

나는 휴대폰을 꽉 쥐었다. "고마워요, 선배."

"파트너 좋다는 게 뭐야?"

외과 클리닉을 함께 운영하는 파트너의 일이, 집 안에 들어온 길고양이를 쫓아주는 것이라고 말할 사람은 아무도 없겠지만, 친절하게 구는 선배를 비아냥댈 생각은 조금도 없었다.

필립 선배는 우리 집에서 차로 20분 이상 떨어진 거리에 살았다. 그런데 대략 10분 후, 문을 두드리는 노크 소리가 들렸다. 처음에는 형사가 다시 찾아온 줄 알았다. 그리고 바보처럼 브래디이길 바라는 마음도 없지 않았다. 하지만 필립 선배였다.

"선배 시속 150으로 달렸어요?" 내가 물었다.

"목소리에서 다급함이 느껴지길래 냉큼 달려왔지." 선배는 현관으로 들어서며 집 안을 둘러보았다. "집 좋아 보이네. 가구가 없어서 좀 허전하긴 하지만, 나쁘지 않아."

나는 뒤로 물러서며 선배에게 길을 터주었다. 선배는 스웨터와 청바지 위에 코트를 걸치고 있었다. 평소에는 주로 수술복을 입고 있었고, 가끔 와이셔츠에 넥타이를 맨 모습만 봤었는데, 캐주얼한

옷도 생각보다 잘 어울렸다. 나는 종합병원의 같은 층에서 일하는 간호사들이 그를 '훈남 의사 쌤'이라고 부르는 걸 들은 적이 있었다. 또, 쉴라는 선배가 없는 곳에서 그를 '신이 내린 선물'이라고도 불렀는데, 그 말을 들을 때마다 웃겨서 킥킥거렸지만, 확실히 그가 40대에 접어들면서 오히려 점점 더 멋있어지고 있다는 건 인정해야 했다.

필립이 처음 결혼하겠다고 했을 때 좀 놀라긴 했지만, 어쨌든 당시에는 아내를 몹시 사랑하는 것 같았다. 그리고 자신도 한 사람에게 정착해 아이를 낳을 마음의 준비가 됐다고 말하기도 했었다. 하지만 이삼 년이 지나자, 그는 다시 병원 간호사들과 놀아나기 시작했고, 마침내 그의 아내에게까지 그 소식이 전해져 선배는 결국 이혼하게 됐다.

그러니까 한마디로 말해, 필립 선배는 여자 문제에 있어서는 최악인 사람이었다. 그렇지만 외과 의사로서 그의 실력은 인정하지 않을 수 없었다. 그는 정말 최고의 실력을 갖춘, 언제든 믿고 의지할 수 있는 그런 의사였다.

"그 위험천만한 고양이 녀석은 어디에 있지?" 선배가 물었다.

얼굴이 달아오르는 걸 느꼈다. 나는 뒤로 물러서며 소파를 가리켰다. "저기요."

"나한테 전화한 건 정말 잘한 일이야. 생긴 것도 아주 끔찍하게 생겼군."

나는 선배를 노려봤다. "도와주러 온 거 맞아요?"

그는 이를 다 드러내며 씩 웃었다. "진정해. 내가 고양이랑 얼마나 말이 잘 통하는지 잘 보라고."

선배는 여전히 소파에 웅크리고 있는 그 망할 고양이를 향해 성큼성큼 걸어갔다. 그리고 손을 뻗었는데, 고양이가 큰 소리로 '야옹'하고 울더니 소파에서 폴짝 뛰어내려 도망쳤다.

"재가 날 피하네." 선배가 말했다. 거실을 둘러보았지만, 고양이는 어디에도 보이지 않았다. 나는 녀석이 제발 뒷문으로 나갔기를, 침실로 들어가 내 베개에 누운 게 아니기만을 바랐다. "흠, 저 고양이 그냥 집에 두고 키워볼 생각은 없어? 아무래도 너를 집사로 점찍은 것 같은데."

"난 고양이 못 키워요!" 나는 거의 울부짖듯 소리쳤다. "도대체 뭘 보고 내가 고양이 같은 애완동물을 키울 수 있다고 생각한 거예요?"

선배는 놀란 듯 눈을 끔뻑였다. "노라…."

하지만 감정을 추스르기엔 이미 너무 늦어버렸다. 지난 2주 동안 꾹꾹 참아왔던 감정이 한순간에 나를 덮치는 기분이었다. 죽은 두 명의 환자, 사라진 손, 형사, 그리고 브래디까지, 모든 게 나를 너무 힘들게 했다.

아버지가 체포되던 그날 이후로는 울어본 적도 없던 내가 어느새 흐느껴 울고 있었다. 엄마가 자살했다는 소식을 들었을 때조차 울지 않았던 나였다. 할머니가 그 소식을 내게 전했을 때, 나는 아무런 감정도 느끼지 못하고 그저 침대에 가만히 앉아있기만 했다. 할머니가 울음을 터트리기를 기대하며 나를 지켜보고 있다는 걸 알았지만, 웬일인지 눈물이 한 방울도 나오지 않았다. 그 일을 계기로 할머니는 내 문제에 대한 믿음을 더 굳히게 되었다.

"노라." 필립이 내 어깨에 팔을 둘렀다. "괜찮아, 노라. 내가 고양이 꼭 찾아서 쫓아낼게. 아마도 이 주변 어딘가에 있을 거야."

"괜찮아요." 지금 고양이가 문제가 아니었다. "그냥… 오늘 너무 힘들어서 그런 거예요."

그는 내 어깨를 꽉 잡았다. "무슨 일이 있었는지 얘기하면 기분이 좀 나아지지 않을까?"

아니, 그럴 순 없었다. 이미 브래디에게 말했다가 어떤 일이 벌어지는지 보지 않았던가. 필립 선배까지 그런 눈으로 날 보면 정말 견딜 수 없을 것 같았다. "아니에요. 어쨌든 고마워요."

"내가 뭐라도 해줄까?" 그는 미소를 지으며 말했다. "꼭 안아줄까? 아님 물? 아님 술이라도 한잔할래?"

원래 스킨십을 좋아하지도 않았고, 선배가 안아주는 건 더더욱 싫었다. 브래디가 내 어깨를 감쌀 땐 그래도 기분이 좋았지만, 다시 그럴 일은 없을 것 같았다. "사실 한 가지 있긴 해요."

"다 해줄게, 말만 해."

"괜찮은 변호사 알면 소개 좀 해줘요."

선배의 눈썹이 위로 솟다 못해 머리카락까지 뚫고 올라갈 것 같았다. "혹시 고소당한 거야?"

"그런 거 아니에요. 형사 전문 변호사로요."

선배는 숨을 헉 들이마셨다. "노라, 도대체 무슨 일이야? 살해됐다던 그 두 여자랑 관련 있는 거야?"

나는 고개를 저었다. "자세한 건 말할 수 없어요. 그래서 아는 사람 있어요, 없어요?"

"어, 있어." 그는 입술을 잘근거렸다. "그렇지만 진짜 심각한 문제라면 나한테 얘기해 줘야 해. 그러니까 우린, 파트너잖아."

"그런 거 아니에요. 전 괜찮아요."

선배는 입술을 오므렸다. 그는 전혀 나를 믿는 표정이 아니었고, 그걸 보는 내 기분은 결코 좋지 않았다.

"그리고 하나 더 있어요. 내일 아침 6시부터 중증 외상 콜 대기인데, 9시 반부터 11시 정도까지 급한 볼일이 있어 외출해야 해요. 콜 대기 대신 좀 해줄 수 있어요?"

선배는 잠시 생각하더니 대답했다. "응, 할 수 있어."

하느님, 감사합니다. 내일 경찰서에 가려면 응급실 대기를 어떡해야 할지 고민 중이었는데, 정말 다행이었다. 물론, 차까지 그 모양이 되어 일이 좀 복잡해지긴 했지만, 그래도 조금은 마음이 놓였다. 아까 그러고 나갔으니, 브래디가 차 문제를 처리해 주길 기대하기는 이제 힘들 것 같았다. 차 열쇠 돌려받는 걸 깜빡하다니, 나 자신에게 욕이라도 퍼붓고 싶은 심정이었다.

"아침에는 보통 그렇게 바쁘지 않아요. 호출이 아예 안 올 수도 있어요."

"알겠어…." 선배는 결심한 듯 말했다. "노라, 정말 무슨 일인지 말해 줄 수 없어?"

숨을 크게 들이마셨다 내쉬는데 호흡이 고르지 않았다. 아직도 나를 보던 브래디의 그 표정이 잊히지 않았다. 아버지에 관해서는 더 이상 누구에게도 말할 수 없었다. 그건 곧 파멸을 자청할 뿐이었다.

"별일 아니에요. 어처구니없는 오해가 좀 있던 것뿐이에요. 진짜예요."

선배는 한숨을 쉬었지만, 더 이상 묻지 않았다. 사실 필립과 나는 친구 사이는 아니었다. 우리는 파트너였고, 그게 다였다. 나한테 무슨 일이 벌어지고 있든, 그는 관여하지 않는 게 낫다고 생각한 듯했다.

"고양이는 어쩔까?" 그는 주위를 휘휘 둘러보았다. "내 눈엔 안 보이는데. 더 찾아봐 줄까?"

고양이가 눈앞에서 사라지자, 아까처럼 조바심이 나진 않았다. 그런 고양이는 갇혀 지내는 걸 싫어할 테니, 언젠가는 알아서 나가겠지. 아무튼 내가 얼마나 악한 인간인지 감지하면 알아서 나가려 할 터였다. 고양이는 원래 감각이 예민한 동물이니까.

"괜찮아요…. 소파에서 내려온 것만으로도 충분해요."

선배는 나를 보며 눈을 가늘게 떴다. "노라, 이거 신경 쇠약 증세 아니야? 진짜 걱정 안 해도 되는 거 맞아?"

"전 괜찮다니까요." 나는 내 말을 확인시켜주려고 일부러 턱을 들어 올렸다. 변호사만 구하면 이 문제는 다 해결될 것이다. 나는 아무것도 잘못한 게 없으니. 그 점을 기억해야만 했다. "와줘서 고마워요, 아무튼…."

"그만 가보란 소리군." 그는 심술궂게 웃으며 말했다. "알았어."

"아무튼 와줘서 진짜 고마웠어요."

그는 한숨을 쉬고는 소파에서 일어섰다. "할 얘기가 있으면 언제라도 전화 줘. 그냥 하는 소리 아니야."

필립 선배는 자신이 신의 선물인 양 착각 속에 빠져 사는 나쁜 놈일 때도 있었지만, 가끔은 좋은 사람일 때도 있었다. 그를 파트너로 선택한 것도 그래서였다. 그가 힘이 닿는 한 나를 도와줄 것이라는 걸 알고 있었다.

필립은 문을 열고 나가며 내게 가볍게 거수경례를 했고, 그 모습에 나도 조금은 웃음이 났다. 나는 그가 테슬라에 올라타 말 그대로 연기처럼 사라질 때까지 그 모습을 계속 지켜보았다. 선배는 저 차를 정말 좋아하는구나, 그거 하나는 확실하게 알 수 있었다.

그가 가고 난 뒤, 나는 돌아서서 아무도 없는 텅 빈 집을 다시 마주했다. 도대체 고양이는 어디로 간 걸까? 내 시선은 계단을 따라 이층으로 향했다. 위로 올라갔을까? 벽장에 들어가 신발 여기저기에 오줌을 싸고 있는 건 아닐까? 그거야말로 오늘에 딱 어울릴 결말이었다.

그때 살짝 열려 있는 지하실 문이 눈에 들어왔다. 아하, 저기로군.

나는 지하실 문 앞으로 걸어가 문을 마저 열었다. 안쪽에 있는 조명 스위치를 눌렀지만, 아무 반응이 없었다. 끝내주는군. 전구마저 나간 모양이었다. 주머니에 있던 휴대폰을 꺼내 손전등 기능을 켰다. 여느 다른 지하 감옥처럼 여기도 휴대폰은 터지지 않았지만, 그래도 손전등은 켤 수 있었다.

불빛은 발밑만 겨우 밝히는 정도였지만, 그래도 덕분에 구르지 않고 계단 아래로 발을 내디딜 수 있었다. 반쯤 내려갔을 때, 조그만 발이 바닥에 닿는 소리, 희미하게 우는 고양이 소리가 들렸다. 예상이 맞았다. 고양이는 이 아래로 내려온 거였다.

나는 휴대폰 손전등으로 지하실 주변을 비추며 고양이를 찾았다. 그리고 마침내 지하실 제일 구석, 작은 물웅덩이 앞에서 뭔가를 할짝거리고 있는 검은 고양이를 발견했다.

"착하지." 나는 녀석을 부드럽게 달랬다. "너도 여기서 나랑 같이 사는 건 싫을 거야."

고양이는 고개를 들고 생각하는 듯 나를 보더니, 다시 물웅덩이를 할짝거렸다.

"나, 재밌는 사람 아니야. 맨날 일만 한다고. 그리고 성격도 안 좋아. 어렸을 땐 몹쓸 짓도 많이 했어. 다시는 그러고 싶지 않다고. 내가 또 그럴 것 같진 않지만, 혹시 모르잖아. 여기 말고 다른 데 사는 게 너한테도 훨씬 안전해."

녀석은 나를 완전히 무시하고 있었다. 놀랄 일도 아닌 것이, 녀석은 사람이 하는 말을 전혀 알아듣지 못하는 빌어먹을 고양이였다.

나는 입으로 야옹 소리를 내며 좀 더 가까이 다가갔다. 어쩌면 고양이가 불빛을 따라오진 않을까 싶어 나는 휴대폰 손전등을 가만히 들이댔다. 고양이들이 불빛을 따라가는 걸 좋아하진 않던가?

나는 고양이에게 아주 가까이 다가가서야 알아차렸다.

고양이가 물웅덩이를 할짝거리고 있다고 생각했는데, 지금 보니 그건 물이 아니었다. 웅덩이는 검붉은색을 띠고 있었다.

나는 천장의 백열전구를 힐끗 쳐다봤다. 어쩌다 저 전구마저 나가버렸을까? 나는 휴대폰 손전등을 웅덩이에 직접 비췄다. 분명 빨간색이었다. 그렇다고 진흙처럼 보이지도 않았다.

나는 좀 더 가까이 보려고 웅크리고 앉았다. 떨리는 손으로 붉은 액체에 검지를 갖다 댔다. 그리고 손가락에 묻은 것을 눈앞에서 자세히 들여다봤다.

아, 이런. 아무리 봐도 피 같았다.

당장이라도 구토가 올라올 것 같았다. 나는 등을 웅크리고 앉아, 목구멍으로 올라오는 신물을 겨우 삼켰다. 저녁에 뭐라도 먹었더라면 벌써 토했을 터였다.

어질어질한 기운에 몇 분을 기다린 후에야 나는 가까스로 마음을 진정시켰다. 그리고 손가락 끝에 여전히 새빨갛게 묻어 있는 얼룩을 가만히 내려다보았다. 피가 확실해 보였다. 피라면 지긋지긋하도록 봤으니, 모를 수가 없었다.

그런데 왜 우리 집 지하실에 피가 떨어져 있는 거지?

문득 끔찍한 생각이 머리를 스치고 지나갔다. 바버 형사가 왔을 때 순순히 집을 둘러보게 해줬다면 형사는 이 피를 발견했을 터였다. 그리고 나는 지금쯤 감옥에 있었겠지? 브래디가 형사를 저지한 게 얼마나 다행이었는지 그제야 깨달았다.

그런데 왜 여기 피가 있지? 내게 죄를 뒤집어씌우려고 누군가 일부러 흘려두었나? 이 피는 앰버 스완슨이나 셸비 길리스의 피일까?

아니면 내가 모르는 사이 이 지하실에서 뭔가 끔찍한 일이 벌어졌던 걸까?

여기서 무슨 일이 벌어진 거라면 최근의 일일 것이다. 아직 피가 마르지도 않은 걸 보면.

고개를 들어 고양이를 보니, 녀석은 아직도 피 웅덩이를 할짝거리고 있었다. 나는 녀석을 찰싹 때리며 소리쳤다. "하지 마! 저리 가!"

고양이는 이번에는 내 말을 듣고 피 웅덩이에서 황급히 떨어졌다. 계단 위로 올라가는 녀석의 발소리가 들렸다. 미치겠네. 발에 묻은 피를 온 사방에 남기며 돌아다니겠군.

어떻게 해야 할지 알 수 없었다. 아니, 사실은 뭘 해야 할지 정확히 알고 있었다. 형사에게 전화해 이 모든 일에 대해 털어놓아야 했다. 아직 그의 명함을 가지고 있었고, 내가 전화하면 그는 전화를 받을 게 분명했다. 또한 이 광경이 얼마나 끔찍하게 보일지도 잘 알고 있었다. 피 웅덩이가 마법처럼 갑자기 지하실에 나타났다고 말해야 하나? 내 아버지가 누군지 아는 그 형사가 과연 내 말을 믿긴 할까?

아니, 내가 이 일에 대해 말하는 순간 나는 제일 유력한 용의자가 될 게 분명했다. 당장은 아니라 하더라고 결국엔 수갑을 찬 채 이 집을 떠나게 될 것이다.

다른 사람이 보기 전에 이걸 깨끗하게 치워버리는 게 지금 내가 택할 수 있는 가장 안전하고 확실한 방법이라고 나는 생각했다. 그리고 엉망이 된 차를 어떻게든 해결하고 내일 형사와 이야기를 끝내자마자 집에 방범 시스템부터 설치해야겠다고 생각했다. 앞으로는 누구도 내 허락 없이 이 집에 들어오지 못하도록. 고양이도 예외일 순 없었다.

28

26년 전

“사냥꾼과 짐승 사냥?” 마저리는 뭔가 의심스럽다는 표정을 지었다. “그런 게임 처음 들어 봐. 어떻게 하는 게임인데?”

나는 어둑한 숲길을 내려다보다 마저리에게로 고개를 돌렸다. “어떻게 하는 거냐면, 한 사람은 사냥꾼이 되고 다른 사람은 짐승이 되는 거야. 넌 한 번도 안 해봤다고 했으니까 네가 짐승을 해. 내가 널 사냥할게. 한마디로 나한테 잡히지 않게 열심히 도망 다니면 되는 거야.”

“알았어….”

“진짜 재밌을 거야.” 나는 재차 마저리를 안심시켰다.

하지만 마저리는 내 말을 믿는 것 같지 않았다. 솔직히 말하면,

마저리의 생각이 맞긴 맞았다. 이건 마저리에게 재미있는 게임은 아니었다.

"또 다른 규칙은, 신발을 벗는 거야." 내가 말했다.

마저리는 눈이 휘둥그레져서 낡아빠진 운동화를 내려다보았다. "신발을 벗으라고?"

나는 또다시 한숨을 쉬었다. "숲에 사는 동물이 운동화 신고 다니는 거 봤어? 그러니까 당연히 신발을 벗어야지. 신발은 여기 그냥 두면 돼."

마저리는 과연 내가 시키는 대로 할까? 마저리의 아랫입술이 바들바들 떨렸다. "노라, 우리 다른 거 하면서 놀면 안 돼?"

"어떤 거? 바비 인형 가지고 노는 그런 거?" 나는 눈을 굴렸다. "마저리, 난 어린아이들이 하는 게임은 안 해. 요즘엔 다른 애들도 다 이 게임을 하면서 논단 말이야." 나는 마저리의 눈을 똑바로 바라봤다. "그렇지만 네가 안 하고 싶다면, 좋아. 난 그냥 집에 돌아갈래."

그건 진심이었다. 마저리가 친구랑 놀고 싶은 마음은 과연 어느 정도일까?

"알았어. 그럼 한 번만 해볼게." 마저리가 말했다.

나는 싱긋 웃었다. "좋았어. 절대 실망 안 할 거야."

마저리는 운동화를 벗고 땅바닥에 발을 디뎠다. 마저리의 양말에서는 큼큼한 냄새가 났고, 왼쪽 발가락에는 구멍도 하나 나 있었다. "양말도 벗어." 내가 말했다.

마저리는 양말까지 모두 벗은 채 몸을 비틀거리며 내 앞에 섰다. 안 한다고 할 걸, 후회하는 표정이었지만, 돌리기엔 이미 너무 늦었다.

"60초 줄 테니까 먼저 도망가. 그다음에 내가 널 쫓아갈게."

"노라…."

나는 머뭇거리는 그녀를 못 본 체하고 손목시계를 봤다. "그럼, 이제부터 60초 잰다…. 지금, 출발!"

내 목소리에는 감히 거역할 수 없는 무언가가 있었기에 마저리의 눈이 똥그래졌다. 그리고 달리기 시작했다.

하지만 한심하기 짝이 없었다. 티파니 말대로 마저리는 뒤뚱거렸다. 거기다 신발과 양말까지 신지 않아 땅에 발을 디디기도 쉽지 않아 보였다. 산길은 온통 나뭇가지와 바위투성이라 밀가루 반죽처럼 말랑말랑한 마저리의 발바닥을 아프게 찔러대고 있었다. 먼저 출발하라고 60초를 줬지만, 이런 속도라면 마저리를 따라잡는 데 15초도 안 걸릴 것 같았다.

이런, 이러면 도전할 의욕도 안 생기잖아. 아무래도 60초 정도 더 기다렸다 출발해야 재밌을 것 같았다.

60초가 되길 기다리면서 나는 책가방 안을 뒤지기 시작했다. 펜과 연필들 사이로 손을 집어넣고 원하는 게 만져질 때까지 뒤적거렸다.

아빠가 선물해준 주머니칼.

나는 그걸 꺼내 칼날을 살폈다. 검지로 끝을 살짝 건드렸더니 손에 핏방울이 맺혔다. 칼날은 아주 예리했다. 나는 책가방을 다시 어깨에 멨지만, 주머니칼은 손에 들고 있었다.

사냥이라면 당연히 무기가 있어야겠지? 나는 그렇게 생각했다.

29

현재

이상하게도 오늘 아침은 몸도 머리도 아주 가벼웠다.

잠을 제대로 못 자 피곤할 줄 알았는데, 오히려 그 반대였다. 어젯밤 한 시간 내내 지하실 바닥에 고인 피를 닦아냈지만, 시뻘건 얼룩은 쉽게 사라지지 않았다. 누구라도 지하실에 들어오면, 그걸로 나는 끝장이었다. 핏자국을 지우는 데 효과적인 청소용품을 알아봐야 했다.

또한 지하실 전구를 갈아 끼우려고 했는데, 알고 보니 전구가 나간 게 아니었다. 살짝 느슨해져 있어, 전구를 끝까지 돌려 끼웠더니 다시 불이 들어왔다. 지하실은 일단 그쯤에서 마무리 짓고 나는 열쇠 꾸러미에서 지하실 문 열쇠를 찾아 잠갔다.

그러고 나니, 쉽사리 잠이 오지 않았다. 바버 형사가 수색 영장을 가지고 와 지하실 바닥에 있는 피 웅덩이를 보는 모습이 자꾸만 머릿속에 그려졌다. 혹시 그런 일이 벌어진다면…. 하, 그런 일은 생각조차 하고 싶지 않았다.

오전 5시 30분, 종합병원에 도착하자마자 커피 두 잔을 재빨리 들이켰더니 살짝 각성 상태가 됐다. 오전 첫 수술을 마친 후, 필립이 소개해 준 변호사 패트리샤 홀스타인에게 전화를 걸었다. 그녀는 무척 바쁜 것 같았지만, 내가 누구인지 사실대로 말하자, 기적같이 잡혀 있던 스케줄 몇 가지를 취소해 보겠다고 말했다. 우리는 경찰서에 들어가기 10분 전에 경찰서 앞에서 만나기로 약속을 정했다.

변호사를 선임하지 않고 넘어갈 수 있길 바랐지만, 지하실이 그렇게 된 걸 보고 나니 더 이상 미룰 수 없었다.

새로운 소식이 있진 않을까, 인터넷 기사를 확인하느라 휴대폰을 지나치게 자주 열어봤다. 지금쯤이면 내가 누군지 모두가 알게 될 거라고 생각했는데, 다행히 나에 관한 기사는 하나도 눈에 띄지 않았다. 애런 니어링을 언급한 기사는 있었지만, '노라 니어링'에 관한 기사는 없었다.

그래도 아직은 내 비밀이 지켜지고 있었다.

수술방 휴게실에 앉아 세 번째 커피를 마시고 있었는데, 응급실에서 긴급 호출이 왔다. 가까운 전화기를 들어 호출한 사람을 찾았다. "외상 전담 전문의 노라입니다."

"노라 선생님." 전화기 너머로 숨 가쁜 목소리가 들려왔다. "저는

ER* 담당 의사 댄필드입니다. '케일라 라미레즈'라는 27세 여성 환자인데, 자동차와 정면으로 충돌하는 사고를 당했어요. 현재 의식이 없고, 맥박도 잡히지 않는 상태고요. 굵은 게이지로 된 정맥 주사 두 개 연결했고, 방금 기도삽관도 시행했습니다. CT상으로 봤을 때는 비장이 파열된 것 같습니다."

나는 환자에 관한 설명을 다 듣기도 전에 자리에서 일어섰다.

"수술 준비시켜서 당장 OR**로 이동시켜 주세요. 저도 바로 가겠습니다. Rh 플러스 A형 혈액도 2유닛 부탁드립니다."

다행히 커피를 한 잔 더 마신 덕분에 기운이 넘쳤다. 나는 곧장 수술실로 향했다. 출혈 부위가 어딘지 빨리 찾아내지 못하면 이 환자는 죽을 수도 있었다.

내가 수술실에 도착했을 때, 마침 환자도 이동 침대에 실려 엘리베이터에서 내리고 있었다. 의료진들에게 빈방으로 이동해 수술 준비를 해달라고 지시하고, 우선 손을 씻으러 들어갔다.

6번 방으로 들어가자, 복부에 멸균 천이 덮인 채로 수술대 위에 누워 있는 케일라 라미레즈가 보였다. 상태가 불안정한 환자에 관해 의료진들이 조용조용 주고받는 말소리를 제외하면 수술방은 조용했다. 어떤 의사는 수술하는 동안 음악을 틀어놓기도 했지만, 나는 마취과 의사가 특별히 요청하지 않는 이상 음악은 틀지 않았다. 조용한 가운데 오로지 내 앞에 누운 환자에게만 집중하고, 내 모든 신경을 쏟을 수 있는 그런 환경이 더 좋았다.

---

* 응급실Emergency Room의 약자

** 수술실Operating Room의 약자

수술실 간호사가 내가 입을 가운과 장갑을 준비해 놓고 기다리고 있었다. 파란색 수술 장갑에 손을 밀어 넣자, 평소처럼 가슴이 두근거리기 시작했다. 꽤 오랫동안 이 일을 해왔는데도 누군가의 몸에 칼을 댈 생각을 하면 그때마다 몸에서 아드레날린이 마구 솟구치는 게 느껴졌다.

분명 아버지도 이런 기분이었으리라. 하지만 이건 완전히 다르다. 아버지는 그 여자들의 목숨을 앗았지만, 나는 이 여자의 목숨을 살릴 것이다.

적어도 그럴 수 있기를 바랐다.

"메스." 오른손을 뻗으며 내가 말했다.

간호사가 손에 메스를 쥐여 주었다. 나는 베타딘을 발라 누렇게 된, 케일라 라미레즈의 배를 내려다봤다. 피부는 부드럽고 말끔했다. 맹장은 물론이고 어떤 수술 흔적도 보이지 않았다. 아무도 손대지 않은 복부를 처음 절개하는 것이 가장 짜릿했다. 한번 수술했던 조직에 다시 칼을 댈 때는 그렇게 흥분되는 기분을 맛볼 수 없었다.

피부에 메스를 수직으로 대고 세로로 쭉 긋자, 버터 자르듯 칼날이 살을 갈랐다. 처음에는 피가 배어 나오는 정도였지만, 백색선을 가르자 복강 전체에 피가 가득 차 있는 게 보였다. 간호사가 재빨리 석션으로 빨아들였지만, 그 즉시 피가 다시 차올랐다.

"젠장."

응급실 의사의 예측이 맞았다. 비장이 파열됐고, 혈관 어딘가가 터져 출혈을 일으키고 있었다. 출혈 부위를 찾아 지혈하지 않으면 환자는 못 깨어날 수도 있었다.

"클램프." 내가 말했다.

나는 피가 가득 차 제대로 보이지도 않는 상태에서 절개 부위 안쪽을 더듬었다. 복부의 해부학 구조라면 나는 누구보다 잘 알고 있었다. 평소 눈을 감고도 뭐가 어디에 있는지 찾을 수 있다고 말하고 다녔는데, 지금이 바로 내가 했던 말을 행동으로 보여줄 때였다. 시각이 아닌 다른 감각에 의지해 비장으로 이어진 혈관을 찾아 클램프를 물려야 했다.

"석션 한 번 더 할까요?" 간호사가 물었다.

나는 고개를 저었다. 그나마 복부에 찬 피의 압력 때문에 피가 콸콸 흘러나오지 않는 것으로 보였기에 석션을 할 수도 없었다. 보이지 않는 상태로 지혈하는 것 말고는 선택의 여지가 없었다.

나는 숨도 쉬지 않고 손의 감각만으로 비장의 끝부분을 확인하고 다른 장기의 위치도 파악했다. 방 안에 있는 모두가 하나같이 숨죽인 채 나를 지켜보고 있었다. 망할, 보내달라고 한 피는 도대체 언제 오는 거야? 이제 곧 수혈해야 하는데.

그때 혈관을 발견했다. 제발 내 감이 맞길 바라며 나는 그 부위를 클램프로 잡았다. 고개를 들고 간호사를 보며 말했다. "석션."

간호사가 석션으로 피를 제거하는 동안 내가 내 입술을 어찌나 꽉 깨물었는지 입술에서 피가 났지만, 마스크를 쓴 덕에 아무도 보지 못했다. 복강에 가득 찼던 새빨간 피가 점점 사라지면서…,

출혈도 멈췄다!

방 안에 있던 모두가 내게 환호를 보냈다. 내가 해낸 것이다. 내가 젊은 여성의 목숨을 구했다.

그 이후 비장을 절제하는 일은 순조롭게 진행됐다. 나는 열었던 피부를 다시 닫고 스테이플로 절개 부위를 봉합했다. 말끔했던 피부에 흠이 생겼다. 수술이 끝나자, 모두가 내 등을 두드리며 인사를 건넸다. "정말 수고하셨어요, 노라 선생님."

문득 궁금해졌다. 저 사람들은 죽은 두 여자에 관해 들으면 내게 무슨 말을 하게 될까?

30

오전 9시, 나는 필립 선배에게 호출기를 넘겨줬다. 내 차는 여전히 타이어가 찢긴 채 클리닉 주차장에 있었기 때문에 우버 택시를 타고 경찰서로 이동해야 했다. 헨리 캘러핸이 쫓아오던 그날 밤, 그를 따돌리기 위해 이 경찰서로 차를 몰았던 게 기억났다. 그때 그 정도에서만 멈췄어도 일이 이렇게까지 되진 않았을 텐데….

내가 그를 어떻게 한 건 아니었다. 순전히 그의 어리석은 행동이 그런 사고를 자초한 것이었다.

그는 지금 어떤 상태일지…, 문득 궁금해졌다.

약속대로 패트리샤 홀스타인이 경찰서 주차장에서 나를 기다리고 있었다. 변호사 사무실 홈페이지에서 사진을 미리 봐두었기에 한눈에 그녀를 알아볼 수 있었다. 백금색 단발머리에 날카로운 눈매, 눈 밑에는 잔주름이 많은 얼굴이었다. 그녀는 나보다 열 살 정도 나이가 많았지만, 이 일을 백 년도 넘게 한 사람처럼 능숙해 보였다.

"노라 선생님?" 내 파란색 수술복을 보고 그녀가 먼저 물었다. 케일라 라미레즈의 수술을 마무리하자마자 나온 터라 옷을 갈아입을 시간 같은 건 없었다. 늦지 않은 것만도 다행이었다.

"네." 나는 택시에서 내리며 말했다. "패트리샤 홀스타인 변호사님?"

그녀는 씩씩하게 고개를 끄덕였다. "그냥 패트리샤라고 부르세요. 들어가기 전에 제 차에서 이야기 좀 나눌까요?"

패트리샤는 윤기가 자르르 흐르는 고급스런 정장을 입고 있었고, 성공한 변호사에게 잘 어울리는 듯한 BMW를 타고 있었다. 고급 가죽 시트로 된 조수석에 앉으며, 나는 수술복을 입고 온 게 조금씩 후회되기 시작했다.

패트리샤가 운전석에 앉아 나를 향해 고개를 돌렸다. 그녀의 시선을 따라 내 바지 아랫단을 내려다봤더니, 뭔가가 묻어 있었는데, 핏자국이었다. 내가 종합병원에서 나올 때쯤 안정을 되찾은 케일라 라미레즈 덕분이었다. 위험한 고비를 넘겼으니 이제 그녀는 회복될 터였다.

"방금 수술을 마치고 오는 길이거든요." 나는 설명했다.

"살인 사건과 관련해 심문받으러 온 사람이 입을 만한 복장은 아니네요."

나는 난감한 표정으로 어깨를 으쓱하며 말했다. "심각한 사고를 당한 응급 환자라서요."

"어쨌든 지금으로서는 별다른 방법이 없으니 그건 일단 넘어가도록 하죠." 그녀는 경찰서 쪽을 힐긋 보고는 다시 내게로 시선을 돌렸다. "경찰이 선생님을 왜 그렇게 끈질기게 괴롭히는지 이해가 잘 안 가는 부분이 있더군요. 존경받는 외과 의사시고, 두 명의 피해자들과 개인적인 관계도 전혀 없으시다니, 선생님을 용의자로 생각할 만한 근거가 전혀 없거든요. 물론 가족사는 다른 문제라 치고요. 하지만 법정에서 그걸 증거랍시고 내놓는다면 비웃음거리밖에는 안 될 겁니다."

"그렇군요." 나는 한 가닥 희망이 보이는 듯했다. "뭔가 다 이상하게 돌아가는 것만 같아요."

"우리가 모르는 뭔가가 있는 게 아니라면요." 그녀는 예리한 눈으로 내 얼굴을 찬찬히 살피며 말했다. "아니면 제가 모르는 뭔가가 있거나."

"그… 그런 건 없어요." 지하실에 있던 피에 관해 도저히 사실대로 털어놓을 수가 없었다. 내 입에서 그 얘기가 나온다면 마치 '나는 유죄예요'라고 말하는 소리처럼 들릴 것만 같았다. 마술이라도 부린 듯 피가 어디선가 갑자기 나타날 리는 없지 않은가. 어쨌든 바버 형사도 알지 못하는 일이었고, 가능한 한 앞으로도 계속 모르게 할 생각이었다.

"노라 선생님, 제 말 잘 들으세요." 그녀의 얼굴에는 웃음기라곤 없었다. "선생님이 뭔가를 했든 안 했든, 선생님을 변호하는 게 제 일이에요. 하지만 알고 있어야 할 것을 미리 말해주지 않으면, 저도 맡은 일을 해낼 수가 없습니다. 그러니 다 말하셔야 해요. 제가 알아야 할 게 더 있나요?"

나는 침을 꿀꺽 삼켰다. "아뇨, 없습니다."

그녀는 아무 말도 하지 않고, 한동안 나를 가만히 바라보기만 했다. 그녀가 나를 믿건 안 믿건 나는 말할 수가 없었다. 그리고 마침내 그녀는 차 문을 열며 말했다. "그럼, 가시죠."

경찰서는 붉은 벽돌로 지은 이층 건물이었다. 대여섯 대쯤 되는 경찰차가 건물 앞에 주차돼 있었다. 패트리샤는 마치 이곳을 수십 번도 넘게 찾아온 사람처럼(어쩌면 정말 그랬을지도 모른다는 생각이 들었다) 아무 거리낌 없이 경찰서 안으로 성큼성큼 걸어 들어갔다. 반면 나는 못 올 곳에 온 것만 같은 기분이 들었다. 나는 이런 곳이 아니라 수술실에 있어야 자신감이 생기는 사람이었다.

패트리샤는 경찰서 입구에 앉아 있던 접수 담당자에게 다가가 바버 형사와 약속이 돼 있다고 말했다.

미칠 것 같은 기분으로 20분을 앉아 있었더니, 마침내 바버 형사가 우리를 데리러 왔다. 나는 다리가 너무 심하게 떨려 의자에서 일어나는 게 평소보다 두 배로 힘이 들었다. 하지만 패트리샤는 자리에서 벌떡 일어나더니 형사에게 손을 내밀고 악수를 청했다. 그녀를 소개해 준 필립 선배에게 고마운 마음이 들었다. 패트리샤가 옆에 있어 정말 안심이었다.

"와주셔서 감사합니다, 노라 선생님." 형사의 말투는 정중했지만, 그의 검은 눈은 현미경이라도 들여다보듯 내 얼굴을 꼼꼼히 살피고 있었다. 사람을 위축되게 만드는 그런 눈빛이었다. "이쪽으로 오시죠."

바버 형사는 긴 복도를 지나 조명이 흐릿한 어느 방으로 우리를 안내했다. 접이식 탁자와 의자만 달랑 놓여 있는 걸로 봐서 취조실인 것 같았다. 내가 취조실에 있다니. 기분이 착잡했다.

아버지도 이런 방에 와 봤을까? 아니면 바로 감방에 수감됐을까? 어떤 사람의 집 지하실에서 시체와 뼈가 잔뜩 들어있는 상자가 발견됐을 때, 피의자를 심문하는 절차는 어떻게 될까? 물론, 진심으로 알고 싶지는 않았다.

"제가 왜 오시라고 했는지 궁금하실 것 같군요." 바버 형사가 내게 말했다.

"그렇습니다. 저희도 그 점이 궁금하던 참입니다." 패트리샤가 말했다.

형사가 주의 깊은 눈으로 나를 쳐다보자, 숱이 많은 그의 잿빛 눈썹 사이에 주름이 깊게 패었다. "셸비 길리스 양과 어떤 관계가 있으신지 좀 더 자세히 확인할 부분이 있어 오시라고 했습니다."

나는 침을 꿀꺽 삼켰다. "제 환자였습니다. 어떤 걸 더 알고 싶으신 거죠?"

"병원 밖에서도 셸비 양을 만난 적이 있습니까?"

패트리샤에게 시선을 돌리니, 그녀는 알아차릴 수 없을 정도로 미세하게 고개를 끄덕였다. "외래 진료 때 본 게 전부예요. 수술 후 경과를 보기 위해서였고요."

"그것 말고 다른 건 없습니까?"

나는 얼굴을 찌푸렸다. "없어요…."

"확실합니까?"

패트리샤가 끼어들더니 매섭게 대꾸했다. "이미 없다고 말씀드렸을 텐데요."

"알겠습니다." 형사는 두 손을 마주 대고 문질렀다. "그런데 말이죠, 셸비 양의 집, 부엌 조리대에서 선생님의 지문이 찍힌 컵이 발견됐습니다. 그리고 셸비 양이 사라지던 날 밤, 집 바깥에 녹색 캠리가 서 있는 걸 봤다는 이웃의 증언도 있었고요. 지금 타는 차가 녹색 캠리인 걸로 아는데, 아닌가요, 노라 양?"

형사가 선생님을 붙이지 않고, 그냥 이름을 부르는 걸 알아채지 못할 만큼 정신이 없지는 않았다. 평소 같으면 그렇게 부르지 말라고 했겠지만, 지금은 그저 말문이 막혀 아무 말도 할 수가 없었다. 집 앞에 세워져 있던 녹색 캠리라면 그건 그다지 중요한 게 아니었다. 거리에는 나와 똑같은 차가 수두룩했으니까. 하지만 내 지문이 그녀의 집에서 나왔다고? 어떻게 그럴 수가 있지?

"그래서 다시 물어본 겁니다. 셸비 길리스와 어떤 관계가 있으시죠?"

나는 도움을 청하는 눈길로 패트리샤를 보았다.

"노라 선생님이 피해자의 집을 방문했다고 하더라도 그 사실만으로 살인 용의자라고 할 수는 없습니다. 정말 말도 안 되는 일이죠. 제 의뢰인을 의심하는 유일한 이유는 아버지 때문이 아닙니까?"

뭔가 동의하는 말을 하고 싶었지만, 말하기가 겁이 났다. 컵에서 나온 지문, 셸비 길리스의 집 근처에 있었다던 녹색 차. 경찰이 나에 관해 모은 단서가 그것뿐이기를 바랐다.

"만약 더 실질적인 증거가 있다면 말씀해 주시죠. 그게 아니라면, 더 이상 이 자리에 앉아있는 건 제 의뢰인의 아까운 시간을 낭비하는 것일 뿐이라는 걸 말씀드리고 싶군요."

나는 바버 형사의 얼굴을 지켜봤다. 나에 관해 또 뭘 알고 있는지, 짐작조차 할 수 없었다. 앰버 스완슨의 어머니가 나를 쳐다보던 표정이 문득 떠올랐다. 그녀는 내가 딸의 죽음과 관련이 있다고 너무나 확신하는 것처럼 보였다. 그저 내 아버지 때문에 그런 생각을 하게 된 걸까? 아니면 다른 뭔가가 있나? 내가 셸비의 집에 들어가는 영상이라도 갖고 있나? 내가 셸비의 손목을 절단하는 걸 목격한 사람이라도 있나?

그는 도대체 나에 대해 뭘 알고 있는 걸까?

"네, 이 정도에서 끝내도록 하겠습니다." 마침내 그가 말했다.

패트리샤는 넌더리가 난다는 듯 머리를 저었다. "그렇다면 저희는 이만 가보겠습니다. 노라 선생님, 많이 불편하지 않으셨길 바랍니다."

나는 변호사의 안내에 따라 접이식 의자에서 일어섰다. 다리는 여전히 후들거렸지만, 조금 전 들어올 때보다는 훨씬 안정을 되찾고 있었다. 경찰은 나에 관해 더 이상 아는 게 없었다. 그저 나를 겁먹게 만들어 떠보는 것이었다. 걱정할 건 아무것도 없었다.

그런데 뒤를 돌아보다가 여전히 나를 노려보고 있는 바버 형사와 눈이 마주쳤다. 결정적인 단서가 없었음에도 내가 여자들을 죽인 범인이라고 믿고 있다는 게 그의 눈빛에서 읽혀졌다. 그렇게 믿는 한 그는 진짜 살인범이 드러날 때까지 계속 내 주변을 캐고 다닐 거라는 생각이 들었다.

31

그날 남은 업무 시간 동안은 계속 종합병원에서 일을 했다. 다행히 중증 외상 환자가 들어왔다는 콜은 없었지만, 오후 내내 수술 스케줄이 잡혀 있었다. 수술이 다 끝난 후에는 어디 조용한 곳에 처박혀 수술 기록지를 마무리해야 했다. 오늘도 바쁜 하루를 보낸 덕분에 필립 선배와의 경쟁에서도 서서히 앞서 나가고 있었다.

마침내 일을 다 끝내고 병원 주차장으로 걸어가다가, 그제야 비로소 내 차가 수리되지 않은 채 클리닉 주차장에 방치돼 있다는 사실이 기억났다. 어떻게 그걸 잊어버릴 수가 있지? 처리 좀 해달라고 진작 하퍼에게 전화했어야 했는데. 어차피 지금은 너무 늦었으니 견인차는 내일 불러야겠다고 생각했다.

집에 가기 위해 다시 우버 택시를 불렀다. 그리고 뒷자리에 앉아 깜빡 잠이 드는 바람에 운전기사가 나를 불러 깨우는 소리에 겨우 정신을 차렸다. 정말 힘든 하루였다.

현관 안으로 들어서는데, 마치 한 5일은 나갔다 들어온 것처럼 몸도 마음도 지치고 힘들었다. 조용히 저녁을 먹고 빨리 침대에 눕고만 싶었다. 전등 스위치를 누르자, 거실에 불이 들어왔다. "자기, 나 왔어!" 나는 큰 소리로 외쳤다.

평소와는 다르게 '야옹'하는 울음소리가 나를 반겼다.

아, 맞다. 고양이가 있었지.

검은 고양이가 고개를 들고 내 발아래 서 있었다. 밥상 차려주면 떠먹여 달라고 한다더니, 좋은 마음으로 굶주린 고양이에게 먹을 걸 좀 나눠줬을 뿐인데, 이제는 원치도 않는 손님을 치르게 생겼다.

우선 고양이를 내보내고, 그다음에는 차를 카센터에 맡겨야지. 그런 다음 방범 업체에 전화해 모든 문마다 경보 장치와 CCTV를 달아달라고 하자. 실은 그게 제일 먼저 해야 할 일인지도 모르지만, 영업시간이 지났으니 지금 당장은 어쩔 도리가 없었다. 일단 고양이부터 처리해야겠다고 생각했다.

"자, 이제 나갈 시간이야." 나는 고양이에게 말했다.

고양이는 내 얼굴을 빤히 쳐다보기만 할 뿐 아무런 반응도 보이지 않았다. 젠장.

어떻게 하면 이 고양이를 집 밖으로 유인할 수 있을까 고민하던 찰나, 현관에서 벨이 울렸다. 손목시계를 보니, 벌써 9시가 다 된 시각이었다. 이렇게 늦은 시간에 누굴까?

세상에, 또 경찰인가? 내가 살인과 관련이 있다는 다른 증거라도 찾은 걸까? 이럴 줄 알았으면 패트리샤의 전화번호를 단축 다이얼로 설정해 놓는 건데.

나는 재빨리 현관 문구멍으로 밖을 내다보았다. 그리고 거기 서 있는 사람을 확인하고 너무 놀라 한 걸음 뒤로 물러섰다. 브래디였다. 다시는 그를 만나지 못할 거라고 확신했는데, 도대체 브래디가 왜? 나는 잠금장치를 돌린 뒤 문을 조금 열었다.

"노라, 나야." 그는 나를 보자마자 이내 시선을 돌렸다. "별일 없지?"

"어, 별일 없어." 좀 더 예쁜 옷을 입고 있었으면 좋았을걸. 그런 생각을 하며 나는 입고 있던 수술복의 옷깃을 잡아당겼다. "여긴 무슨 일이야?"

그는 열쇠를 내밀었다. "네 차 수리했어."

"네가?" 그의 어깨너머로 보니, 정말 내 차가 길가에 주차돼 있었다. 나는 그의 발에 키스라도 하고 싶은 심정이었다. "정말 고마워. 안 그래도 됐는데…."

그는 어깨를 으쓱했다. "괜찮아. 어차피 오늘 시간도 많고 해서…."

혹시라도 웃으며 안으로 들어가도 되냐고 묻지 않을까 기대했지만, 그는 놀랍도록 아무 반응도 보이지 않았다. "수리비는 얼마나 들었어?"

그는 망설이는 기색 없이 얼른 대답했다. "750달러 주면 돼."

"수표책 가져올게." 나는 한 손으로 문을 잡은 채 잠시 멈춰 섰다. "잠깐 들어올래? 아님…."

그는 운동화를 신은 발로 바닥을 문지르며 대답했다. "난… 그냥 여기 밖에 있을게."

"그래. 그러고 싶음 그렇게 해."

그동안 그가 나를 대하던 태도를 생각하면 그 거절의 말은 꽤 큰 충격으로 다가왔지만, 그런 티를 내지 않으려고 무척 애를 썼다. 지금 그의 기분이 어떨지 너무도 잘 알기 때문이었다. 정말 내가 누구인지, 누구에게도 밝히고 싶지 않았던 이유도 바로 그래서였다. 누군가와 꽤 오랫동안 관계를 유지한다면 어쩔 수 없이 진실을 말해야만 할 터였다. 그러고 나면 지금 브래디가 나를 보듯, 그 사람도 나를 그렇게 보게 될 건 불 보듯 뻔한 일이었다.

수표책을 가지고 와 금액을 적고 서명하면서 문득 그런 생각이 들었다. 내가 크리스토퍼즈에 가는 일은 앞으로 절대 없을 테니, 브래디를 보는 것도 이걸로 마지막이겠구나. 그리고 브래디 역시 우리 집에 다시는 오지 않겠지? 내가 바란 건 그저…. 짐작했던 것보다 더 외롭고 서글픈 마음이 들었다.

그래 봐야 내가 달리 어찌할 수 있는 건 아무것도 없었다. 이게 내 삶이려니, 받아들이는 수밖에 없었다. 하지만 가끔은 다른 삶을 바랄 때도 있었다. 다른 부모 밑에 태어나 지금과 다른 사람으로 살았다면 어땠을까. 브래디와 함께 소파에 웅크리고 앉아 공포 영화를 보며 살 수 있다면. 치료받아야 하는 소시오패스여서가 아니라 공포 영화가 그저 재밌어서 보는 그런 사람이 되고 싶었다. 빌어먹을, 제발 딱 한 번만 더, 그의 집에서 함께 밤을 보낼 수 있는 그런 사람으로 살고 싶었다.

나는 수표를 가지고 문 앞으로 가 브래디에게 내밀었다. "여기 있어. 정말 고마워."

그가 수표를 받을 때, 그의 손끝이 내 손을 살짝 스쳤다. 피부가 닿자 내 손가락이 얼얼해지는 기분이었다. 우리는 서로 마주 본 채 잠시 그 자리에 서성거렸다. 브래디와 나는 통하는 데가 있었다. 나뿐 아니라 브래디도 그걸 알고 있었다. 이 순간이 우리의 마지막이 아니었으면. 진심으로 그런 마음이 들었다.

"노라." 그는 살짝 잠긴 목소리로 말했다. "있지, 이건 아닌 것 같아. 그러니까 나는 딸이 있는데…. 너랑 어울린다는 게—"

"괜찮아. 알았으니까 그만해."

"미안해…."

"괜찮다고 했잖아."

하지만 괜찮지 않았다. 그를 먼저 거절한 사람도, 그의 집을 두 번씩이나 도망치듯 빠져나온 사람도 나였는데, 이제 와 그에게 거절당한다는 게 왜 이렇게 미치도록 아픈 건지 나도 잘 이해가 되지 않았다.

나는 목소리를 가다듬었다. "집까지 태워줄까? 그러니까 내 말은, 여기까지 네가 내 차 운전해서 왔을 거 아니야?"

"친구에게 태워달라고 벌써 전화해뒀어." 그는 이제 막 길가에 멈춰 선 흰색 SUV를 턱으로 가리켰다. "이제 가봐야겠다."

"그래." 나도 모르게 주먹을 쥐고 있었다. "좋은 밤 돼, 브래디."

"너도 잘 자, 노라."

하지만 그의 '잘 자'라는 말은 '영원히 안녕'이라는 뜻이었다.

나는 그가 도로로 내려서기도 전에 얼른 문을 닫았다. 그리고 거칠게 숨을 몰아쉬며 마음속에서 브래디 미첼에 관한 모든 기억을 지우려고 애썼다. 그래, 차라리 잘됐어. 확실히 그는 좋은 남자고, 침대에서 함께 보낸 시간도 정말 좋았지만, 나는 일이 복잡해지는 건 원치 않았다.

진심으로.

브래디가 가버리자, 고양이는 큰 소리로 울며 내 다리에 몸을 문질렀다. 이제 자기를 봐달라고 말하는 것 같았다. 배가 고픈 모양이었다. 다행스럽게도 집에는 고양이용 통조림이 잔뜩 쌓여 있었다. 적어도 이 작은 동물 하나는 내가 기쁘게 해줄 수 있었다.

찬장에서 통조림을 꺼내다가 문득 이걸 이용하면 고양이를 내보낼 수 있겠다는 생각이 들었다. 고양이 밥그릇을 바깥에 내놓고 재빨리 문을 닫기만 하면 되는 거였다. 녀석이 무슨 이유로 내 집에 있고 싶어 하는지는 모르겠지만, 제 밥그릇에 음식은 거부할 수 없을 터였다. 세상 그 누구도 내 주위에 머물고 싶어 하지 않는데, 왜 이 고양이만 유독 나갈 생각을 않는지 이해가 되지 않았다.

나는 통조림을 손에 든 채 뒷문으로 걸어가 문을 활짝 열어젖혔다. 밥그릇을 문 바깥에 내려놓은 다음, 거기에 음식을 부었다. 고양이는 노란 눈으로 나를 계속 바라보며 문가에서 어슬렁거리기만 했다.

"야옹아, 얼른 먹어!" 내가 말했다.

녀석은 꼼짝도 하지 않았다. 이 멍청한 고양이 같으니라고.

나는 고양이 옆에 쭈그리고 앉아 고양이의 숨 냄새가 맡아질 정도로 가까이 다가갔다. "자, 내 말 잘 들어. 내가 먹이는 계속 줄게.

정말이야. 그렇지만 여기서 사는 건 안 돼."

녀석은 나를 향해 야옹 하고 울었다. 고양이를 말로 설득하려고 한 내가 바보지.

바닥에 쭈그리고 앉으니, 그 전까진 잘 보이지 않던 흰색 봉투가 떨어져 있는 게 눈에 띄었다. 나는 손을 뻗어 봉투를 집어 들었다. 그리고 보내는 사람에 적힌 이름을 보고 또다시 가슴이 덜컥 내려앉았다.

애런 니어링.

이번에도 우체국 소인은 찍혀 있지 않았다. 이제는 더 이상 스스로를 속일 수가 없었다. 이 편지는 우연히 일어난 실수들로 여기 떨어져 있는 게 아니었다. 누군가 그걸 우리 집 뒷문 아래로 밀어 넣었거나, 그보다 더 최악은 그 누군가가 지하실에 피를 뿌린 뒤 편지를 바닥에 놓고 갔거나, 둘 중 하나였다.

방범 업체가 이 시간에도 문을 연다면 좋을 텐데. 집의 모든 문과 창에 경보 시스템을 달아야 했다. 내일 아침엔 무조건 그것부터 처리해야지.

나는 휘청거리며 일어섰다. 그동안은 아버지가 보낸 편지는 무조건 다 찢어버렸지만, 그것들은 우편을 통해 온 편지들이었다. 지금처럼 뒷문으로 온 적은 없었다.

편지에 뭐라고 적혀 있는지 봐야 했다.

나는 식탁 의자에 털썩 주저앉아 봉투에 적힌 글씨를 한동안 노려봤다. 매주 오는 편지들 덕분에 나는 지금도 아버지의 글씨체를 잘 알고 있었다. 분명 아버지가 쓴 글씨였다. 만약 누군가 위조

했다면, 정말 솜씨가 대단하다고 밖에 할 수 없었다.

봉투를 찢어 여는 내 손이 바들바들 떨렸다.

삼등분으로 접힌 종이 한 장이 들어있었다. 나는 조심스럽게 종이를 펴고 거기 적힌 한 문장을 읽었다.

'노라, 나를 보러 오거라.'

그리고 그 밑에 '아빠가'라고 적혀 있었다.

항상 그랬던 것처럼 편지를 갈기갈기 찢고 싶었지만, 앞으로도 계속 아버지의 편지를 무시한 채 살아갈 수 있을지 의문이었다. 누가 그 여자들을 죽였는지 알아내려면, 방법은 하나뿐이라는 생각이 들었다.

그렇게 26년 만에 처음으로 나는 아버지를 찾아가기로 마음먹었다.

32

내가 아직 어렸을 때, 아버지가 경찰에 체포되고 종신형 선고를 받고 난 후, 교도소로 면회하러 가게 해달라고 할머니를 몇 번이나 조른 적이 있었다. 그 무렵 어머니마저 자살하면서 이제 남은 부모는 아버지뿐이라 더더욱 아버지가 보고 싶었던 것 같다. 하지만 내가 그 말을 꺼낼 때마다 할머니는 말했다.

"어림없는 소리!"

"왜 안 되는데요? 어차피 그 안에 있으니 저를 해치지도 못 하잖아요."

"그 괴물 같은 인간 얘기는 꺼내지도 마라. 난 네가 그 인간 근처에 있는 것도 싫어."

"그래도 제 아빠인걸요."

"그 인간은 누구의 아빠도 아니야. 그놈은 악마야. 악마랑 얘기해 봐야 좋을 거 하나도 없다."

"하지만, 할머니—"

"안된대도." 할머니는 더 이상 말도 하기 싫다는 듯 내게서 고개를 돌려버리곤 했다. 어머니와 비교하면 할머니는 인정 많고 푸근한 그런 사람은 아니었다. 가끔은 이런 생각이 들기도 했다. 내가 악명 높은 연쇄 살인범의 딸이 아니었다면, 할머니는 나를 좀 더 따뜻하게 대해주셨을까? "노라, 네가 열여덟이 되면 그때는 그 인간을 찾아가든 말든 상관 안 하마. 하지만 내 밑에서 같이 사는 동안은 내 눈에 흙이 들어가도 절대 안 된다."

하지만 열여덟 살이 되자, 나 역시 생각이 바뀌었다. 이제는 애런 니어링의 딸이라는 게 어떤 의미인지 알게 됐다. 그가 얼마나 엄청난 짓을 벌인 건지도 이해하게 됐다. 나 자신을 위해서라도 아버지로부터 무조건 멀리 떨어지는 게 상책이었다. 할머니 말이 맞았다. 그런 인간과 얘기해 봐야 좋을 게 하나도 없었다.

그런데 그렇게 오랜 시간이 흐른 지금, 아무래도 아버지는 내가 스스로 자신을 찾아오게 만들 방법을 알아낸 것 같았다.

일단 내일 샌프란시스코 공항에서 포틀랜드로 가는 첫 비행기의 좌석부터 재빨리 알아봤다. 그런 다음 교도소가 있는 세일럼까지는 포틀랜드에서 차를 렌트해 가기로 했다. 비행시간이 약 한 시간 반, 차로 이동하는 시간이 한 시간, 다 해서 대략 세 시간 정도 걸리는 여정이었다.

그러고 나면 아버지와 만나게 된다.

혹시라도 헛걸음하게 될까 봐 미리 확인 전화도 해뒀다. 면회를 할 수 없는 어떤 불가해한 이유가 있기를 내심 바랐지만, 나와 통화한 오리건주 교도소의 여직원은 내 이름이 애런 니어링의 면회인 명단에 있다는 사실을 확인시켜 주었다. 그 직원은 내가 어떤 의도로 그를 면회하려 하는지에는 전혀 관심이 없는 것 같았지만, 그녀의 목소리에는 혐오감이 가득했고, 그걸 숨기려는 노력조차 하지 않는 것 같았다.

"애런 니어링이라고요? 정말로 그 사람을 면회하시겠다고요?"

그 질문을 들으니, 누군가 나에 관해 똑같은 질문을 하는, 미래의 어떤 순간이 그려져 몸서리가 쳐졌다. 브래디마저 지옥 같은 이 상황에서 재빠르게 도망친 마당에, 이제는 내가 감옥에 간다고 해도 나를 면회 올 사람은 한 사람도 없을 것 같았다. "그냥 몇 가지 물어볼 게 좀 있어서요. 음, 혹시 그 사람을 면회 오는 사람이 좀 있나요?" 내가 물었다.

그녀는 코웃음을 치며 말했다. "처음 수감됐을 때만 해도 온갖 정신 나간 사람들이 그 인간을 만나겠다고 많이도 찾아왔었다고 하더군요. 물론 다들 기자들이었고요. 하지만 애런 니어링이 전부 거절했대요. 그리고 이제는…. 글쎄요, 내가 보기엔 세간의 관심은 이미 다 사그라지지 않았나 싶네요." 그녀는 뭔가를 생각하는 듯 잠시 말을 멈췄다. "그런데 최근에 그의 범행 수법을 모방한 연쇄 살인범이 또 나타났다죠?"

나는 급히 전화를 끊을 수밖에 없었다.

다음 날 아침에는 외과 의사로 지낸 그 긴 기간 동안 절대, 한 번도 하지 않았던 일을 했다. 나는 아무리 아파도 병가를 내느니다 죽어가는 몸을 끌고서라도 병원에 가는 편을 택하는 사람이었고, 필립 선배도 그걸 잘 알고 있었다. 하지만 이번에는 아파서 결근하겠다고 말할 생각이었다. 마침 수술이 없는 날이라 천만다행이었다. 외래 진료 대부분은 하퍼가 전화로 일정을 조절할 수 있을 테지만, 그 전에 필립 선배에게 미리 말해두는 게 낫겠다 싶었다.

나는 선배에게 문자를 보내 지금 통화할 수 있냐고 물었다. 5분도 안 돼 휴대폰이 울렸다.

"노라, 괜찮은 거야? 무슨 일이야?" 선배가 물었다.

이미 어제 아침에도 근무를 대신 서달라고 부탁했는데, 또 뭔가를 부탁하는 건 정말 싫었다. 하지만 이쩔 수 없었다. 누군가 내게 살인 누명을 씌우려 하고 있으니, 그 이유를 알아내야만 했다. "오늘 몸이 너무 안 좋아서요. 아침에도 계속 토했거든요. 선배, 오늘 내 환자 몇 명만 대신 봐줄 수 있을까요? 오늘 진료는 가능한 한 다른 날로 바꿔보라고 얘기하긴 할 거예요."

선배는 한동안 말이 없었다. "노라, 진짜로 아픈 거야, 아니면 무슨 일이 있는 거야?"

"아픈 거예요." 나는 거짓말을 했다.

"지난번에는 형사 전문 변호사를 소개해 달라더니…."

"대신해 줄 거예요, 말 거예요?"

"물론 해주긴 할 건데." 그는 잠시 말을 멈췄다. "정말 걱정할 일이 생긴 건 아니지, 노라?"

"그런 거 아니에요. 하루 쉬면 괜찮아질 거예요. 내일은 꼭 출근할게요."

"알았어. 좋을 대로 해." 그는 웅얼거렸다.

내 말을 믿는 눈치는 아니었지만, 상관없었다. 오늘 내가 하려는 일은 선배와는 관계없는 일이었다. 모르는 편이 나았다.

볼일을 끝내고 오늘 안으로 돌아올 거였기에 핸드백 말고는 따로 짐을 챙기지도 않았다.

비행기가 이륙하고 세 시간 뒤, 나는 교도소를 향해 차를 운전하고 있었다. 경계가 가장 삼엄하다는 오리건주 교도소는 물론이고, 나는 어떤 교도소에도 가 본 적이 없었다. 학교 건물에나 어울릴 것 같은, 연노란색 페인트가 칠해진 교도소 건물이 멀리 보이기 시작했다. 입구 바로 앞에는 우선멈춤 표지판이 불길한 모습으로 세워져 있었다. 그 표지판은 별도의 안내를 받지 않고는 더 이상 진입할 수 없다고 경고하고 있었다.

나는 렌터카의 속도를 천천히 늦췄다. 운전대를 어찌나 꽉 잡고 있었는지 손마디가 하얗게 변해 있었다. 신경이 너무 예민해져 있어서 여기까지 오는 동안 음악도 틀지 않고 조용히 운전만 했다. 차 안은 GPS에서 길을 안내하는 영국 악센트의 목소리만 이따금 흘러나왔을 뿐, 내내 조용했다. 내가 지금 실수하고 있는 건 아닐까, 그 생각만 벌써 백 번은 한 것 같았다.

'악마랑 얘기해 봐야 좋을 거 하나도 없다.'

할머니가 아직 살아계셨다면 좋았을 텐데. 개명을 하고 집까지 이사한 뒤, 할머니는 내 비밀을 아는 유일한 사람이 되었다. 그리고 내게 조언해 줄 수 있는 유일한 사람이기도 했다.

비록 할머니는 안 계시지만, 할머니가 뭐라고 할지는 알 것 같았다. 가지 말라고 했을 게 뻔했다. 어찌 보면, 이건 바로 아버지가 원했던 거고, 지금 나는 철저히 그의 계획대로 움직이는 중이었다.

"무슨 일로 오셨죠?"

그 질문에 운전대만 멍하게 보고 있던 나는 얼른 고개를 들었다. 제복을 입은 한 남자가 내 차 옆에 서 있었다. 회색의 반소매 와이셔츠를 입었는데, 가슴팍에는 오리건주 교도소란 글자가 수놓아져 있었고, 짧은 소매 아래로는 울룩불룩 튀어나온 팔 근육이 보였다.

"안녕하세요." 나는 떨리는 목소리를 애써 감추며 말했다. "여기 재소자를 면회하러 왔는데요."

경비원은 나를 향해 눈을 가늘게 뜨더니, 고개를 끄덕이고는 주차할 곳의 위치를 알려주었다. 교도소 건물에 가까워질수록 뱃속이 자꾸만 뒤틀리는 기분이 들었다.

아무래도 이건 실수하는 거야.

지금이라도 돌아가.

삼엄한 교도소 내부의 경계를 확인하자 조금은 마음이 놓였다. 나는 교도소 직원의 지시에 따라 신발까지 벗고 금속 탐지기를 통과했고, 그러고도 부족한 듯 몸수색을 당했다. 그들은 내게 큼지막한 낡은 총이 숨겨져 있지 않다는 걸 확인한 뒤에야 다음 문으로 들어가게 해주었다.

"이곳은 유리벽을 사이에 두고 면회하도록 되어 있습니다. 각자 벽 앞에 설치된 전화기로 대화하실 수 있고요." 교도관이 미리 알려주었다.

"알겠습니다." 내가 말했다.

그가 가리키는 대로 나는 폭이 좁고 작고 방으로 들어갔다. 그 안은 유리벽을 사이에 두고 여러 개의 칸막이로 분리되어 있었고, 번호가 붙은 각 칸막이에는 전화기가 설치되어 있었다. 그리고 그 앞으로는 등받이 없는 의자가 나란히 놓여 있었다. 교도관 한 사람이 실내에서 면회 상황을 모두 지켜보고 있었다. 내가 하는 말이 전부 교도관에게 들릴까 봐 조심해야겠다고 생각했다.

나는 네 번째 칸막이로 안내받아 의자에 앉았다. 초조한 마음에 나도 모르게 탁자 위를 손으로 두드리고 있었다. 26년이나 못 만난 아버지를 이제 곧 만난다는 게 믿어지지 않았다. 너무나 비현실적으로 느껴졌다.

지금이라도 돌아서서 이곳을 나갈 수도 있었다. 하지만 언제까지 피하기만 할 수도 없었다.

집에서 나오기 전에 아버지의 최근 모습이 찍힌 사진이 있는지 인터넷을 검색해 보았지만, 가장 최근이라고 해봐야 20년도 더 된 사진뿐이었다. 지금쯤 아버지는 어떤 모습일지 짐작조차 하기 어려웠다. 마지막으로 보았을 때, 아버지는 나와 같은 검은색 머리카락에 특별히 튀진 않아도 잘생긴 이목구비, 상대의 속을 꿰뚫어 보는 듯한 눈을 가지고 있었고, 덩치가 아주 좋았었는데.

왠지 더 이상은 그런 모습이 아닐 것 같았다. 그 긴 세월 동안 교도소에 갇혀있지 않았다 하더라도 내가 어렸을 때 봤던 그 모습보다는 26년은 더 나이 든 모습일 것이다. 얼굴에 주름은 늘었겠지만, 여전히 훤칠한 외모일 거라고 상상했다. 어쩌면 머리도 희끗

희끗해졌겠지? 하지만 떡 벌어진 어깨나 억센 손은 여전할 것 같았다. 나이 든 아버지의 모습을 상상할 때마다 늘 머릿속에 그려지던 모습이었다.

그때 한 교도관이 아버지를 데리고 방으로 들어왔다.

잠깐 동안 변해버린 아버지의 모습을 멍하니 바라보았다. 60대가 됐다는 건 알고 있었지만, 예전에 그렇게 숱이 많던 검은 머리가 전부 하얗게 센 데다가 정수리 부분은 머리카락이 많이 빠지고 뒷머리는 아예 벗겨지기까지 한 걸 보니 놀라지 않을 수 없었다. 또한 기억 속 아버지는 늘 키가 컸는데, 지금은 등이 굽어 체격도 쪼그라든 듯 왜소해 보였다. 발에 채워진 족쇄 때문인지는 몰라도, 발도 질질 끌며 걷고 있었다. 내 앞에 서 있는 남자는 여자를 서른 명이나 죽인 사람처럼 전혀 보이지 않았다. 여든 살이라고 해도 믿을 정도로 늙어빠진 노인으로밖에는 보이지 않았다.

그의 옆에 있던 교도관이 나를 손가락으로 가리켜 보였지만, 그럴 필요도 없었다. 아버지는 방안으로 들어서자마자 나를 뚫어지게 보고 있었다. 아버지에게서 전혀 변하지 않은 게 있다면 그건, 나와 똑같은 색의 그 검은 눈동자였다. 그 눈빛만은 조금도 늙지 않고 그대로였다.

아버지는 유리벽 건너편 의자에 앉는 동안에도 내 얼굴에서 시선을 떼지 않았다. 피부는 노화되어 주름살이 깊게 자리 잡고 있었고, 오른쪽 턱을 따라 오래된 흉터 자국이 길게 남아 있는 게 눈에 들어왔다. 왼쪽 눈썹 중간에도 살이 찢긴 흉터가 남아 있었다. 정말 극악무도한 범죄를 저지른 사람은 감옥에 들어와 심하게 구타당한다던데, 아버지도 그런 걸 당한 걸까? 어쨌든 아문 지 오래된 걸로 보아 이제는 이 늙은 노인을 때리는 사람은 아무도 없는 것 같았다.

내가 전화기를 집어 들자, 아버지도 거의 동시에 칸막이 안의 전화기를 귀에 갖다 댔다. 아버지는 앞으로 몸을 기울이며 입가에 희미하게 미소를 띠었다.

"노라, 잘 있었니?"

목이 쉰 듯 예전보다 거친 소리였지만, 그럼에도 가슴 저미도록 귀에 익은 목소리였다. 차분하고 고른 톤도 여전했다. 아버지는 한 번도 내 앞에서 언성을 높인 적이 없었다. 내가 뭔가를 잘못 했을 때, 어머니는 가끔 감정이 앞서 소리를 지르곤 했었지만, 아버지는 한 번도 그런 모습을 보인 적이 없었다. 나는 아버지의 그런 점을 좋아했었다.

"안녕하세요." 나는 마지못해 인사를 건넸다.

아버지는 눈으로 천천히 나를 훑어보며 깊이 숨을 들이마셨는데, 마치 내 체취를 맡기라도 하려는 것 같았다. "정말 오랜만이구나. 안 그러냐?"

"그렇네요…."

"예뻐졌구나, 노라."

나는 뭐라고 대답해야 할지 몰라 감사하다고 짧게 대답했다.

"네가 외과 의사가 됐다는 얘긴 들었다. 네게 그런 자질이 있다는 건 알고 있었다만, 그래도 그 말을 듣고 어찌나 장하고 기특했는지 모른다."

최근 일어났던 그 모든 힘든 상황에도 불구하고 내 속에 자부심을 불러일으키는 한마디였다. 아버지가 나를 자랑스럽게 여기고 있구나. 그가 괴물 같은 인간이란 걸 알고 있고, 그렇기 때문에 그가 어떤 말을 하든 개의치 말아야 한다는 것도 알고 있지만, 모든 자식에게는 부모에게 인정받고 싶은 욕구가 있게 마련이었다. 설령 그 부모가 여자 서른 명을 살해한 살인자라 할지라도.

아버지 역시 그런 사실을 알고 있었다. 그는 자신이 죽인 여자들을 다루었던 것처럼 나를 다루고 있었다. 나를 마음대로 조종하도록 내버려 둘 수는 없었다. 그렇지 않으면 나도 결국엔 감옥에서 인생을 끝내게 될 테니까.

"이렇게 네가 나를 찾아와줘서 얼마나 기쁜지 모른다. 널 만나고 싶어 정말 오랫동안 기다렸거든. 이 늙은 아비를 네가 영영 잊은 줄 알았다." 그가 말했다.

"제가 어떻게 잊겠어요." 나는 교도관이 내 말소리를 듣지 못하게 수화기에 입을 바짝 대고 말했다. "보내신 편지, 봤어요."

"그랬어?" 아버지의 얼굴에 재밌어하는 표정이 떠올랐다. "겨우 500통밖에 안 보냈는데, 드디어 읽은 모양이구나."

나는 급히 숨을 들이마시고는 물었다. "그 편지 누가 놓고 간 거죠, 애런 씨?"

"애런 씨?" 아버지가 웃음을 터트렸다. 아버지의 웃음소리가 어땠는지 전혀 모르고 있었다는 사실을 새삼 깨달았다. 어렸을 때는 아버지의 웃는 소리를 딱히 신경 써서 들어본 적이 없었는데, 지금 들으니 영혼이 없는 것처럼 공허하고 삭막하게 느껴지는 그런

웃음이었다. "예전엔 아빠라고 불렀었는데, 이젠 나를 그렇게 부르기로 한 거니?"

오른쪽 관자놀이 부근에 맥박이 뛰는 게 느껴졌다. "편지를 누가 놓고 갔냐고요?"

"당연히 우편배달부겠지. 누구겠니?"

"그게 뒷문 아래 놓여 있었다고요. 소인도 안 찍힌 채로."

"아니, 우체부가 잘못한 걸 왜 나한테 와서 따지는 건지 도통 모르겠구나."

나는 흥분하지 않으려고 떨리는 호흡을 애써 가다듬었다. 애런 니어링은 이제 늙었지만, 그의 됨됨이는 전혀 변한 데가 없었다. 만약 여기서 풀려나기라도 한다면 그는 똑같은 짓을 또 저지를 사람이었다. 여전히 사악한 괴물, 그 자체였다.

나는 눈 한 번 깜빡이지 않고 그의 눈을 똑바로 보았다. "애런 씨, 그 여자들을 누가 죽인 거죠?"

"노라, 너도 알겠지만…." 그는 손에 든 수화기를 만지작거렸다. "그렇게 오랜 시간이 흐르도록 네가 날 한 번도 찾아오지 않아 정말 서운했다. 그래도 난 네 아버지잖니? 네가 이 세상에 태어날 수 있었던 것도 다 내 덕분이란 말이지. 그런데도 넌 감사할 줄도 모르는구나?"

"누가 그 여자들을 죽였죠?"

"네가 아직 어렸을 땐 마녀 같은 네 외할미가 당연히 나를 만나지 못하게 막은 거라고 생각했단다." 그의 왼쪽 눈이 씰룩거렸다. "하지만 그 이후엔 왜 날 찾지 않은 거니? 날 낳아준 아비에게 단한 번이라도 찾아오는 예의 정도는 보였어야지."

나는 수화기를 잡지 않은 오른손을 슬며시 꽉 쥐었다. 유리창을 깨고 그 얼굴에 주먹이라도 날리고 싶은 심정이었다. "누가 그 여자들을 죽였는지 말하시라고요."

아버지는 나를 보며 눈만 깜빡이더니 눈썹을 들어 올리며 입을 열었다. "너잖아. 네가 죽였잖아. 아니야?"

33

26년 전

손목시계를 들여다보니 2분이 지나 있었다.

이제 찾는다, 마저리.

나는 오른손에 주머니칼을 쥐고, 조금 전 마저리가 지나간 길을 따라 걷기 시작했다. 쿵쿵쿵쿵, 내 심장이 뛰는 소리와 거의 비슷한 박자로 뛰는 마저리의 발소리가 저 앞에서 들려오고 있었다.

깜깜한 밤에 손전등이나 적외선 망원경을 들고 했으면 더 재밌었을 텐데.

나는 이삼 분 정도 마저리의 발소리를 따라 계속 걸었다. 그런데 갑자기 요란한 '퍽' 소리와 함께 발소리가 뚝 끊겼다.

흠.

나는 운동화 발로 바닥에 떨어진 나뭇가지와 잎을 밟으며, 소리가 난 방향으로 더 바쁘게 걸음을 움직였다. 심장이 마구 쿵쿵거렸다. 몇 초 지나지 않아 마저리를 발견했다.

마저리는 왼쪽 발목을 움켜쥔 채 땅바닥에 앉아 있었다. 넘어졌는지, 바지와 손바닥에 온통 흙이 묻어 있었다. 둥근 얼굴은 새빨갛게 달아올랐고, 눈가에는 눈물이 그렁그렁 맺혀 뺨 위로 흘러내리고 있었다.

"나 발목을 삐었나 봐!" 마저리는 흐느끼며 말했다.

사냥감이 부상당했다. 아, 얘는 어쩜 이렇게 어리바리하지?

나는 오른손으로 주머니칼을 더 단단히 움켜쥐었다. 그리고 내 그림자가 마저리 위로 떨어질 때까지 한 걸음 한 걸음 가까이 다가갔다. 마저리는 징징거리며 울다가 내가 손에 칼을 든 걸 보더니 울음을 뚝 그치고 나를 가만히 올려다보았다. 나를 보는 마저리의 턱이 가늘게 떨리고 있었다.

"노라? 왜 칼을 들고 있어?"

내가 한 걸음 더 가까이 다가서자, 아파하던 마저리의 표정이 공포로 바뀌었다. 그녀의 눈빛에도 두려움이 서려 있었다. 그제야 상황을 파악한 것 같았다.

문득 우리 집 지하실에서 천 밑으로 밖을 내다보던 파란색 눈동자가 떠올랐다. 마저리와 똑같은 표정을 짓고 있었다.

"노라?" 마저리는 떨리는 목소리로 말했다. "지금 뭐 하는 거야?"

주머니칼의 손잡이를 어찌나 세게 쥐고 있었는지 손끝이 저릿거리기 시작했다. 마저리는 움직이지도 못하고 있었다. 설령 도망친다고 해도 멀리 갈 수 없을 거였다. 이건 쉬워도 너무 쉬웠다.

"노라." 마저리가 속삭이듯 내 이름을 불렀다.

마저리를 가만히 내려다보며 서 있자니, 심장이 어찌나 쿵쾅거리는지 정신이 아득해지는 기분마저 들었다. 마저리의 겁먹은 표정과 손에 든 칼의 묵직한 느낌. 어제 밤새 수없이 머릿속으로 그려 봤던 바로 그 장면이었다. 그런데 막상 여기 서서 두려움이 가득한 그녀의 눈을 보니, 나는….

그럴 수가 없었다….

나는 칼을 바닥에 떨어뜨렸다.

"잡았다." 내가 말했다.

"아." 마저리는 억지로 웃음을 짜내며 말했다. "너 방금 진짜 무서웠어. 네가 날 어떻게 하는 줄 알았다니까…."

"바보 같은 소리 하지 마." 나는 웅얼거리고는 부어오른 마저리의 발목을 들여다봤다. "걸을 수 있겠어?"

마저리는 일어나 왼쪽 발목에 힘을 줘보려고 했다가, 악 소리를 내며 다시 주저앉았다. "너무 아파!"

나는 칼을 주머니 깊이 밀어 넣었다. "자, 나한테 기대 봐."

마저리는 내게 몸을 기댄 채 절뚝거리며 걸었고, 그렇게 우리는 왔던 길을 되돌아갔다. 산길을 벗어나 일반 도로로 나오자 안도감이 밀려왔다. 나는 마저리를 부축해 그녀의 집까지 함께 갔고, 현관 계단을 오르는 것도 도와주었다. 그리고 마저리가 집 문을 열자마자 재빨리 도망치듯 그곳을 벗어났다.

둘 다 다시 만나자는 말 같은 건 하지 않았다.

나는 무거워진 발을 질질 끌다시피 집으로 걸어갔다. 가는 내내 토할 것처럼 뱃속이 울렁거렸다. 해야 할 일이 있는데, 그걸 하기가 너무나도 두려웠다. 그렇지만 더 이상 겁먹고 있을 수만은 없었다.

너무 늦지 않았어야 할 텐데. 제발 그러기만을 바랐다.

34

현재

아버지의 말에 나는 얼굴을 한 대 맞은 기분이었다. 단지 그가 한 말의 내용 때문만이 아니라 마치 진심인 듯한 그의 말투가 나를 더 충격에 빠트렸다.

'너잖아. 네가 죽였잖아.'

나는 내 뒤에 서 있던 교도관을 힐끗 쳐다봤다. 방금 아버지가 한 말을 그가 들었을 것 같진 않았다. 하지만 여전히 뱃속 깊숙한 곳에서부터 메스꺼운 느낌이 올라오고 있었다.

"제가 그런 거 아니에요." 나는 조용히 말했다. "전 절대 그런…."

"그런 짓은 안 한다고?" 재밌다는 듯한 그 미소가 다시 입가에 떠올랐다. "널 볼 때마다 항상 나 자신을 보는 것 같았지. 역시 넌 내 딸이구나, 그런 생각이 절로 들었어. 네가 어렸을 때 무슨 짓을 했었는지 기억 안 나? 그 죽은 동물들 말이다. 매번 네 엄마가 발견하고는 까무러치도록 놀라곤 했었지." 그는 다시 웃음을 터트렸다. "그때마다 널 정신과 의사한테 데려가 봐야 한다고 한 번씩 난리를 치곤 했었는데, 혹시 알고 있었니?"

나는 애써 지워버렸던 그 기억들이 떠올라 어금니를 악물었다. 부모님은 방에서 나누는 대화를 내가 못들을 거라고 생각했겠지만, 나는 나에 대해 뭐라고 하는지 다 듣고 있었다. 그리고 어머니가 내게 심각한 문제가 있다고 여긴다는 사실도 알고 있었다. "알고 있었어요." 나는 조용히 대답했다.

"그런 네 엄마가 정작 누구랑 결혼해 살았는지 봐라!" 그는 웃었다. "어쩜 그렇게도 눈치가 없는지. 자살한 것도 무리는 아니지."

얼굴이 달아오르는 게 느껴졌다. 나는 항상 엄마가 스스로 목숨을 끊은 데 대해 원망하는 마음을 가지고 있었다. 정말 아무 잘못이 없다면 재판을 받고 풀려나 내 옆에 있어 줄 수도 있었을 텐데, 엄마는 그렇게 하지 않고 교도소 독방에서 목을 맸었다. 아무것도 모르는 척, 결백한 척하더니 사실은 그게 아니었나? 그런 생각까지 했었다. 그게 아니라면 나를 그다지 걱정하지 않아서 그랬을 거라는 생각도 했다. 엄마가 정말 필요했는데, 나만 혼자 내버려 두고 죽은 엄마를 계속 미워했었다.

"전 당신이랑 달라요." 내가 말했다.

"아, 그래?" 그는 나를 향해 이를 드러냈다. 예전에는 고르고 하얗던 이빨이 지금은 누렇게 변했고, 앞니 하나는 썩어 있었다. "그렇다면 네가 왜 외과 의사가 됐을까? 사람 몸에 칼을 대는 게 좋아서 외과 의사를 택한 거 아니었니? 배를 가를 때 희열 같은 거 느낀 적 없었어? 넌 실제로 해봐야 직성이 풀리지, 결코 상상만으로는 만족할 수—"

나는 아버지의 입에서 더 무슨 소리가 나올까 두려워 수화기를 세게 탕 내려놓았다. 더 이상 들어줄 수가 없었다. 그는 틀렸다. 난 아버지와는 다르다. 난 절대 그런 인간이 아니다.

물론, 아버지의 성격과 비슷한 면이 있다는 건 나도 인정한다. 그리고 외모도 많이 닮아 있었다. 하지만 그뿐이다. 나는 다르다. 나는 아버지 같은 괴물이 아니다. 나는 절대 그런 짓을….

아버지는 유리벽을 주먹으로 톡톡 두드리고는 전화기를 손가락으로 가리켰다. 나는 고개를 저었다. 더 이상 아버지에게 놀아나지 않을 것이다. 애초에 여기 오지도 말았어야 했다. 내 직감이 옳았다.

노라. 아버지가 입 모양으로 나를 불렀다. 과거의 내 삶에서 바뀌지 않은 유일한 것, 그것은 아버지가 내게 지어준 그 이름이었다.

나는 다시 고개를 저었다. 당신과 말하지 않겠어.

당장 여기서 나가자. 그리고 두 번 다시는 여기 오지 않겠어.

대략 4시간 뒤, 나는 샌프란시스코 공항에 도착했다. 다시 돌아왔다는 사실이 어찌나 기쁜지, 공항 바닥이 그렇게 더럽지만 않았어도 엎드려 입이라도 맞추고 싶은 심정이었다.

밤 11시가 다 된 시각이었다. 아침 다섯 시에 일어나 온종일 돌아다녔는데도 조금도 피곤하지 않았다. 온몸 구석구석 퍼진 아드레날린 때문에 내일까지 잠을 안 자도 될 것 같은 기분이었다. 그럼에도 지금 내게 가장 필요한 건 집에 가 잠을 자는 것이었다.

공항 주차장에 주차해 두었던 차를 찾았다. 운전석에 앉으니 극도의 피로감이 몰려왔다. 바스락거리는 이불을 덮고 침대에 누우면 얼마나 좋을까. 이제 한 시간, 아니 어쩌면 한 시간도 안 돼 집에 도착할 예정이었다.

나는 고속도로를 달리며 또 다른 삶을 사는 나를 상상하기 시작했다. 애런 니어링의 딸이 아닌, 한 사람과 오랫동안 친밀한 관계를 유지할 수 있는 삶을 사는 내 모습을. 어쩌면 결혼도 했겠지? 그랬더라면 지금쯤 남편이 기다리는 집으로 달려가고 있을 텐데.

평행 우주 속, 집에서 나를 기다릴 남편을 상상하다 보니, 이상하게도 브래디의 얼굴이 겹쳐졌다. 현실의 브래디는 이제 두 번 다시는 내게 말도 걸지 않을 텐데. 하지만 그리 놀랄 일도 아니었다. 지금의 내 상황을 생각하면 너무나 자연스러운 반응이었다.

그렇게 상상 속을 허우적대느라 차에서 이상한 냄새가 나는 것도 모르고 있었다. 그러다 몇 분이 지난 뒤에야 알아차렸다.

이게 무슨 냄새지? 썩은 계란 냄새 같기도 하고 썩은 양배추 냄새 같기도 했다. 지난번 쇼핑을 하고 난 뒤에 차에 식료품을 그냥 두고 내렸나? 어쩌면 계란이 쇼핑백에서 떨어져 트렁크에서 악취를 풍기고 있는 건지도 몰랐다. 집에 가자마자 그것부터 치우고 창문을 열어 환기를 시켜야겠군.

10분 후, 이제 냄새는 걷잡을 수 없을 만큼 차 안을 가득 채우고 있었다. 앞뒤 창문을 모두 내렸는데도 1분도 참기가 어려웠다. 갓길에라도 차를 대야 할 것 같았다.

고속도로 출구 바로 앞에 주유소가 있었다. 차도 사람도 보이지 않았지만, 주유소 바로 옆 가게에 불이 켜져 있었다. 24시간 영업하는 편의점이었다. 나는 주유기 앞에 차를 댔다. 이왕 주유소에 왔으니 기름도 채워야지.

점원이 손바닥을 청바지에 문지르며 가게에서 나왔다. 스무 살쯤 돼 보이는 어린 남자애였다. 그는 나를 향해 손을 흔들고 물었다. "아주머니, 뭘 도와드릴까요?"

안 그래도 힘든 날인데, 이제는 '아주머니' 소리까지 듣는군. "기름 가득 채워주세요."

나는 점원에게 신용카드를 건넨 뒤 주유구를 열었다. 그리고 점원이 차에 주유하는 동안 재빨리 차에서 내렸다. 그래도 차 밖에서는 냄새가 그렇게 심하진 않았다. 차창을 모두 연 상태여서 역한 냄새가 풍기긴 했지만, 차 내부처럼 질식할 것 같은 수준은 아니었다. 그놈의 계란이 돌연변이 생물체로 변하기라도 했나, 어쩌면 이렇게 지독한 냄새가 나지?

"더 필요한 거 없으세요?" 점원이 물었다.

"사실은 차 안에서 이상한 냄새가 나서요. 아무래도 차 어딘가에 식료품을 떨어트린 것 같아요. 계란이나 아님 샌드위치용 고기 같은 거."

점원은 창 쪽으로 몸을 기울여 숨을 한 번 들이켜더니 코를 찡그리며 말했다. "으웩. 진짜 저 뒤에서 뭔가 썩는 냄새가 나네요."

"그러니까요! 분명히 내가 뭘—" 나는 미처 말을 끝맺지 못하고, 그가 한 말을 곱씹었다. '저 뒤에서 뭔가 썩는 냄새가 나네요.'

설마, 아니겠지. 아닐 거야.

점원을 슬쩍 쳐다보니, 그는 주유기를 확인하는 데만 정신이 팔려 있었다. 나는 그 안에 있는 게 제발 썩은 계란이길 기도하며 차 트렁크를 열었다. 트렁크가 열리자마자, 끔찍한 냄새가 사방으로 퍼졌다. 썩고 있는 게 뭔진 몰라도 트렁크에 있는 건 확실했다.

그리고 또 다른 냄새도 났다.

라벤더 향.

"우와!" 점원은 손으로 코앞을 부채질하며 말했다. "손님, 도대체 트렁크에 뭐가 있는 거예요?"

나는 멋쩍은 듯 하하 소리를 내며 웃었다. "역시 생각했던 대로네요. 식료품 사둔 걸 여기다 그냥 두고 내렸네. 참, 나 왜 이렇게 바보 같지?"

그는 가게 옆에 있는 대형 쓰레기통을 턱으로 가리키며 말했다. "버리실 거면 저쪽에 버리시면 돼요."

나는 얼른 트렁크를 닫았다. 점원이 이렇게 바로 옆에서 지켜보는데, 트렁크를 뒤질 수는 없는 노릇이었다. "괜찮아요. 집에 가서 처리할게요."

그의 눈썹이 위로 올라갔다. "진짜 괜찮으시겠어요? 코가 썩을 것 같은 냄샌데요? 저 같으면 그 상태로는 집까지 못 갈 것 같은데요."

나는 억지로 미소를 지어 보였다. "그 정도는 아니에요. 그리고 집도 여기서 금방이에요."

차창을 전부 열고 입으로 숨을 쉬며 30분이나 더 가야 했지만, 지금으로선 별다른 도리가 없었다.

35

이건 역겨운 정도를 넘어 정말 끔찍한 냄새였다. 하지만 조용하고 안전한 곳에 도착하기 전에는 도저히 차를 세울 엄두가 나지 않았다. 누가 보기라도 한다면 그걸로 내 인생은 끝이었다. 나는 차고에 차를 대고 뒤에서 쿵 하고 문 닫히는 소리가 들린 뒤에야 겨우 차에서 내려 트렁크를 열었다.

30분 동안 악취는 더 강해져 있었다. 구역질이 나려고 해서 나는 입을 가리고 헛구역질을 했다. 후각 신경은 뇌의 기억 중추와 연결돼 있다는 글을 어디선가 읽은 적이 있는데, 그래서인지 라벤더 향과 뒤섞인 이 구역질나는 악취는 매우 익숙한 또 다른 냄새를 떠올리게 했다. 내 평생 결코 잊을 수 없는 그 냄새.

내가 얼마나 노력했는지는 신만이 아실 터였다.

차 트렁크 속은 그야말로 엉망진창이었다. 수술복 대여섯 벌과

플리스 스웨터 두 벌, 당연히 파쇄 처리했어야 하는 환자 관련 기록 종이 뭉치까지 한데 뒤섞여 굴러다녔고, 거기에 여러 종류의 자동차 오일과 워셔액까지 들어 있었다. 평소에 나는 나중에 필요할 것 같은 물건이나 당장 정리하기 힘든 것들을 차 트렁크에 던져두는 버릇이 있었다.

수술복에는 핏자국도 묻어 있었다. 트렁크 속을 살피기 전에 장갑을 껴야 할 것 같은 생각이 얼핏 들었지만, 차고에는 장갑도 없을뿐더러 그걸 찾으러 다닐 마음의 여유도 없었다. 나는 물건들을 하나하나 뒤적이며 악취의 원인이 뭔지 살피기 시작했다.

잠시 후, 마침내 찾아냈다.

순간 몸을 가누기 힘들 정도로 현기증을 느끼며 트렁크에서 뒷걸음질 쳤다. 그리고 고개를 옆으로 돌리고 눈에 눈물이 맺힐 정도로 헛구역질을 했다. 안 돼. 그럴 리 없어. 어떻게 이럴 수가 있지?

그건, 누군가의 잘린 손이었다.

그게 셸비 길리스의 것인지 앰버 스완슨의 것인지는 모르겠지만, 과학수사대에 보내면 누구의 손인지 금세 밝혀질 터였다. 그러니까 내가 할 일은 경찰에 전화를 거는 거였고, 그러면 그들이 이 손의 주인이 누군지 정확히 알아낼 수 있을 것이었다. 하지만 그 전에 경찰은 내 손에 수갑을 채우고 감방에 집어넣은 다음 종신형부터 때릴 것 같았다.

누구도 이걸 알아서는 안 된다는 생각이 들었다.

물론, 무엇보다 나를 불안하게 만든 건 그게 어떻게 내 차 트렁크에 들어갔느냐 하는 것이었다. 내 차가 샌프란시스코 공항 주차장에 주차돼 있는 동안 누군가 트렁크를 열고 이걸 넣어둔 게 분명해 보였다. 집에 들어와 지하실에 피를 뿌려놓고 간 것과 비슷한 방식이었다.

누군가 내 차와 집에 함부로 손대고 있다는 사실에 소름이 끼쳤다. 내일은 꼭 방범 업체를 불러 집을 요새처럼 만들어 놓고 말테다.

그동안 이 흔적을 어떻게 처리할지 그것부터 연구해야 했다. 일단 그걸 차 트렁크에 계속 놔둘 수는 없는 일이었다. 나는 계속 입으로 숨을 쉬면서 피 묻고 더러운 수술복들로 그 손을 감싸들었다. 그런 다음 집으로 들어갔다.

먼저 조명부터 켰다. 집은 너무 조용한가 싶을 정도로 적막이 흘렀다.

"자기, 나 왔어." 나는 작은 소리로 속삭였다.

그리고는 잠시 가만히 서서 귀를 기울였다. 누군가 차 문을 열었다면, 지금 이 집에도 들어와 있을 수 있다는 뜻이었다. 그때 무슨 소리가 들렸다. 발자국 소린가? 분명 무슨 소리가 들렸는데.

어디선가 애처로운 고양이 울음소리가 들려왔다.

휴, 고양이구나.

잠시 뒤, 고양이가 현관으로 조용히 걸어 들어왔다. 오늘 아침, 공항으로 가기 전 제발 고양이가 집 안 여기저기에 똥과 오줌을 싸지 않기만을 바라며 시리얼 상자와 테이프로 임시 배변 상자를 만들어 놓고 나갔었다. 당장 고양이를 내보내는 건 아무래도 불가능해 보였기에 차라리 빨리 적응하는 게 낫겠다 싶었다. 어쩔 수 없지. 지금은 너한테 신경 쓸 시간이 없어.

고양이는 작게 가르랑거리는 소리를 내며 내 다리에 코를 문질러 대고는 고개를 들어 나를 쳐다봤다. 내 오른손에 든 피 묻은 수술복에 대고 코를 킁킁대는가 싶더니 앞발로 그걸 건드리려고 했다.

"안 돼, 하지 마. 네 거 아니야."

부엌으로 들어가 싱크대 아래에서 비닐봉지 여러 장을 꺼냈다. 수술복을 비닐봉지 안에 넣고 묶은 다음, 다른 비닐봉지에 한 번 더 넣었다. 그리고 비닐봉지에 또 한 번 넣었다. 그것은 이제 수술복으로 한 겹, 비닐봉지로 세 겹 싸여 있었다. 하지만 경찰이 집을 수색하기라도 한다면 이걸 찾는 건 시간문제일 것 같았다.

그럼 이제 이걸 어쩌지?

집 쓰레기통에 버릴 수도 없었다. 내일이 금요일인데, 쓰레기 수거일은 월요일이었다. 안 그래도 형사가 내 주위를 계속 맴돌고 있는데, 주말 내내 그게 집 안에서 썩고 있도록 내버려 둘 수는 없었다. 더구나 수술복에는 내 지문도 잔뜩 묻어 있을 터였다. 혹시라도 바버 형사가 수색 영장을 들고 찾아오기라도 한다면? 그걸로 나는 끝이었다.

벽난로에 불을 피워 태워버릴까도 생각해 봤지만, 이 집으로 이사 온 후로 한 번도 제대로 사용해 본 적이 없었다. 뭔가를 잘못해 소방서에서 찾아오기라도 하면 큰일이었다. 그리고 타고 남은 뼈가 얼마나 오래 남아있을지도 알 수 없었다.

나는 부엌 조리대 위에 놓인 비닐봉지를 한참 동안 노려보았다. 처음부터 형사에게 전화했어야 했다는 생각이 자꾸만 들었다. 형사에게 전부 다 말할걸. 바닥에 떨어져 있던 편지와 누군가 날 함정에 빠뜨리려 하고 있다는 것까지. 형사가 내 집에서 직접 증거들을 찾아내는 날엔 내가 스스로 모든 걸 밝혔을 때보다 해명하기가 더욱 어려워질 거라는 건 불 보듯 뻔한 일이었다.

하지만 왠지 바버 형사를 믿을 수가 없었다. 그는 줄곧 나를 의심의 눈으로 보고 있었다. 그에게 나는 무수히 많은 여성을 살해한 살인마의 딸일 뿐이었고, 게다가 외과 의사여서 밥 먹듯이 사람 몸에 칼을 대는 사람으로 비치는 듯했다. 나와 죽은 두 피해자 사이의 관련성도 점점 커지는 듯 보였다. 형사에게 나를 체포할 구실을 만들어주고 싶지는 않았다. 만약 지하실 바닥에 있던 피를 직접 닦아냈다고 말하면 그는 내가 이 일에 연루돼 있다고 확신할 것 같았다. 만약 그가 나를 기소하지 못하더라도 내 경력에 미칠 타격은 어마어마할 터였다.

그래, 내 생각이 옳았던 거야. 지금 당장 이 손을 없애야겠어.

나는 다시 코트에 팔을 끼워 입고는 비닐봉지를 들고 차고로 갔다. 차 실내는 아직도 지독한 냄새가 나고 있어 나는 계속 창문을 연 채 차를 운전했다. 바람이 내 얼굴을 세차게 때렸다. 나는 목적지도 모르는 채 무작정 고속도로를 타고 남쪽으로 차를 몰았다. 나와 전혀 무관한 동네에 쓰레기를 버릴 만한 곳을 찾아야 했다.

한 20분쯤 달렸을 때, 도롯가에 패스트푸드 체인점인 칼스 주니어가 눈에 띄었다. 온종일 뭘 먹긴 했는지 기억조차 나지 않았지만, 소스가 줄줄 흐르는 기름진 햄버거를 떠올리니 속이 울렁거리고 토할 것 같았다. 나는 목을 길게 빼고 불이 꺼진 가게 내부를 확인했다. 영업이 끝난 모양이었다.

주차장에는 차가 한 대도 없었다. 손님이 다 떠난 건 물론이고, 직원들도 다 퇴근한 것 같았다. 가게 뒤에는 분명 대형 쓰레기 수거함이 있을 테고, 주위에 사람도 없을 것 같았다.

나는 얼른 용기가 나지 않아 몇 분 동안 차에 가만히 앉아 있었다. 피해자들의 시신을 처리할 때 아버지도 이런 기분이었을까? 두려운 마음이 들긴 했을까? 경찰에 잡힐까 봐 걱정했을까? 이 모든 게 그에게는 흥분되고 신나는 일이었을까?

내겐 코딱지만큼도 신나는 일이 아니었다.

나는 운전대를 꽉 잡은 채로 중얼중얼 혼잣말을 했다. 금방 끝날 거야. 여긴 아무도 없어. 날 볼 사람도 없고, 나뿐이니까 괜찮을 거야.

여긴 안전해.

나는 비닐봉지를 움켜쥐고 차에서 내렸다. 코트 안으로 숨기고 싶었지만, 그게 내 몸에 닿을지도 모른다고 생각하니 너무 끔찍해서 그럴 수가 없었다. 가게 바로 뒤쪽에 대형 쓰레기통이 보였다. 금속으로 된 초록 수거함은 이미 쓰레기봉투로 가득 찬 상태였다. 아마 내일이면 쓰레기차가 수거하러 올 테고, 일단 폐기장 쓰레기 더미에 들어가면 그땐 이걸 찾아내지 못할 것이다.

나는 수거함 쪽으로 재빨리 걸어갔다. 가까이 다가갈수록 찌든 기름과 쓰레기 냄새가 강하게 풍겨 왔지만, 적어도 라벤더 향보다는 나았다. 쓰레기 봉지로 꽉 차 수거함 뚜껑이 살짝 벌어져 있었지만, 작은 비닐봉지 하나 정도를 버릴 공간은 남아 있었다. 나는 대형 봉투 틈 사이로 비닐봉지를 밀어 넣었다.

한 걸음 물러서 수거함을 조심스럽게 살펴봤다. 얼핏 봐선, 다른 쓰레기 봉지에 가려 내가 버린 봉지는 보이지도 않았다. 내일이면 근처 쓰레기 처리장에 버려져 다시는 찾을 수 없을 것이다. 숨을 크게 한 번 내쉬고 막 돌아서려는데, 뒤에서 누군가 말을 걸었다.

“거기서 뭐 하시는 거예요?”

36

어찌나 놀랐는지 하마터면 그 자리에 주저앉을 뻔했다.

여기 나밖에 없는 줄 알았는데, 모두 다 퇴근한 줄 알았는데, 그게 아니었다. 그리고 지금….

아, 이런.

나는 목소리가 들린 쪽으로 천천히 돌아섰다. 키는 나보다 컸지만, 어려보이는 남자애가 노란색 별이 그려진 빨간 티셔츠를 입고, 털도 없이 매끈한 팔로 팔짱을 낀 채 거기 서 있었다. 이곳의 알바생으로 보이는 그는 아마도 가게 문을 잠그고 이제 막 퇴근하려던 중인 것 같았다. 그런데 왜 주차장에 차가 없었을까 의아했지만, 그게 중요한 게 아니었다. 어쨌든 사람이 있었다.

문제는 그가 어디서부터 봤을까, 하는 거였다. 내가 비닐봉지를 버리는 걸 봤을까? 아님 내가 여기 서 있는 것만 봤을까?

뺨과 이마에 여드름이 잔뜩 난, 솜털이 보송한 그의 얼굴을 바라보았다. 나를 수상쩍게 여기는 것 같지는 않았다. 그냥 궁금해서 물어본 얼굴이었다.

나는 어깨를 폈다. 아버지는 거짓말이라면 눈 하나 깜짝 않고 하던 사람이었다. 주변 사람은 물론이고, 함께 사는 가족까지 모두 속아 넘어가지 않았던가. 그리고 나는 그의 딸이었다. 패스트푸드점에서 일하는 어린 알바생 하나 속이지 못한다면 망신도 그런 망신이 없을 터였다.

"아까 여기서 햄버거를 먹었는데, 제 선글라스가 없어졌지 뭐예요. 그래서 여기 떨어뜨렸나 싶어 다시 와 본 거예요."

알바생의 눈썹이 위로 쑥 올라갔다. "쓰레기통에 떨어뜨렸다고요?"

"그냥 혹시나 하고 찾아보던 중이었어요. 떨어진 선글라스 주워서 가져온 사람은 없었나요?"

그는 잠시 생각하더니, 고개를 저었다. "아뇨. 저녁 내내 여기 있었는데, 그런 적 없었어요."

"아, 그렇군요." 나는 속상한 듯 한숨을 쉬었다. "아무래도 찾긴 글렀나 봐요."

나는 숨을 죽이고 그의 얼굴만 쳐다봤다. 과연 내 말을 믿을까? 그의 시선이 위로 갔다가 옆으로 갔다가 하는 걸 보니, 뭔가를 생각하는 눈치였다.

"제 생각을 말씀드릴까요?" 그가 말했다.

나는 침을 꿀꺽 삼켰다. "뭔데요?"

그는 달빛에 얼굴의 모공까지 보일 정도로 나를 향해 고개를 숙이더니 이렇게 말했다. "분명 누가 훔쳐 간 거 같아요."

나는 떨리는 손을 들키기 전에 얼른 주머니에 찔러 넣었다. "정말 그런 걸까요?"

그는 고개를 끄덕였다. "네. 좋은 선글라스라면 누가 몰래 주머니에 집어넣고 도망갔을 게 뻔해요."

"하…. 아무래도 그랬을 것 같네요."

그는 내가 안됐다고 생각한 모양이었다. "나중에라도 찾게 되면 연락드릴 테니, 전화번호 남기시겠어요?"

처음에는 가짜 번호라도 남기려고 생각했지만, 행여 이 자리에서 확인 전화라도 한다면 금세 거짓말한 게 들통날 수도 있을 것 같았다. "괜찮아요. 아까 주유소에서 기름을 넣었는데 아무래도 거기서 빠진 모양이에요. 주유소에도 한번 가봐야겠어요."

나는 행운을 빌어주는 알바생을 뒤로하고 뛰다시피 차가 있는 곳으로 돌아갔다. 그리고는 차에 올라타자마자 시동을 걸어 그곳을 빠져나왔다. 알바생이 같이 선글라스를 찾아주겠다고 나서거나 나중에라도 연락해 주겠다며 자동차 번호판 숫자를 적어두기라도 하면 정말 큰일이었다.

차를 운전해 집으로 오는 내내 머릿속이 복잡했다. 알바생은 내 말을 정말 믿는 눈치였지만, 또 누가 아나? 내가 떠난 뒤 손님의 선글라스를 찾아주고 싶은 마음에 그 알바생이 쓰레기통을 뒤지기라도 한다면? 그런데 거기서 비닐봉지를 발견하고 그리고….

아냐, 그럴 리 없어. 거기서 최소 시급을 받으며 일할 텐데, 손님을 돕자고 쓰레기통까지 파헤치진 않을 것이다.

집에 가면 또 다른 무서운 광경이 펼쳐져 있을까 봐 귀갓길이 조금은 두렵기까지 했다. 침실에 시체가 있는 건 아닐까? 벽을 타고 피가 뚝뚝 떨어지려나? 이젠 무슨 일이 생겨도 그리 놀랍지 않을 것 같았다. 하지만 다행히 집에 들어갔을 때, 어딘가 이상해 보이는 건 아무것도 없었다. 고양이가 배고프다고 우는 소리만 들릴 뿐이었다.

그래도 나를 반겨주는 존재가 있긴 있구나.

찬장에서 고양이용 통조림을 꺼내며, 나도 뭘 좀 먹어야겠다는 생각이 들었다. 거의 열 시간 가까이 아무것도 먹지 못했다. 때마침 배에서 꼬르륵 소리도 났다. 식욕은 전혀 없었지만, 그래도 계속 움직이려면 뭔가를 먹긴 해야 할 것 같았다.

냉장고 속을 뒤져 보니 반만 남은 치킨샌드위치가 있었다. 그게 언제부터 있던 건지는 잘 기억나지 않지만, 냄새를 맡아보니 상한 것 같지는 않았다.

전자레인지를 데운 치킨샌드위치를 접시에 올려놓았지만, 그래도 여전히 먹고 싶은 마음이 생기지는 않았다. 썩은 살 냄새가 옷에 배어 계속 냄새가 올라왔고, 냄새를 맡으니 자꾸 그 생각만 하게 됐다.

더 싫은 건 그 밑에 엷게 깔린 라벤더 향이었다. 그 냄새가 콧속으로 들어올 때마다 욕지기가 났다.

나는 샌드위치를 옆으로 밀고, 휴대폰을 집어 들었다. 먹는 것 이상으로 급한 일은 주택 방범 시스템을 설치하는 일이었다. 검색해 보니, 직접 설치하는 도난 경보기들도 있는 모양이었지만, 거기에 내 목숨이 달렸다고 생각하니 어설프게 시도할 일은 아닌 것 같았다. 나는 전문가가 직접 와서 안전하게 방범 장치를 설치해 주기를 원했다. 그리고 가능한 한 빨리, 내일 당장 해줬으면 했다.

업체 몇 군데에 전화를 걸면서 샌드위치를 조금씩 베어 먹었다. 당연하게도 이 시간에 전화를 받는 곳은 한 곳도 없었다. 세 군데에 메시지를 남겼으니, 하나쯤은 내일 바로 설치해 주겠다는 연락이 오지 않을까 싶었다. 하루라도 더 기다리는 건 싫었다.

마지막으로 한 군데 더 메시지를 남기던 중인데, 초인종 소리가 들렸다.

손목시계를 확인했다. 이렇게 늦게 누구지? 브래디인가?

브래디일지도 모른다고 생각하니 가슴이 뛰었다. 지난밤, 브래디는 다시는 나를 안 볼 것처럼 가버렸었다. 계속 아무렇지 않은 척했지만, 사실은 지금 당장 브래디를 볼 수만 있다면 무슨 짓이든 할 수 있을 것 같았다. 인생에서 가장 힘든 하루를 보낸 지금, 내가 바라는 건 그저 브래디의 품에 안겨 모든 걸 잊는 것이었다.

휴대폰을 식탁에 내려놓고, 거실을 지나 현관문을 향해 걸어가는데 싸한 느낌이 온몸을 엄습했다. 문 앞에 서 있는 사람이 브래디가 아니라는 데에 내 전부를 걸 수도 있을 것 같았다. 문구멍으로 내다보니, 내 직감이 맞았다. 바버 형사였다.

어떻게 해야 할지 몰라 그 자리에 얼어붙었다. 내 담당 변호사는 형사가 나에 관해 어떤 증거도 갖고 있지 않다고 안심시켰지만, 정말 그런 거라면 그가 우리 집엔 왜 왔을까?

아, 이런. 칼스 주니어에서 나를 본 걸까? 그게 가능할까? 만약 그랬다면 거기서 나를 막아서지 않았을까?

만약 그게 아니라면….

어쩌면 그는 안 보이는 곳에 숨어서 나를 지켜봤는지도 모른다. 그리고 내가 그곳을 떠난 뒤, 쓰레기 수거함을 뒤져 내가 버린 비닐봉지를 찾아냈을지도 모른다. 그리고 지금 내 손에 수갑을 채워 데려가려고 여기 왔을 수도 있었다.

문을 열고 싶지 않았다.

바버 형사는 우리 집 현관문을 이번에는 좀 더 세게 두드렸다.

"노라 선생님, 안에 계신가요?"

나는 크게 숨을 들이쉬고 문의 잠금장치를 풀었다. 창으로 내 그림자를 봤을지도 모르는데, 집에 없는 척할 수도 없었다.

제발 형사가 그 손을 찾아낸 게 아니길…. 나는 속으로 간절히 바라며 문을 열었다.

"형사님, 안녕하세요."

"노라 선생님, 이렇게 늦은 시각에 죄송합니다." 그는 쓰지도 않은 모자를 들어 올리는 시늉을 했다.

"무슨 일이시죠?"

나는 바버 형사가 불쑥 수갑을 꺼내는 건 아닐까, 조마조마한 마음으로 그를 바라봤다. 그의 입에서 '노라 데이비스, 당신을 체포하겠습니다.'라는 소리가 나올 것만 같았다. 그런데 뜻밖에도 그는 눈가에 주름이 잡히도록 나를 보고 웃고 있었다. "실은, 이 자리에 변호사도 없어 좀 그렇긴 합니다만, 사과를 드리고 싶어 찾아왔습니다."

나는 얼른 숨을 고르며 물었다. "사과라고요?"

나를 속이려는 건가? 하지만 만약 그가 나를 칼스 주니어에서 봤다면, 굳이 뭔가를 속일 필요가 없었다. 증거가 확실하니 그냥 체포하면 될 일이었다.

형사는 짧은 머리를 긁적거리며 말했다. "네. 선생님도 의사시니 제 마음이 어떤지 조금은 이해하시리라 믿습니다만, 제가 워낙 일 욕심이 많습니다. 그렇다 보니 이번 살인 사건의 범인을 꼭 잡고 싶어서 제가 좀 억지를 부렸던 것 같습니다. 무슨 말인지 이해하시겠죠?"

나는 고개를 끄덕였다.

"아무튼, 아버지 일로 선생님을 의심했던 건 아무래도 제 실수였던 것 같습니다. 그러실 분이 아닌데 말이죠. 그래서 죄송하다는 말을 하고 싶었습니다. 악의가 있어서 그랬던 건 아니니, 이해해 주시길 바랍니다."

"네, 그러시군요…." 안도감에 현기증이 느껴졌다. "사과는 받도록 하겠습니다. 그리고 이 끔찍한 짓을 한 놈이 누군지 몰라도 꼭 잡으셨으면 좋겠습니다."

내가 그걸 얼마나 바라는지 그는 알지 못할 터였다.

"그래야죠…." 그는 나를 향해 다시 미소를 지었다. "늦은 시간에 번거롭게 해드려 다시 한번 사과드립니다. 낮에 선생님 클리닉에 들렀었는데, 오늘 병가를 내셨다고 하더군요. 그래서 댁으로 왔는데, 댁에도 안 계시고요."

"위층에서 자던 중이었나 보네요." 내가 말했다.

"그러셨군요. 그런데 차고에 차도 보이질 않던데요. 창문으로 보니 차고가 비어 있더라고요."

나는 얼굴을 찌푸렸다. 거짓말이었군. 그는 사과하러 온 게 아니었다. 내가 온종일 어디에 있었는지 그걸 확인하러 온 거였다. 그런 그에게 아버지 면회를 다녀왔다고 사실대로 말할 수는 없었다. 물론 조금만 조사해보면 내가 비행기를 탔던 기록 정도는 쉽게 알아낼 수 있을 테지만, 내 입으로 순순히 털어놓고 싶지는 않았다.

적어도 형사가 쓰레기 수거함 앞에서 나를 보지 못한 건 확실했다.

"치킨 수프를 사러 잠깐 나갔었는데, 그때 오셨나 봐요."

갈수록 거짓말이 술술 나왔다.

"아, 그랬을 수도 있겠네요." 그는 고개를 끄덕였다. "이제 몸 상태는 좀 나아지셨나요?"

"네, 훨씬 좋아졌어요."

눈싸움이라도 하는 것처럼 우리는 한참 동안 서로의 눈만 쳐다보고 있었다. 지금쯤이면 형사도 눈싸움만큼은 절대 나를 이길 수 없다는 걸 알았겠지?

바버 형사는 문틀을 주먹으로 툭 치며 말했다. "뭐…. 드릴 말씀은 끝났으니, 이제 가보는 게 좋겠군요. 푹 쉬시고 빨리 완쾌하시길 빌겠습니다."

"고맙습니다."

형사는 현관 앞 계단을 내려가, 아무 표시도 없는 암행 순찰차를 타고 떠났다. 그가 탄 차가 멀리 사라지는 걸 보고서도 내 다리는 계속 후들거렸다. 일단 지금은 갔지만, 언제 또 찾아올지 알 수 없었다. 마음의 준비를 해야 했다.

두 여자를 살해한 놈이 누군지, 그리고 무슨 의도로 내 인생을 망치려 드는 건지 알 수 없었지만, 더 이상 당하고만 있지는 않겠다고 나는 다짐했다.

37

다음 날 오전에는 계속 수술이 잡혀 있어 정신없이 바쁜 시간을 보냈다. 오후에는 느긋하게 회진이나 돌고 난 뒤 수술 관련 문서들을 마무리하면 좋았겠지만, 어제 예약을 오늘로 바꾼 환자들이 몇 명 있어 급히 클리닉으로 다시 가봐야 했다. 힘든 하루가 예상됐지만, 나는 그게 오히려 반가웠다.

아침 첫 수술을 마치고 수술방 휴게실에서 수술 기록지를 작성하던 중이었는데, 방범 업체 한 곳에서 전화가 왔다. 전화기 너머 여직원은 쾌활한 목소리로 인사를 건넸다. "안녕하세요, 고객님! 주택용 방범 시스템에 관해 문의하셨죠?"

"네, 맞아요." 휴게실을 쓱 둘러보니, 다행히 아무도 없었다. "저희 집에 주택 방범 시스템을 설치하고 싶은데, 최대한 빨리 설치가 가능할까요?"

"물론이죠!"

여직원은 우리 집의 대략적인 면적과 함께 1층에 있는 문과 창문의 개수 등을 물었다. "저희 시스템은 사용법이 정말 쉽다는 게 장점이에요. 알람을 해제할 때는 키패드에 암호만 입력하시면 되고요, 집 안에 설치된 CCTV 화면을 어디서든 휴대폰으로 확인하실 수도 있어요."

"설치는 언제 해주실 수 있나요?"

"월요일 오전에 시간 어떠세요?"

너무 늦다. 방범 시스템 없이 주말을 지나야 한다고 생각하니 불안해서 심장이 터질 것 같았다. "오늘은 안 될까요?"

"정말 죄송합니다만, 오늘은 이미 예약이 다 차 있어서요."

휴대폰을 쥔 손에 힘이 들어갔다. "오늘 저녁, 업무시간이 지난 뒤에라도 와주실 순 없을까요?"

"죄송합니다만, 그건—"

"추가 비용은 얼마든 드릴 생각입니다."

여직원은 한동안 말이 없었다. "그럼, 한번 확인해 볼 테니, 잠시 기다려주시겠어요?"

짜증스러운 기분으로 통화 대기 음악을 듣고 있는데, 필립 선배가 수술 모자도 벗지 않은 채 휴게실로 들어왔다. 선배는 나를 보더니 씩 웃었다. 수술 모자를 당겨 벗자, 이마에 모자 자국이 가로로 길게 찍혀 있었다.

"장염은 이제 다 나은 거야?" 선배는 살짝 빈정거리는 투로 그렇게 물었다. "우리가 전부 얼마나 걱정했는지 알아? 하퍼는 무슨 수프까지 끓여둔 것 같던데."

나는 손에 든 전화기를 가리키며 말했다. "지금 통화 중이에요."

"그래? 누구랑 통화 중인데?"

나는 선배를 한번 째려보고는 아무 대답도 하지 않았다.

"변호사랑?" 싫은 내색을 보였음에도 불구하고 그가 재차 물었다.

선배가 상관할 일이 아니라고 말하려는데, 마침 전화기 너머로 여직원의 목소리가 다시 들려왔다. "기술자 한 분이 오늘 저녁 8시에 가실 수 있다고 하네요. 추가로 200달러 정도 더 내셔야 할 것 같은데, 괜찮으시겠어요?"

오늘 밤 바로 설치만 된다면 백만 달러라도 낼 의향이 있었기에, 200달러는 오히려 싸게 느껴졌다. "네, 좋습니다. 그러면 오늘 안으로 경보 장치와 키패드 모두 설치해 주실 수 있는 거죠?"

"네, 맞습니다."

나는 안도의 숨을 내쉬었다. "정말 감사합니다."

내가 전화에 대고 몇 가지 정보를 더 말하는 동안 필립 선배는 옆에 앉아 호기심 넘치는 얼굴로 나를 계속 쳐다보고 있었다. 그쯤 되니, 그가 무슨 생각을 하는지 신경 쓰고 싶은 마음도 사라졌다.

"노라, 도대체 무슨 일이길래 그러는 거야?" 마침내 전화를 끊자, 그가 물었다. "괜히 나까지 걱정 보태고 싶진 않지만, 너 요즘 진짜 이상한 거 알아?"

"하루 병가 낸 게 그렇게 이상한 일이에요?"

"노라 선생이 병가라니? 그거야말로 진짜 이상한 일이지." 그는 고갯짓으로 내 휴대폰을 가리켰다. "그리고 그 얘긴 다 뭐고? 왜 갑자기 집에다 경보 장치며 카메라를 그렇게 잔뜩 설치하려는 건데? 안전하다 못해 지루하기 짝이 없는 동네에 사는 사람이."

"뒤늦게 후회하는 것보단 미리 조심하는 게 낫잖아요."

그는 얼굴을 찌푸렸다. "무슨 일인지 제발 말해 줄 순 없어? 이봐, 가끔 날 개자식처럼 생각하는 거 나도 아는데, 힘든 일이 있을 땐 날 좀 믿고 의지해도 괜찮지 않아? 우리가 그동안 알고 지낸 세월이 얼만데."

나는 선배의 잘생긴 얼굴을 바라보았다. 처음 그를 알게 됐을 때만 해도 다른 외과 의사들처럼 그 역시 오만하기 짝이 없다고 생각했었지만, 최근 몇 년 사이 그 생각이 많이 바뀐 건 사실이었다. 외과 의사로서 필립의 실력은 절로 존경심이 생길 만큼 대단하긴 했다. 솔직히 말하면, 경험이 더 많아서인지 가끔은 나보다 더 나아 보일 때도 있었다. 또한 이해심도 많고 괜찮은 사람이라는 생각을 하기도 했었다. 물론 그의 전 부인은 격렬히 부정하겠지만.

하지만 이건 그를 믿고 안 믿고의 문제가 아니었다. 그에게 내 아버지의 정체를 밝힌다면, 그는 나를 다른 눈으로 보게 될 터였다. 브래디가 그랬던 것처럼. 지하실에 피가 고여 있었던 일이나 트렁크에 잘린 손이 들어 있었던 걸 털어놓는다면…. 아무래도 경찰에 전화부터 할 것 같았다. 그런 위험을 감수할 수는 없었다.

"아무 일도 없어요. 진짜예요." 나는 마침내 입을 열었다.

"그러니까 나한테는 말하지 않겠다는 거군."

나는 어깨를 으쓱해 보였다.

선배는 길게 한숨을 내쉬더니, 가슴 앞에서 팔짱을 꼈다. "알았어. 강요하진 않을게. 하지만 말하고 싶으면 아무리 심각한 문제라도 다 들어줄 의향이 있으니 언제든 찾아오라고."

그렇게 말하며 선배는 자리에서 일어나 휴게실을 나갔다. 아마도 다음 수술이 있는 모양이었다. 선배에게 사실대로 말할 걸 그랬나? 조금 후회스러운 마음에 나는 입술을 깨물었다. 하지만 26년이나 지켜온 이 비밀을, 이제 와서 밝힐 수는 없었다.

38

새벽에 일어나 그 시간까지 용케 토하지 않고 삼킨 것은 커피 두 잔이 전부였다. 그래서 오전 10시 수술을 끝내고 다음 수술이 시작되기 전까지 시간이 좀 생겼을 때, 나는 페스츄리라도 좀 먹어야겠다 싶어 응급실 밖에 서 있는 푸드 트럭으로 향했다. 평소 같으면 칼로리를 생각해서 자제했겠지만, 지금처럼 뭘 못 먹다가는 이달 말쯤 되면 영양실조에 걸릴 수도 있을 것 같았다.

지금은 소시지나 베이컨 냄새도 역겨울 만큼 속이 좋지 않았기 때문에, 육류를 파는 푸드 트럭이 보이지 않아 정말 다행이다 싶었다. 이러다 조만간 채식주의자가 될 것 같았다.

오늘 날씨는 정말 좋았다. 구름 한 점 없이 맑은 날씨라 반소매인 수술복만 입었는데도 쌀쌀한 기운은 전혀 느껴지지 않을 만큼 공기가 따뜻했다. 이런 날씨에 오전에는 수술실에, 오후에는 클리닉에 온종일 처박혀 있어야 한다는 게 좀 아쉽다는 생각도 들었다. 물론 일이 없다하더라도 딱히 누굴 만나 뭘 할 것 같진 않았지만, 아무튼 이렇게 잠깐 바람이라도 쐬니 한결 기분이 나아지는 듯했다.

내 앞사람이 어떤 빵을 고를지 고민하며 한참을 꾸물거리는 동안, 나는 조급한 마음을 꾹 누르며 내 차례를 기다리고 있었다. 그런데 누군가 나를 보는 듯한 익숙한 그 느낌이 또다시 뒷덜미를 타고 올라왔다. 빵 하나 고르는 게 뭐 그리 어려운 일이라고, 여자가 빨리 고르고 비켜줬으면 싶었다.

그때 뒤에서 익숙한 목소리가 들려왔다. 심장을 쿵 떨어시게 만드는 목소리였다.

"노라 선생님?"

나는 천천히 돌아섰다. 내 뒤에 선 사람을 보고, 내 입에서는 나도 모르게 헉 소리가 흘러나왔다.

헨리 캘러핸이었다. 그날 밤 바에서 치근덕거렸던 그 남자. 파란색 닷지를 타고 이틀 연속 내 차를 쫓아오다가 결국은 급커브 길에서 나무를 들이받고 크게 다쳤던 그 사람이었다.

중환자실에서 집중 치료를 받으며 누워있는 줄 알았는데, 어떻게 지금 내 앞에 서 있는 거지? 심지어 이렇게 멀쩡한 모습으로?

"캘러핸 씨." 나는 겨우 입을 열었다. 주먹을 쥐며 한 걸음 뒤로 물러섰지만, 보는 사람이 많으니 지금 당장 무슨 해코지를 할 것 같진 않았다.

하지만 어쩌면 그게 더 나쁠 수도 있었다.

"여기서 뭘 하는 거죠?" 나는 매서운 말투로 물었다.

"전…. 응급실 왔던 친구가 데리러 오라고 해서 왔다가, 선생님이 줄을 서고 계시길래요." 그는 눈을 끔뻑거리며 말했다. 그날 밤 내게 보였던 분노는 어디에서도 찾아볼 수 없었고, 오히려 약간 멋쩍은 듯 소심한 표정이었다. "잠깐 할 얘기가 있어서요…."

나는 목청을 가다듬었다. "전 할 얘기 없는데—"

"사과하고 싶어서요."

"네? 무슨 말씀이신지?"

"지난번 바에서 있었던 일, 사과드리고 싶습니다." 그는 부끄러운 듯 고개를 숙였다. "다시는 클리닉에서 진료를 볼 수 없다고 비서분이 전화하셨더군요. 왜 그랬는지 이해합니다. 그날 제가 너무 많이 취해서 무례하게 굴었던 것 같아요. 이렇게 훌륭한 의사분께, 그런 대우를 받으실 분이 아닌데, 제가 왜 그랬나 모르겠어요. 그 일 때문에 내내 마음이 쓰였습니다."

그렇다면 왜 이틀이나 연속으로 나를 따라온 거지?

"그러시군요." 나는 우물거렸다.

"아무튼, 말씀드렸다시피 그저 사과하고 싶었을 뿐입니다." 그는 뭉툭한 손을 낡은 청바지 주머니에 밀어 넣었다. "다시는 번거롭게 해드리는 일 없을 겁니다. 전 그럼 이만… 친구한테 가 봐야겠군요."

어제 바버 형사와는 달리, 그가 하는 말은 진심처럼 들리긴 했다. 하지만 화를 내야 할 사람이 그런 소리를 하니, 연기인지 아닌지 도무지 믿을 수가 없었다. 나 때문에 차가 폐차해야 할 정도로

망가지지 않았던가. 그런데도 어떻게 아무렇지 않을 수 있지?

"차 사고 나신 건 정말 유감이에요."

그는 얼굴을 찌푸리며 물었다. "사고라니요?"

"자동차 사고가 있었다고 들었는데요. 그래도 몸은 괜찮아 보이시네요." 나는 그의 표정을 살피며 대답을 기다렸다.

"아, 네." 캘러핸의 얼굴이 당황스러운 표정으로 바뀌었다. "몸이 괜찮은 건 맞지만, 몇 년 동안 차 사고가 났던 적은 없었는걸요. 가벼운 접촉 사고조차요." 그는 자랑스러운 듯 이렇게 덧붙였다. "제가 운전은 좀 하거든요."

아무리 봐도 헨리 캘러핸이 거짓말을 하는 것 같아 보이지는 않았다. 게다가 불과 1주일 전에 위독한 상태였던 사람치고는 너무 아무렇지 않아 보이는 것도 이상했다. 몸에 상처 하나 보이지 않고, 아주 건강해 보였다. "그러니까… 신문에서 그런 기사를 본 것 같아서요. 파란색 닷지 자동차를 몰지 않으시나요?"

그는 미간을 찡그리며 말했다. "제 차는 파란색 포드 자동차예요. 아무래도 기사가 났다는 사람은 저랑 동명이인이 아니었을까요?"

사실 인터넷 기사에 이름이 실려 있진 않았었다. 그저 그가 파란색 닷지 차에 타는 걸 본 것 같았고, 나를 따라오던 차가 그 차였기 때문에 그게 헨리 캘러핸일 거라고 추측한 것뿐이었다. 하지만 그가 차에 타는 모습을 바 안에서 봤기 때문에 어쩌면 제대로 본 게 아닐 수도 있었다. 어쩌면 파란색 닷지 차의 주인은 다른 사람이었을 수도 있었다.

하지만 그게 헨리 캘러핸이 아니라면, 지난주 나를 따라오던 그 사람은 도대체 누구란 말인가?

"괜찮으세요, 선생님?" 그는 눈을 가늘게 뜨며 나를 쳐다봤다. "얼굴이 안 좋아 보이시는데요." 그러더니 자조 섞인 말투로 이렇게 말했다. "물론 의사시니까 더 잘 아시겠지만요. 안 그렇습니까?"

"이만 가볼게요."

나는 빵을 사려고 줄을 선 사람들을 헤치고 그 자리를 떠났다. 뒤에 남은 캘러핸의 얼굴에는 당혹스럽다는 표정이 어려 있었다. 그나마 있던 식욕도 싹 사라지고 말았다.

나는 곧장 수술방 휴게실로 가서 두 대 중 한 대의 컴퓨터에 로그인했다. 내 아이디와 비밀번호를 입력하고 화면이 뜨기를 기다리는 동안에도 조금 전 헨리 캘러핸이 내게 했던 말이 자꾸만 떠올랐다. 파란색 닷지를 운전하던 사람은 그가 아니었다. 나를 쫓아온 사람은 그가 아니라 다른 사람이었다.

그리고 그 사람에게 차 사고가 났고, 위중한 상태로 이 종합병원으로 실려 왔다.

일단 전자의무기록 시스템에 접속한 뒤, 제일 먼저 헨리 캘러핸의 기록부터 찾아봤다. 퇴원 처리됐다는 기록은 전혀 놀랍지 않았다. 그가 마지막으로 입원했던 시기는 탈장 회복 수술을 받을 때였고, 그때 주치의는 바로 나였다.

나는 엄지손톱을 물어뜯으며 컴퓨터 모니터를 가만히 응시했다. 그 차에 타고 있던 누군가가 나를 쫓아왔다. 그리고 그 누군가는 사고가 난 후 병원으로 실려 왔다. 분명 기사에는 그렇게 적혀 있었다.

나는 외과 중환자실 재원 현황을 클릭했다. 만약 누군가 자동차 사고로 인해 중태에 빠졌다면 결국엔 거기로 왔을 가능성이 컸다. 나는 화면에 환자 명단을 띄우고, 그중 익숙한 이름이 있는지 확인했다. 하지만 눈에 띄는 이름은 없었다.

그래서 이번에는 사고가 났던 날 밤에 입원한 환자의 이름을 찾아봤다.

그날 입원한 사람은 딱 한 사람뿐이었다.

윌리엄 베넷 주니어. 35세 남자. 파란색 닷지 자동차가 나무와 충돌했던 그날 밤, 다발성 외상으로 입원했고, 외과 중환자실 12번 침상을 쓰고 있었다.

전혀 들어본 적 없는 이름이었다. 그렇게 하는 게 매우 비윤리적인 행동이라는 걸 알면서도 나는 그의 차트를 클릭했다. 그리고 환자의 주된 증상과 병력이 적힌 페이지를 빠르게 훑어 내려갔다. 차와 나무가 부딪친 사고였고, 음주운전에는 해당되지 않았다. '오른쪽 상완골, 오른쪽 쇄골, 왼쪽 대퇴골, 왼쪽 경골 모두에 골절. 두개골 골절 및 소규모 경막하혈종. 다발성 늑골 골절. 기흉으로 인해 흉관 삽입 및 호흡 부전 상태. 현재 인공호흡기 관련 폐렴이 있음.' 그 남자는 지금 매우 안 좋은 상태였다. 아직 삽관을 하고 있었고, 어쩌면 살아나지 못 할 수도 있었다.

손목시계를 보니, 아직 수술까지 10분 정도의 시간이 남아 있었다.

그 남자를 만나봐야 했다.

39

종합병원의 외과 중환자실은 침상이 스무 개였고, 평소에는 반 정도만 차 있는 게 일반적이었다. 1인실도 몇 개 있긴 했지만, 옆으로 밀어젖히는 커튼으로 공간만 분리해 놓은 1인용 침상이 대부분이었다. 중환자실에 들어가니, 모니터에서 나는 비프음, 산소호흡기의 쉭쉭 소리 말고는 사방이 조용했다.

내가 입구에서 서성거리자, 수술복 차림에 초록색 캡을 쓰고 눈썹에는 마스카라를 덕지덕지 바른, 스물 몇 살쯤 돼 보이는 간호사가 재빨리 내게 다가왔다. 얼굴이 낯익었지만, 평소처럼 이름이 얼른 기억나지 않았다. 목에 건 아이디카드를 흘끗 보니, 다행히 앞면이 밖을 향하고 있었다. 메건.

"안녕하세요, 노라 선생님!" 메건이 명랑한 목소리로 인사를 건넸다. "어느 환자 보러 오셨어요?"

평소 환자를 보러 중환자실에 올 때가 많았지만, 하필 내 담당 환자가 아무도 없는 날이었다. 핑계 댈 거리가 없었지만, 그렇다고 메건에게 사실대로 말할 수도 없는 노릇이었다.

'윌리엄 베넷 주니어란 환자가 내가 아는 사람인지 얼굴 좀 보려고요.'

그런 말로는 안 통할 것 같았다. 다행스럽게도 여기로 올라오면서 그럴싸한 핑계거리를 하나 생각해내긴 했다. 그 정도면 간호사도 딱히 의심할 것 같지 않았다.

"필립 선생님에게 여기 환자 좀 대신 봐달라는 부탁을 받았어요." 간호사도 내가 필립과 함께 클리닉을 하고 있다는 것과 가끔 서로 회진을 대신 봐주기도 한다는 걸 알고 있었다. "그런데 정작 환자가 누군지는 말을 안 해줬지 뭐예요."

그러면서 나는 잘 알지 않냐는 표정을 지어 보였다. "자기 환자를 봐달라고 부탁해놓고 미리 확인 서명도 안 해놓다니, 필립 선생님답죠?" 그녀는 무슨 말인지 안다는 듯 웃었다. 그 간호사는 필립 선배를 많이 겪어본 사람인 게 분명했다.

"아무튼 미안한데, 컴퓨터로 환자 현황 좀 체크해서 누가 필립 선생님 환자인지 알려줄 수 있어요?" 내가 물었다.

메건은 기꺼이 도와주겠다는 듯 고개를 끄덕였다. 아무래도 어린 간호사이다 보니, 내가 쉽게 컴퓨터에 접속해서 직접 환자 정보를 찾을 수도 있다는 사실을 굳이 따지지 않고 부탁을 들어주는 듯했다.

메건이 자기 자리로 돌아가 앉는 동안, 나는 침상 발치에 걸린 숫자를 슬쩍 훔쳐보았다. 9, 10, 11….

12.

내가 선 자리에서도 침상의 번호가 보였다. 뒤돌아보니, 메건은 아직 컴퓨터 앞에 앉아 있었다. 그녀는 내게 주의를 기울이지도 않았고, 만약 그랬더라도 어차피 그게 의심을 살 만한 행동은 아니었기에 상관없었다. 간호사실 앞에 서 있던 나는 천천히 12번 침상 쪽으로 걸음을 옮겼다.

12번 침상에 누워 있는 남자는 상태가 매우 안 좋아 보였다. 양쪽 눈 주위에 멍이 들어 있었고, 스스로는 호흡이 불가능한지 입에는 기관 내에 삽입하는 기도 카테터가 테이프로 고정돼 있었다. 왼쪽 발목은 흰색 깁스로, 오른팔은 팔걸이 붕대로 고정돼 있었다. 눈을 살짝 뜨고 있었지만, 상당량의 진정제를 투여한 듯 의식이 있어 보이지는 않았다. 나는 기름기 많은 검은 머리카락과 턱 밑에 까칠하게 자란 수염을 내려다봤다.

어딘가 낯익은 얼굴이었다. 분명 본 적이 있는데.

하지만 어디서 봤었는지는 전혀 기억이 나질 않았다.

"노라 선생님?"

나는 마치 다른 곳을 보고 있었던 것처럼 얼른 고개를 돌리며 12번 침상에서 한 걸음 떨어졌다. 메건이 호기심 어린 표정으로 내 뒤에 서 있었다.

"아, 전 또… 이분이 필립 선생님 환자인가 해서요. 낯이 익네요." 내가 얼른 둘러댔다.

메건은 이상하다는 듯 나를 쳐다봤다. "컴퓨터를 확인해 봤는데, 이 병실엔 필립 선생님 환자가 없던데요."

나는 침을 삼켰다. "없다고요?"

메건은 고개를 저으며 말했다. "없어요. 지난 몇 주 동안 하나도 없던 걸로 돼 있었어요."

"맨날 이런 식이라니까." 나는 짜증난다는 듯 한숨을 푹 내쉬며 시계를 쳐다봤다. 수술 시간이 지나 있었다. "차라리 잘됐네요. 안 그래도 5분 전에 수술실에 가 있어야 했거든요."

나는 메건을 보고 미소 지었지만, 그녀는 같이 웃어주지 않았다. 하지만 그녀가 무슨 생각을 하건 상관없었다. 지금은 그런 걸 신경 쓸 여유가 없었다. 12번 침상에 누워있는 남자는 이틀 연속으로 나를 쫓아왔지만, 왜 그랬는지 나는 전혀 짐작조차 할 수 없었다.

그 남자는 숨만 겨우 붙어 있었기에 이제 더는 나를 위협할 수 없었다.

하지만 그 남자 혼자 한 짓이 아니라면, 얘기가 달라진다.

40

썩은 살의 악취가 차 안 곳곳에 들러붙어 있었다. 종합병원에서 클리닉까지 가는 동안 창문을 모두 내린 채로 운전했지만, 워낙 냄새가 강해서 그래 봐야 소용없었다. 운전하는 내내 욕지기가 나는 걸 겨우 참았다. 차에서 부리토를 먹는다는 건 꿈도 꿀 수 없었다.

외과 중환자실을 나온 후로, 나는 이후 일정을 소화하느라 오전 내내 정신없이 바쁘게 움직여야 했다. 10분 늦게 수술실에 도착한 데다 수술도 생각보다 오래 걸렸다. 정해진 스케줄을 처리하기도 바쁜데, 평소처럼 일에 집중하기도 힘들었다.

누군가 내 뒤를 따라왔고, 집 지하실에 피를 흘려 놓았고, 차 트렁크에는 잘린 손도 갖다 놓았다.

그렇지만 그 사람이 왜 그러는지 전혀 이유를 알지 못했다.

주차장에 차를 대면서 창문을 열어 둘까 하는 생각도 했지만, 지난번 타이어가 심하게 훼손됐던 일이 문득 떠올랐다. 창문을 열어두면 내 차를 건드리기가 더 쉬워질 테니 창문은 닫아두는 편이 낫겠다 싶었다. 오늘 밤 집에 가면 차고에서나 환기를 시켜야겠군.

위층으로 올라가 대기실로 들어섰다. 그런데 미처 안내 데스크에 닿기도 전에 대기실에 앉아 있던 한 여자가 얼른 뛰어와 내게 말을 걸었다. 낯익은 얼굴이었지만, 알아보기까지 몇 초의 시간이 걸렸다.

"켈로그 부인, 잘 지내셨어요?" 내가 말했다.

부인은 나를 보며 웃고 있었다. 왼쪽 눈 아래 멍은 그래도 지난번 봤을 때보다는 많이 흐릿해져 있었다. 그녀는 어깨를 짓누르던 무거운 짐을 덜어낸 것 같은 얼굴이었다.

"전 잘 지내요, 노라 선생님. 실은 드릴 말씀이 있어서 찾아왔어요…. 그러니까, 남편이 세상을 떠났어요."

지금 같은 상황에서 듣고 싶은 소식은 아니었기에 갑자기 입이 바짝 마르는 것 같았다. "돌아가셨다고요?"

"이번 주 초에 그렇게 됐어요." 그녀는 점잖은 목소리로 말을 이어갔다. "잠자다가 편안하게 떠났어요. 심장 마비로요."

그 말을 들으니 어깨에서 힘이 쭉 빠졌다. 살해당하거나 손이 잘린 게 아니라 잠을 자다가 조용히 심장 마비를 일으켰다는 말이었다. 그보다 더 편하게 죽을 순 없었다. "뭐라고 위로의 말씀을 드려야 할지 모르겠네요."

"위로해 주셔서 감사합니다." 그녀는 한숨을 쉬고는 말했다. "아무튼 그동안 저희 남편을 잘 치료해 주셔서 감사하다는 말씀을 꼭 드리고 싶었어요. 그때 받은 수술이랑 심장 마비는 어차피 전혀 상관도 없는 일이잖아요? 뭐, 어쩔 수 없는 일이었다고 생각하고 있어요."

"그렇죠." 나는 중얼거렸다. 내가 한 치료와 전혀 상관이 없다고는 해도, 어쨌든 환자가 죽었다는 소식을 듣는 건 기분 좋은 일이 아니었다. 게다가 지금 내 주위에서 일어나고 있는 괴상한 일들만 해도 이미 충분히 괴로운 상태였다.

켈로그 부인은 내게 악수를 청한 뒤, 손을 놓기 전 나를 살며시 끌어안았다. 설사 남편이 죽어 다행이라고 생각한대도 그녀를 욕할 수는 없다고 생각했다.

안내 데스크로 다가가니, 하퍼가 한참 누군가와 통화를 하고 있었다. 고개를 들다 나를 보자마자, 그녀의 얼굴에 걱정스럽다는 표정이 어렸다. 하퍼는 전화를 끊고 자리에서 일어섰다.

"노라 선생님, 괜찮으신 거예요?"

나는 억지로 미소를 지었다. "응, 이제 괜찮아요. 그냥 하루 앓아누웠던 것뿐이니까 걱정하지 말아요."

하퍼는 누르스름한 국물에 가느다란 국수가 든 플라스틱 용기를 꺼내 내게 내밀었다. "치킨 누들 수프를 좀 만들어 왔어요."

"고맙긴 한데, 나 진짜 괜찮다니까." 부탁하고 싶은 게 있었지만, 말해도 될지 확신이 서지 않아 나는 조금 망설였다. "있잖아요, 하퍼. 혹시 환자 명단 좀 찾아봐 줄 수 있어요?"

"그럼요."

"환자 특성에 따라 분류도 가능하고?"

하퍼는 마우스를 잡고 클릭했다. "이름, 의료 기록 번호…. 말만 하세요."

"나이를 기준으로 해서도 찾을 수 있어요?"

그녀는 입술을 오므렸다. "나이요?"

"예를 들면…." 갑자기 손에서 땀이 나 수술복 바지에 손바닥을 문질러 닦았다. "서른 살 이하 여성 환자, 뭐 그런 식으로도 찾을 수 있을까?"

"네, 그럴걸요. 그런데 왜요?" 하퍼는 호기심 어린 표정으로 나를 쳐다봤다.

서른 살 아래 여성 환자 두 명이 지난 2주간 살해됐다. 나는 왠지 그게 끝이 아닐 것만 같았다.

내 환자 대부분은 나이가 많았기 때문에 젊은 여성 환자를 추려도 그리 많지는 않을 거였다. 내가 만약 그 사람들에게 전화를 걸어 경고해 준다면…. 하, 모르겠다. 당신의 목숨이 위험할 수 있으니 조심하라고 말하면 다들 나를 미친 사람 취급할 것 같았다. 그런 행동을 했다가 의사 면허를 박탈당할 수도 있을 것 같았다. 바버 형사에게 명단을 줄 수도 있을 테지만, 그러면 사생활 침해가 된다. 결국 명단을 가지고 할 수 있는 일은 거의 없어 보였다.

"아니에요, 됐어요." 나는 중얼거렸다.

"진짜 괜찮은 거 맞으시죠, 노라 선생님?"

"괜찮대도. 컨디션 아주 좋아요."

나는 하퍼를 서운하게 만들고 싶지 않아 그녀가 내민 플라스틱 통을 마지못해 받아 들었다. 그리고는 내 사무실로 들어가 곧바로 냉장고에 넣어 놓았다. 진료실로 가기도 전에 쉴라가 복도에서 나를 붙잡더니 심각한 표정을 지으며 말했다. "노라, 괜찮은 거예요?"

"아휴, 정말." 내가 끙 소리를 내며 말했다. "그냥 배탈이 좀 난 거예요. 괜찮아요."

쉴라는 내 눈을 똑바로 바라봤다. "필립 선생님이 그러던데, 뭔가 법적인 문제가 생겼다면서요?"

나는 오른손을 꽉 움켜쥐었다. "선배가 그런 말을 했어요?"

그녀는 고개를 끄덕였다. "노라 선생님이 걱정돼서 그냥 한 말이었어요."

"왜 쓸데없는 소릴 했는지 모르겠네요." 얼굴이 붉어지는 게 느껴졌다. "아무튼, 사실이 아니에요."

그녀의 눈썹이 위로 올라갔다.

"그런 거 아니래도요." 누군가 우리 집 지하실 바닥에 남아 있는 핏자국을 발견하지만 않는다면 나는 법적으로 문제 될 게 전혀 없었다. 하지만 발견한다면 그때는 좀 곤란한 상황에 빠질 수도 있었다. "제 말 믿으세요. 다 괜찮아요. 그냥 이번 주에 힘든 일이 좀 있었던 것뿐이에요."

"알겠어요. 그런데 미리 말해둬야 할 게 하나 있어요. 하퍼가 써니랑 헤어진 후로 필립 선생님이랑 사이가 꽤 가까워진 것 같더라고요."

나는 움찔하고 놀랐다. "일이 아주 잘 돌아가네요."

"필립 선생님한테 그 얘기를 한 적이 있는데, 시치미를 뚝 떼면서 아니라고 하더라고요. 하지만 누가 그 말을 믿겠어요? 선생님이 작업 건 게 확실해요."

하지만 지금은 그런 일까지 신경 쓸 겨를이 없었다. 만약 필립이 스물다섯 밖에 안 된 직원에게 치근덕대는 징그러운 아저씨가 되길 바란다면, 나로서는 그저 손 놓고 지켜보는 수밖에 별다른 방법이 없었다.

41

하퍼가 어제 예약했던 환자들의 진료 날짜를 최대한 다음 주로 미루려고 애를 썼다지만, 미처 더 미루지 못해 오늘 온 환자들도 많았다. 마지막 환자가 진료실을 나갔을 때는 시간이 벌써 7시가 다 되어 있었다.

그러면 내가 너무 미안해진다고 아무리 말려도, 하퍼는 끝까지 남아 일을 돕겠다고 고집을 부렸다. 나는 마지막 환자를 보내자마자, 하퍼부터 빨리 퇴근시켜야겠다고 생각하며 사무실 밖으로 나갔다. 곧 중요한 시험이 있어 주말에도 공부해야 한다는 말을 들었던 걸로 기억하는데, 괜히 나 때문에 시험을 망치기라도 하면 정말 견딜 수 없을 것 같았다.

안내 데스크로 나가 보니, 하퍼는 가방을 챙기고 있었다. 그녀는 나를 보더니 싱긋 웃으며 말했다. “이만 퇴근할까 하고요. 혹시 뭐

더 도와드릴 일 있어요?"

"아이고, 없으니까 제발 집에 가요."

"네, 그럴게요."

나는 잠깐 동안 하퍼의 얼굴을 가만히 바라봤다. '정말 예쁘다'는 생각 없이 그저 쳐다보기만 한 건 이번이 처음인 것 같았다. 짙은 색의 긴 머리카락, 나를 올려다보는 맑고 새파란 눈동자.

셸비 길리스, 앰버 스완슨과 똑같았다.

그리고 맨디 요한슨하고도.

나는 꿀꺽 침을 삼키고는 손목시계를 들여다봤다. "밖이 꽤 어둡던데. 차까지 같이 가달라고 경비실에 전화라도 해줄까요?"

"아뇨, 괜찮아요."

"정말로, 혼자 다니는 건 진짜 위험해요."

하퍼는 엄지손톱을 물어뜯었다. "실은, 혼자 가는 거 아니에요."

"그럼?"

"필립 선생님이 기다려 주신댔어요."

가슴이 철렁 내려앉았다.

마침 때맞춰 필립 선배가 뒤쪽에서 걸어 나왔다. 수술복 대신 깔끔한 와이셔츠와 바지로 갈아입은 필립 선배는 빌어먹게도 멋있었다. 하퍼도 이미 선배에게 조금은 넘어간 듯 그쪽을 힐끔 보더니 좋아죽겠다는 표정을 짓고 있었다.

못 봐주겠네, 정말.

"하퍼랑 같이 한잔하러 가려던 참이야." 필립이 나를 보며 싱긋 웃었다. "노라도 속이 좀 괜찮아졌으면 우리랑 같이 나갈래?"

생각 같아선 따라 나가서 선배가 허튼수작을 부리지는 않는지 감시라도 하고 싶었지만, 지금은 밀린 일이 너무 많았다. 거기다 한 시간 내로 집에 가 방범 업체 기사도 만나기로 되어 있었다. 나는 어쩔 수 없이 고개를 저었다.

"재밌게 놀아요." 나는 웅얼거렸다.

필립 선배가 내게 윙크하며 말했다. "그래야지."

내가 하퍼는 건드리지 말라고 그렇게 여러 번 말했는데도 하퍼랑 데이트를 하려는 선배를 보니 속에서 화가 치밀어 올랐지만, 한편으로는 잘 됐다 싶기도 했다. 가끔 철없이 굴긴 했지만, 적어도 하퍼에게 무슨 일이 생긴다면 옆에서 가만히 보고 있진 않을 테니. 선배가 옆에 있으면 하퍼 혼자 길거리를 돌아다닐 일도 없을 것 같았다. 분명 집 앞까지 잘 바래다주겠지?

나는 내가 제일 싫어하는, 서류 작업을 하기 위해 사무실로 돌아갔다. 잔뜩 쌓인 파일들이 책상 위에서 나를 기다리고 있었다. 50년 전만 해도 외과 의사들은 이런 짜증나는 일은 안 했겠지? 곧장 배를 가르고 아픈 곳을 치료한 뒤, '맹장 제거했음' 같은 짧은 메모를 끄적이면 그걸로 끝이었을 것이다. 하지만 지금은 모든 걸 다 문서로 남겨야 했다. 그 자체로 엄청난 일거리였다.

하나씩 문서 작업을 해나가면서도 어느새 머릿속으로는 딴생각을 하고 있었다. 아무도 없는 집에 어떻게 돌아가나, 하는 그 걱정이 제일 앞섰다. 아무리 좋은 보안 시스템을 설치한대도 마찬가지일 것만 같았다. 이런 적이 없었는데, 생전 처음으로 혼자 있기 싫다고 생각했다.

어쩌면 단순히 무서워서 그런 것만은 아닌 것 같았다.

나는 휴대폰을 꺼내 브래디의 전화번호를 찾았다. 브래디에게 내 번호를 알려 주고 싶지 않아 그동안 한 번도 전화를 건 적은 없었다. 일이 복잡해지는 게 싫기 때문이었다. 하긴 내가 비밀을 털어놓은 후로는 브래디도 무척 조심스럽게 행동하고 있긴 했다. 어쩌면 짧은 문자 메시지 정도는 괜찮지 않을까? 답장이 안 올 것 같긴 했지만, 또 모르는 거니까.

나는 문자 채팅 창을 열었다. [안녕?]

아주 잠깐 망설이다가 그냥 전송 버튼을 눌렀다.

나 왜 이러고 있지? 이미 나랑 엮이고 싶지 않다고 말한 남자에게, 그것도 금요일 저녁에, 왜 이런 걸 보내 귀찮게 구는 거지? 힘들 때마다 왜 나는 본능적으로 브래디를 찾게 되는 걸까?

답이 없었지만, 그다지 서운한 마음이 들지도 않았다. 그걸로 그만이었다.

그런데 그때 문자가 화면 위에 떠올랐다. [노라?]

아, 그렇지! 브래디는 내 번호를 몰랐기 때문에 누가 보낸 문자인지도 몰랐던 거다. 하지만 그 문자의 발신자가 나라는 걸 금세 알아차렸다.

[응, 나야.]

브래디가 다시 답장할지 반신반의하고 있는데, 상대가 글을 쓰는 중임을 알리는 점 세 개가 화면 위에 한참 동안 나타나더니 이런 답장이 왔다. [별일 없는 거지?]

[그럼.] 물론 그건 사실이 아니었다. 별일이 한둘이 아니었다.

일단은 내 생각을 좀 솔직하게 털어놓을 필요가 있다고 느꼈다.
[우리 아버지는 괴물이야. 하지만 난 아버지와는 달라. 그냥 그 말을 하고 싶었어. 네가 날 그렇게 생각하지 않았으면 좋겠어.]

어제 아버지 눈을 보았을 때, 비록 내 눈과 색은 똑같지만 우리는 서로 다르다는 걸 절실히 느꼈었다. 그는 눈 하나 깜빡하지 않고 사람을 죽이는 냉혈한이었다. 그렇게 오랜 세월 감옥에 갇혀 지냈어도 전혀 변한 구석이 없었다. 그가 내게 뭐라고 하든, 나는 그런 사람이 아니었다.

브래디가 다시 답장을 보낼 때까지 나는 한참을 기다렸다. 그가 무슨 말을 할지 몰라 숨조차 제대로 쉬기가 힘들었다. 마침내 답장이 화면 위에 나타났다.

[나도 알아.]

손목시계를 보았다. 방범 업체 기사를 만나기 위해 이제 슬슬 집으로 출발해야 할 시간이었다. 브래디와 채팅이나 하고 있을 시간이 없었다. 쌓인 문서 작업도 마쳤어야 했는데. 아무래도 문서 작업은 이따 집 부엌에서 냉동식품이라도 먹으며 마무리해야 할 것 같았다.

나는 여덟 시가 조금 넘어 집에 도착했다. 설치 기사가 먼저 도착해 기다리고 있을 줄 알았는데, 집 앞 도로에는 차가 한 대도 보이지 않았다.

방범 시스템이 설치되기 전까지는 집 안으로 들어가고 싶지 않았기 때문에 나는 차 안에서 기다렸다. 안 그러면 집 안에서 또 무엇을 발견하게 될지 모를 일이었다.

15분이 더 지났는데도 오기로 한 사람은 전혀 나타날 기미가 보이지 않았다. 오늘 낮에 확인 메일도 받았던 터라, 혹시 내가 시간을 착각했나 싶어 메일을 다시 열어보았다. 그런데 방범 업체에서 또 다른 메일을 보냈다는 걸 그제야 뒤늦게 알게 되었다.

'오늘은 설치가 어려우시다니 유감입니다. 고객님의 요청대로 설치 일정은 월요일 오전 8시로 변경해 드렸음을 알려드립니다.'

머리가 빙빙 도는 것 같아 이메일만 멍하니 들여다보았다. 이게 대체 무슨 소리지? 나는 일정을 바꿔 달라고 요청한 적이 없었다. 오늘 중으로 꼭 설치해달라고 그렇게 간곡히 부탁했었는데, 갑자기 왜 일정을 연기하겠는가?

업체 번호로 전화해 보았지만, 영업시간이 지난 뒤라 당연히 아무도 전화를 받지 않았다. 끝내주는군.

나는 불 꺼진 우리 집 창문만 한참 동안 바라보았다. 혼자서는 저 집에 들어가고 싶지 않았다.

다시 문자 창을 열었다. 그리고 브래디에게 메시지를 보냈다.

[혹시 지금 너희 집에 가도 될까?]

거의 바로 답장이 왔다.

[물론이야.]

42

차를 운전해 브래디의 집으로 가고는 있었지만, 나도 내가 정확히 뭘 기대하는지 알 수 없었다. 내가 아는 건, 그저 지금 혼자 있고 싶지 않다는 것뿐이었다. 여자들을 죽인 범인이 누군지는 몰라도 그자가 우리 집에 들어올 수 있다고 생각하니 더더욱 혼자 있고 싶지 않았다. 브래디라면 오늘 밤 내가 자기 집에서 자도록 허락해 줄 것 같았다. 그리고 주말 동안에는 호텔에서 지내야지.

난 그저 함께 있어 줄 아무나가 필요한 게 아니었다. 지금 내게 필요한 사람은 바로 브래디였다. 좁고 갑갑한 그의 집은 별로였지만, 그의 침대로 기어 들어가 브래디 품에 안겨 밤을 보낸다고 생각하면 따뜻하고 기분 좋은 느낌이 가슴 가득 차올랐다. 올드 패션을 마실 때보다도 더 기분이 좋았다.

어쩌면 내가 이 남자를 정말로 좋아하는 걸 수도 있다. 물론 그렇다고 뭘 어떻게 할 수 있는 건 아니었다. 하지만 이 순간을 조금 즐길 수는 있지 않을까?

나는 당장이라도 무너질 것 같은 낡은 주택 앞에 차를 댔다. 평소처럼 집주인인 첼름스퍼드 부인이 긴 흰색 나이트가운을 입고 집 앞 현관에 나와 있었다. 그런데 이번에는 부인 혼자가 아니었다. 마트에서 봤던, 부인의 조카가 함께 있었다. 무슨 일 때문인지는 몰라도 첼름스퍼드 부인은 울고 있었다. 어찌나 흥분했는지 멀리서도 다 보일 정도로 입에서 침을 튀겨 가며 자기 조카를 향해 울부짖듯 무슨 말인가를 외치고 있었다.

그런 일에는 조금도 관여하고 싶지 않았기에 나는 집 뒤쪽으로 슬그머니 돌아가려고 했다. 그런데 나를 본 조카가 재빨리 계단을 내려오더니 내 앞으로 걸어왔다. 나는 지금이라도 차를 타고 다른 곳에 갔다가 나중에 다시 올까 생각하며, 한 걸음 물러섰다. 하지만 그러기엔 이미 늦었다.

"안녕하세요." 부인의 조카가 어색하게 웃으며 인사를 건넸다. "이 난리를 피워 정말 죄송해요. 브래디의 친구분 맞으시죠?"

"맞아요." 나는 짧게 대답했다.

"봤죠, 고모!" 조카는 자기 고모를 향해 큰 소리로 외쳤다. "이 분은 브래디의 친군데, 봐요, 아무렇지도 않잖아요! 브래디는 누굴 해코지할 사람이 아니라고 제가 몇 번이나 말했어요!"

하지만 첼름스퍼드 부인은 전혀 듣고 있지 않았다. 그녀는 뼈만 남은 손으로 주먹을 꽉 쥔 채 현관에 서 있었다. "난 분명 들었어!"

나는 숨을 훅 들이마셨다. "뭐라고요?"

조카는 코웃음을 치고는 말했다. "정말 죄송해요. 저희 고모가 브래디에 관해 말도 안 되는 소리를 자꾸 하시지 뭐예요. 누군가 위층에서 비명을 지르는 소리를 들었다는 거예요. 아무래도 밤마다 환청을 들으시는 것 같아요. 나이가 들면 그런다잖아요."

나는 이를 악물었다. "혼자 사시는 건 좀 위험하지 않을까요?"

"아무래도 그런 것 같아요." 그녀는 고개를 저으며 말했다. "이런 적이 처음이라서요. 지난번 세입자한테는 전혀 이러지 않았었는데, 아무래도 치매기가 심해지고 있나 봐요."

"밤새 비명 소리가 들린다고!" 첼름스퍼드 부인은 흰 머리를 산발한 채, 현관에서 꽥 소리를 질렀다. "분명 누군가를 괴롭히고 있다니까. 어떤 불쌍한 여자를!"

왜인지는 모르지만, 갑자기 무릎이 휘청하며 다리에 힘이 풀렸다. 지금 첼름스퍼드 부인은 정신적으로 분명 문제가 있어 보였다. 전에도 치매가 온 환자를 본 적이 있는데, 터무니없는 상상을 하는 케이스가 많았다. 그녀가 하는 말은 믿을 게 못 됐다. 그리고 조카 역시 자기 고모의 말을 믿는 것 같지 않았다.

"브래디의 딸 목소리를 들으신 게 아닌가 싶네요." 내가 말했다.

조카는 머리를 갸우뚱하며 물었다. "네?"

"그러니까, 브래디 딸이 가끔 오는데, 아무래도 애들은 조용히 있질 않잖아요. 그래서 고모님께서 누가 비명을 지르는 걸로 착각하셨나 봐요."

그녀는 나를 이상하다는 표정으로 보았다. "브래디한테는 딸이 없는걸요."

브래디한테… 뭐라고?

"아무튼 소동 피운 건 정말 죄송해요. 고모님은 모시고 들어가서 좀 진정될 때까지 같이 있을 테니, 걱정하지 마세요. 제가 옆에서 잘 지켜볼게요."

첼름스퍼드 부인의 조카는 계단을 올라 현관으로 가더니 그만 집 안으로 들어가자며 부인을 열심히 설득했다. 그 모습을 지켜보는데, 왠지 가슴이 서늘해지는 기분이었다. '브래디한테는 딸이 없는걸요.'

문득 몇 가지 기억이 떠올랐다.

공교롭게도 살인 사건이 일어나기 시작하던 그 무렵에 브래디도 내 눈앞에 모습을 드러냈었다. 대학에서 컴퓨터를 전공했을 뿐 아니라 경력도 풍부한 사람이 실리콘 밸리에서 일자리를 구하지 못해 바텐더로 일한다는 말도 어딘가 이상했었다.

대학 시절 우리가 사귀는 동안 브래디는 호러 영화에 푹 빠져 있었다. 영화 속에서 여자들이 맞아 죽을 때마다 넋을 잃고 보던 브래디의 표정을 나는 지금도 생생히 기억하고 있었다. 나만큼이나 브래디 역시 그런 걸 좋아했다. 심지어 벽장 속에 애런 니어링의 가면까지 가지고 있던 사람이 아니던가.

내가 바를 나간 뒤, 파란 자동차로 나를 쫓아왔던 그 남자는 브래디와 아는 사이인 게 틀림없었다. 내 뒤를 따라가 사는 곳을 알아내라는 브래디의 말을 듣고 나를 쫓아왔을 것이다.

그리고 셸비의 집에서 나왔다던, 내 지문이 찍힌 컵. 그동안 여러 번 내게 술을 만들어 줬던 그로서는 내 지문이 찍힌 컵을 구하기란 얼마나 쉬운 일이었을까?

또한 누가 어떻게 내 차 트렁크를 열고 잘린 손을 넣고 갔을까, 아무리 머리를 쥐어짜도 알 수가 없었는데, 이제는 그 미스터리도 저절로 풀린 것 같았다. 나는 차 수리를 대신 해달라며 브래디에게 차 열쇠를 건네주었었다. 차 열쇠를 복사해두었다가 차 문을 열기란 얼마나 쉬운 일이었을까?

그리고 처음 이 집에 왔을 때 잠겨 있던…. '딸'의 방. 그것도 전부 꾸며낸 말이었을까? 사실 그 방은 자신의 지하 감옥이었으면서, 내게는 딸을 둔 좋은 남자인 것처럼 보이려고 그랬던 걸까? 차에 카시트가 없는 이유에 대해서도 굉장히 그럴싸한 변명을 댔었는데, 지금 그의 차 안을 들여다보니 카시트는 여전히 설치돼 있지 않았다.

'브래디한테는 딸이 없는걸요.'

세상에, 이런. 브래디가 나를 가지고 놀았구나. 그런데도 지금 나는 제 발로 그에게 가고 있었다. 그가 원했던 바로 그곳으로.

여기서 달아나야 했다.

"노라?"

브래디의 목소리에 심장이 쿵쾅거리기 시작했다. 집주인 할머니는 브래디를 보자마자 겁먹은 표정을 짓더니 허둥지둥 집 안으로 들어갔고, 할머니의 조카도 곧바로 따라 들어가며 쾅 하고 문을 닫았다. 브래디는 양말도 신지 않은 채 운동화를 신고, 티셔츠 위에 재킷을 대충 걸치고는 집 옆을 돌아 내게로 걸어오고 있었다.

아무도 없는 거리에 나는 완전히 혼자였다.

"안녕." 나는 한 걸음 물러서며 말했다. "거기 있었네."

그의 눈썹이 위로 올라갔다. "무슨 일 있었던 거야? 초인종을 누를 줄 알았는데, 기다려도 오질 않길래 내려와 봤어."

"그렇구나." 나는 또 한 걸음 물러서다 자동차 보닛에 다리를 부딪쳤다. "실은 그냥 가봐야 할 것 같아."

브래디는 실망한 표정을 지으며 내게 더 가까이 다가왔다. "그냥 가겠다고?"

"응. 그냥… 집에 갈게."

"그래? 그거 정말 실망인데." 그는 고개를 갸웃하며 말했다. "너 진짜 괜찮은 거야? 너 지금 되게 이상해."

"나… 난 괜찮아." 나는 말까지 더듬었다.

브래디가 나를 향해 한 발짝씩 다가올 때마다 내 심장은 더 미친 듯이 뛰어댔다. "잠깐이라도 올라갔다 가지 그래? 물이라도 한 잔 마시고 가."

이제 그는 아주 가까이 와 있었다. 내가 아무리 빨리 차 옆을 돌아 운전석에 탄다 해도 브래디에게 쉽게 잡힐 것 같았다. 혹시라도 그렇게 되면 참견하기 좋아하는 집주인 할머니나 이웃이 경찰에 전화라도 해주길 바라는 수밖에 없었지만, 정말 그렇게 해줄지는 모르는 일이었다. 하지만 확실한 건, 만약 그가 날 건드리기라도 하면 있는 힘껏 소리를 지를 거라는 거였다. 싸워보지도 않고 끌려가지는 않을 생각이었다.

"노라." 그의 손이 내 어깨를 건드렸다. "여기까지 왔는데, 잠깐이라도 들어왔다 가."

'분명 누군가를 괴롭히고 있다니까. 어떤 불쌍한 여자를.'

나는 속으로 셋을 셌다. 그리고 있는 힘을 다해 그를 확 떠밀었다. 그의 갈색 눈이 커짐과 동시에 뒤로 비틀거렸다. "노라, 도대체 왜 이래?"

"나한테서 떨어져! 안 그럼 경찰을 부를 거야!" 나는 소리쳤다.

"경찰? 지금 무슨 소릴 하는 거야? 우리 집에 오겠다고 한 사람은 너잖아!"

나는 스마트 키의 버튼을 눌러 차 문을 열었다. 다시 몸의 중심을 잡은 브래디는 이제 차를 돌아 운전석 쪽으로 걸어오고 있었다. 낭심을 걷어찼어야 했는데. 아직 늦지는 않았다.

"노라!" 브래디가 소리쳤다. "맙소사, 노라! 너 도대체 왜 이러는 거야?"

나는 차 문을 홱 열었다. 브래디가 내 팔을 잡으려 했지만, 나는 거칠게 그의 팔을 떼어냈다. 차 문을 쾅 소리 나게 닫고 문을 잠갔다. 차 문이 잠긴 후에야 나는 다시 숨을 쉴 수 있었다.

"노라!" 브래디가 주먹으로 차창을 내리쳤다. "얘기 좀 해!"

내가 시동을 켜자, 비로소 브래디는 내가 진심인 걸 깨달은 듯 차에서 물러섰다. 나는 먼지 속에 브래디를 남겨놓은 채 그곳을 떠났다.

43

브래디였다니. 꽤 오랜 시간이 흐른 뒤 갑자기 내 앞에 나타난 사람. 여자들을 죽이고, 모든 책임을 나에게 뒤집어씌우려고 한 그 사람이 바로 브래디였다. 어떻게 알아냈는지는 몰라도 그는 내가 누군지 직접 알아낸 다음, 내 아버지와 연락을 주고받은 게 틀림없었다.

아버지는 항상 제자를 원했는데, 내가 그 소원을 들어주지 않는 걸 늘 서운해 했었다. 아버지는 마침내 그 소원을 이뤄줄 누군가를 찾아낸 듯했다.

차를 몰고 다시 집으로 돌아가는 동안, 앞으로 어떻게 해야 할지 생각했다. 일단은 바버 형사에게 전화부터 해야 했다. 그리고 내가 아는 모든 걸 말해야 한다. 차에서 시신의 일부를 발견했다는 말은 하지 말아야겠지? 하지만 그 사실을 생략하면 신빙성은 확연히 떨어질 것 같았다. 그가 내 말을 믿긴 할까? 그는 브래디를 찾아가 물어볼 테고, 그럼 브래디는 당연히 아무 죄가 없는 척 연기를 하겠지? 그동안 브래디가 나를 대했던 모습을 돌이켜보면, 그는 거짓말에 아주 능한 사람이었다.

아, 이런. 앞으로 난 어떡해야 하지? 나는 운전하는 내내 계속 백미러를 보며 브래디가 따라오고 있는 건 아닌지 확인했다. 물론 브래디는 내가 어디 사는지 이미 알고 있었기에 나를 따라올 필요도 없었다. 내가 주소를 알려주기 전부터 그는 내가 어디 사는지 알고 있었을 것이다. 그가 내 차의 타이어를 난도질하고 집까지 나를 태워줬던 그날, 내 주소를 모르는 척 연기했던 모습을 떠올렸다. 내가 누군가의 도움이 필요할 때 그때마다 정확히 나타나다니, 그런 줄도 모르고 얼마나 고마워했던지.

와, 그러고 보니 정말 치밀하게도 계획을 짰구나 싶어 하마터면 감동할 뻔했다. 그런 줄도 모르고 브래디에게 감쪽같이 속아 넘어갔었구나.

심지어 브래디는 자신이 나를 좋아해 옆에서 챙겨주는 거라고 생각하게 만들었다.

아무튼, 집에 있을 수는 없었다. 방범 시스템이 설치되기 전까지는 무방비 상태나 다름없었다. 집에 잠깐 들러 몇 가지만 챙긴 다음, 호텔에 가서 주말을 보내야겠다고 생각했다. 그리고 조금 안정이 되면 곧바로 형사에게 전화를 걸어 지금 상황을 그가 납득하도록 어떻게든 잘 설명해 볼 생각이었다. 이제는 바버 형사에게 모든 것을 말할 때가 온 것 같았다. 나는 내 결백을 증명하고 여자들을 죽인 진짜 살인마를 잡아 감방에 처넣도록 이 일을 분명하게 마무리 지어야 했다.

어두운 차고로 들어가는 건 영 내키지 않아서 길가에 차를 댔다. 그리고 현관문을 통해 집으로 들어간 다음, 제일 먼저 현관문의 이중 자물쇠부터 돌려 문을 잠갔다. 또한 뒷문 문고리 밑에도 의자 하나를 끼워놓았다. 영 어설프긴 하지만, 그렇게라도 해야 마음이 놓일 것 같았다. 어차피 집에 오래 있지는 않을 거였다. 그리고 조금이라도 이상한 소리가 나면 바로 경찰에 신고할 생각이었다. 혹시라도 그가 침입하려 한다면 오히려 이 상황을 설명하는데 도움이 될 수도 있었다.

배에서 꾸르륵 소리가 요란하게 울렸다. 생각해 보니, 온종일 뭘 제대로 먹은 게 없었다. 배가 몹시 고팠지만, 냉장고에는 먹을 만한 게 거의 없었다. 지금 있는 거라곤 하퍼가 서툰 솜씨로 끓여 작은 용기에 담아준 수프가 전부였다. 플라스틱 용기를 핸드백 속에 넣어뒀었는데, 쏟아지지 않은 건 거의 기적이나 다름없었다. 나는 용기를 전자레인지 안에 넣고 2분간 데웠다. 그런 다음 후루룩 마셨다. 영양가 높은 저녁은 아니었지만, 아무것도 먹지 않은 것보단 훨씬 나았다.

스푼으로 수프를 몇 번 더 떠먹고 있을 때, 휴대폰에 문자 하나가 떴다. 브래디가 보낸 문자였다. [너 왜 그렇게 화가 난 거야? 진짜 별일 없는 거 맞아?]

나는 뒷문 손잡이 밑에 밀어놓은 의자를 힐끗 쳐다봤다. 제발 저게 좀 버텨줘야 할 텐데. 방범 업체 직원이 오늘 왔었다면 좋았을 텐데. 그랬다면 지금쯤 온 집의 창과 문을 다 걸어 잠그고 조금쯤은 안전했을 텐데. 하지만 브래디가 그 설치 약속을 취소한 게 분명했다.

하지만 내가 그 약속을 잡은 걸 브래디가 어떻게 알았는지, 그 부분이 잘 이해가 가지 않았다. 그리고 취소하려면 어디로 전화해야 하는지는 어떻게 알았을까? 그런 약속을 했다는 걸 아는 사람은….

필립 선배.

빈속에 급히 먹어서인지 속이 좋지 않았지만, 나는 또 한 스푼을 급히 삼켰다. 내가 그 약속을 한 걸 아는 사람은 필립 선배뿐이었다. 또한 선배는, 브래디는 접근할 수 없는 정보들, 그러니까 내가 진료한 환자들의 목록을 쉽게 조회할 수도 있었다. 마우스만 몇 번 클릭하면 특정 연령대의 여성 환자들을 모두 찾아낼 수 있었다.

그때 또 다른 생각이 머리를 스쳤다.

사무실에서 사라진 내 머그잔…, 셸비 길리스의 집에서 발견됐다던 게 혹시 그 잔일까? 내게 커피 좀 그만 마시라 핀잔하며, 머그잔을 앗아가던 필립 선배의 모습이 어렴풋이 떠올랐다.

식욕이 완전히 달아나 버려 나는 수프가 담긴 용기를 옆으로 밀어 버렸다. 필립 선배. 그게 가능한 일일까? 몇 년 동안 알고 지낸 사이인데. 그를 존경하기까지 했는데. 선배는 절대로 그럴 리가….

아닌가?

내가 레지던트 과정을 마치자, 그동안 못 본 지 꽤 여러 해가 지났는데도 선배는 내 연락처를 알아내 먼저 연락을 해왔다. 그리고 내 조건은 어떤 것도 다 들어줄 것처럼 굴며, 함께 개업하자고 끈질기게 나를 설득했었다. 선배가 날 기억하고 있다는 것도 잘 믿어지지 않았는데, 그렇게 말하니 기분이 우쭐해졌던 것도 사실이었다. 선배는 나에 관해 좋은 얘길 많이 들었다고 했다. 하지만 그가 내게 그렇게 적극적이었던 건, 어쩌면 그런 이유만이 아니었는지도 모른다.

나는 눈을 꽉 감고, 필립 선배가 하퍼와 사무실을 나갈 때 하퍼를 바라보던 그 눈빛을 떠올렸다. 길고 짙은 머리카락과 파란 눈동자를 가진 하퍼를. 나는 하퍼가 선배와 있는 한 안전할 거라고 생각했었다. 선배가 하퍼를 지켜줄 거라고 믿었다.

아, 안 돼.

갑자기 숨이 턱 막히는 기분이었다. 제발 하퍼한테는 아무 일도 없어야 하는데. 설마 필립 선배가 그녀를 해치기야 할까? 선배가 그런 짓을 할 거라는 걸 믿을 수 없었다. 그냥 그런 생각이 들었다. 그렇게 오래 알고 지냈는데.

나는 휴대폰으로 손을 뻗어 하퍼의 번호로 전화를 걸었다. 곧바로 음성사서함으로 넘어갔다. 이번엔 선배의 번호로 전화를 걸었다.

제발 받아. 전화 받으라고.

또다시 음성사서함으로 넘어갔다. 두 사람 모두 전화를 받지 않았다. 물론 그럴 만한 이유는 수도 없이 많다. 시끄러운 바에 있어서 전화벨 소리를 못 들었을 수도 있고, 아니면 지금 한참 섹스 중일 수도 있다. 차라리 섹스 중이었으면, 하고 나는 진심으로 바랐다.

아니다. 선배가 그런 사람일 리 없다. 그 여자들을 죽인 사람은 브래디일 것이다. 브래디 때문에 마음이 너무나도 혼란스러웠다. 확실하다. 브래디여야 이 모든 게 말이 된다.

나는 휴대폰을 집어 인터넷에서 '브래디 미첼'을 검색했다. 그의 페이스북 계정이 보여 페이스북에 로그인했더니, 이번에는 브래디에게서 친구 요청이 와 있었다. 요청을 수락하자, 그의 사진이 보였다.

아, 이런.

잘못짚었다. 완전히 헛짚었구나. 브래디는 나를 스토킹하는, 외로운 사이코패스가 아닌 게 확실했다. 브래디에게는 분명 딸이 있었다. 지난번 휴대폰으로 보여줬던 사진 속 그 귀여운 여자아이와 함께 찍은 사진이 페이스북에도 아주 많이 있었다. 여자아이, 그리고 부모님과 함께 공원에 가서 찍은 사진도 여러 장 보였다. 십여 명의 아이들과 함께 다섯 번째 생일 파티를 하는 사진도 있었다. 이런 걸 가짜로 만들어낼 수는 없었다. 브래디가 말한 것처럼, 브래디네 집주인 할머니가 정신이 이상한 거였다.

브래디는 진짜였다. 잠겨 있던 그 방은 고문실이 아니라 진짜 딸의 방이었다. 그렇다면 그 말은….

나는 페이스북을 닫고 하퍼에게 다시 전화를 걸었다. 만약 하퍼가 전화를 받는다면 뭐라고 말해야 하지? '지금 데이트하고 있는 그 남자는 사이코패스일 수도 있어. 그러니까 빨리 집에 가는 게 좋겠어.' 갑자기 이런 소리를 들으면 하퍼는 내가 제정신이 아니라고 생각하겠지? 그렇다고 가만히 있을 수는 없었다. 그녀의 목소리를 듣고 괜찮다는 것만이라도 확인하고 싶었다.

하지만 아무도 전화를 받지 않았다.

하, 전화는 관두자. 당장 하퍼의 집으로 가서 그녀가 괜찮은지 확인해야겠다고 생각했다. 만약 집에 하퍼가 없다면 필립 선배의 집 앞에서 밤새 기다릴 작정이었다.

나는 일어나 핸드백을 들었다. 현관문의 잠금장치를 열고 막 밖으로 나가려는데, 지하실에서 무슨 소리가 들렸다.

고양이구나.

오늘 아침, 나는 박스로 만든 배변 상자와 밥그릇과 함께 고양이를 지하실에 가둬 놓고 나갔었다. 아무래도 고양이는 우리 집에서 나갈 생각이 전혀 없는 것 같았다. 고양이가 지하실 안에서라도 잘 지낸다면 나도 참고 같이 지내볼 의향이 있었다.

아무튼 나가기 전에 밥은 줘야 할 것 같았다. 주말 내내 안 들어올 수도 있으니, 먹이를 좀 넉넉히 줘야겠다 싶었다. 애완동물을 키워본 적이 없는 나는, 동물만 집에 두고 며칠 동안 나가 있어야 할 때 어떻게 해야 하는지 알지 못했다. 불쌍한 고양이가 굶어 죽는 건 원하지 않았다. 아무래도 인터넷으로 검색해 봐야 할 것 같았다.

나는 찬장에 있던 고양이용 통조림을 몇 개 꺼내 주머니에 넣었다. 일단 하나는 그릇에 부어주고, 두 개 정도는 미리 따서 함께 놔둘 생각이었다. 혹시라도 고양이가 지하실을 난장판으로 만들까 봐 좀 걱정되긴 했지만, 그렇다고 달리 방법이 있는 건 아니었다. 월요일에 처리하면 될 거야. 이런 건 지금 문제도 아니었다.

나는 지하실 문의 문손잡이를 돌리다가 그 자리에 얼어붙었다.

고양이를 안에 넣고 분명 문을 잠갔다고 생각했는데, 문손잡이가 그냥 쓱 돌아갔다.

내가 안 잠갔나…? 깜빡했을 수도 있었다. 요즘 워낙 머릿속이 복잡하고 정신이 없었으니….

문손잡이를 끝까지 돌려 문을 열었다. 문 잠그는 것만 잊은 게 아니라 불을 끄는 것도 잊고 그냥 켜둔 모양이었다. 하나밖에 없는 알전구가 겨우 알아볼 수 있을 정도의 빛을 밝히며 천장에서 깜빡거리고 있었다. 그 정도 빛으로는 그림자 속에 숨은 검은 고양이를 찾아내기가 힘들었다.

나는 계단을 내려가기 시작했고, 발걸음을 뗄 때마다 계단에서 삐걱거리는 소리가 났다. "야옹아?"

당장은 아니더라도 조만간 고양이에게 적당한 이름을 지어줘야겠다고 생각했다.

"야옹아?" 나는 다시 고양이를 불렀다.

마지막 계단을 디뎠을 때, 어떤 소리가 들렸다. 처음에는 당연히 고양이 소리일 거라고 생각했는데, 어딘가 달랐다. 고양이가 낼 법한 소리가 아니었다. 그건 사람이 내는 소리였다. 소름 끼치는, 낮은 신음 소리.

나는 왼쪽으로 고개를 돌려, 계단 뒤쪽을 봤다. 어둠 속에서 나무 의자에 묶여 있는 사람의 형체를 얼핏 알아볼 수 있었다. 온몸에 피가 묻어 있었고, 피는 의자 주위로 천천히 흘러 바닥에 꽤 큰 웅덩이를 만들고 있었다. 나는 손으로 입을 틀어막았다. 보고도 이해할 수 없는 광경에 머릿속은 하얘지고, 다리는 벌벌 떨렸다. 총이 내 가슴을 겨누고 있다는 것을 그제야 어렴풋이 알아차렸다.

기회가 있을 때 경찰에 전화했어야 했는데. 이젠 너무 늦은 것 같았다.

44

26년 전

마저리는 우리와 조금 멀리 떨어진 카페테리아 테이블에 앉아 있었다. 그쯤 되니 마저리도 눈치라는 게 생기긴 한 모양이었다.

마저리와 나는 온종일 서로 한마디도 하지 않았다. 마저리는 오늘 아침 교실에 들어올 때도 내가 있는 쪽은 아예 눈길조차 주지 않았다. 마치 어제 일이 기억에서 완전히 지워지기라도 한 것처럼 굴었는데, 그렇다면 차라리 다행이다 싶었다.

"재 머리 떡진 것 좀 봐." 티파니가 말했다. "머리를 감기나 하는 건지 모르겠다니까."

여자애들 사이에서는 마저리가 머리를 감는지 안 감는지에 관한 이야기가 한참 더 이어졌다. 어제 함께 걸을 때 보니 그리 지저분해 보이지도 않던데, 괜한 트집이었다.

티파니는 먹던 음료수에서 빨대를 빼내고, 냅킨을 작게 찢기 시작했다. "내가 장담하는데, 종이 총알을 쟤 머리에 쏘면 오후 내내 붙어서 안 떨어질걸? 어쩌면 일주일 내내 붙어있을지도 몰라!"

티파니가 냅킨 조각을 입 안에 넣고 침을 섞어 둥글게 뭉치는 동안, 나는 그 모습을 가만히 쳐다보았다. "잠깐만." 내가 말했다.

티파니는 나를 보고 씩 웃었다. "노라, 네가 쏘고 싶어서 그래?"

나는 웃지 않고 말했다. "마저리 좀 그냥 내버려 둬. 이미 실컷 놀렸잖아."

"진심으로 하는 소리야?" 티파니는 눈을 굴리더니 말했다. "마저리 쟤는 놀림당해도 싸. 너무 지저분하잖아."

"아니, 그렇지 않아." 나는 가슴 앞에서 팔짱을 끼고 말했다. "지금 네가 하는 거야말로 정말 못된 짓이야. 그러니까 그만 해."

"그만하라고?" 티파니의 예쁘장한 초록색 눈이 내 눈과 정면으로 부딪쳤다. "안 그만두면 어쩔 건데?"

"안 그만두면, 후회하게 될 거야." 나는 조용히 말했다.

티파니와 나는 꽤 한참 동안 서로를 노려보았다. 결정적인 눈싸움이 벌어졌다. 티파니가 먼저 눈을 깜빡였다.

"좋아." 티파니는 빨대를 쟁반에 던졌다. "뭐, 어차피 마저리 놀려 먹는 것도 점점 지겨워지던 참이었어. 쟤 놀리는 건 너무 쉽잖아."

여자애들이 마저리를 놀려 먹는 일은 오늘 이후로 끝이었으면 싶었다. 하지만 나는 그 이후 마저리가 어떻게 됐는지 끝까지 알지 못했다. 마침 그때 스피커에서 이런 소리가 울렸기 때문이었다.

“노라 니어링, 지금 교장실로 오세요!”

다른 여자애들이 낄낄거리며 ‘우—’하는 소리를 냈다. 나는 쟁반을 들고 쓰레기통으로 가져가 남은 음식을 다 쏟아 버렸다. 다시 돌아오지 못하리라는 걸 알고 있었다.

교장실 앞에 도착한 나는 문 앞에서 잠시 멈춰 섰다. 그 안으로 들어가는 순간, 그때부터 내 인생은 통째로 달라질 터였다. 할 수 있는 건 아무것도 없었지만, 조금만 더 시간을 끌고 싶었다. 지금까지의 내 삶을 아주 조금만 더 유지하고 싶었다.

교장실로 들어가자, 교장 선생님이 책상 앞에 앉아 있었다. 교장 선생님은 정말 오랫동안 교장으로 일했지만, 이런 특별한 상황은 아마도 평생 처음일 터였다. 교장 선생님 옆에는 경찰관도 한 명와 있었다. 두 사람 모두 얼굴에는 난감한 표정이 역력했다. 어른들은 뭔가 정말 나쁜 소식을 전해야 할 때 항상 이런 표정들을 짓곤 했다.

‘노라, 너희 부모님이 차 사고로 돌아가셨어.’

‘노라, 너희 집에 불이 나 전부 다 타버렸어.’

‘노라, 지구를 향해 운석이 떨어지고 있어서 우리 모두가 살 수 있는 시간은 이제 한 시간밖에 안 남았어.’

“노라.” 교장 선생님이 입을 열었다. “여기 바랄로 경관님이 너한테 잠깐 할 얘기가 있으시다는구나. 거기 의자에 잠깐 앉아볼래?”

나는 교장 선생님 책상 앞에 놓인 작은 나무 의자에 앉았다. 초등학교에 다니는 동안 나는 한 번도 문제를 일으킨 적이 없는 학생이었기 때문에 거기 앉는 것도 이번이 처음이었다.

나는 경찰관을 올려다봤다. 우리 부모님이나 다른 선생님들보다도 훨씬 어린 것 같았다. 짐작건대, 다들 이 난처한 임무를 맡기 싫어 그에게 억지로 떠넘긴 것 같았다.

"노라, 너희 부모님께 문제가 조금 생겼어."

"어떤 문제요?" 내가 물었다.

"그러니까 말이지…." 그는 목을 긁더니 말을 이어갔다. "안타깝게도 너희 엄마, 아빠 두 분 모두 경찰에 잡혀가셨어. 아마 조금 있으면 풀려나실 거야."

"너희 할머니께서 널 데리러 오실 거라고 하셨어." 교장 선생님이 얼른 덧붙였다.

나는 내 손을 내려다봤다. 속살이 드러날 정도로 손톱을 물어뜯은 게 보였다. 평소 내 손톱은 늘 가지런했는데, 언제 이렇게 물어뜯었는지 기억조차 나지 않았다.

"노라?" 교장 선생님이 나를 불렀다. "너 괜찮니, 얘야?"

"네." 나는 대답했다.

교장 선생님은 나를 이상하다는 듯 쳐다봤다. 선생님은 내가 훨씬 더 당황하고 속상해할 거라고 생각한 모양이었다. 평범한 아이라면 왜 우리 부모님이 경찰에 잡혀갔는지 물어보지 않았을까? 선생님은 이미 나에 대한 진단까지 마친 것 같았다. '그 괴물의 딸이라 그런지 역시 차갑고 냉정하네. 자기 부모에게 무슨 일이 벌어졌는지 들었으면서 울지도 않잖아! 자기랑 상관없는 일이라는 듯이 그냥 가만히 앉아 있는 것 좀 보라지.'

보통 사람들과 다른 건 내 잘못이 아니었다. 하지만 그렇다고 내가 아버지 같은 사람이라는 뜻도 아니었다.

"너 진짜 괜찮은 거 맞니, 노라?" 선생님은 질문을 반복했다.

나는 오전 내내 생각했던 그 질문을 할 용기를 내기 위해 흠흠 하고 목을 가다듬었다. 물어봐야만 했다. 나를 보던, 겁먹은 그 파란 눈이 자꾸만 떠올라 견딜 수가 없었다. 알고 싶었다.

"맨디 요한슨은 살았나요?" 나는 불쑥 물었다.

내 질문에 바랄로 경관은 깜짝 놀란 것 같았다. 내가 그런 질문을 할 거라곤 전혀 예상도 못 했다는 반응이었다. 그는 다시 목을 긁더니 눈길을 떨구었다.

"아니." 그가 말했다.

맨디 요한슨이 죽었구나. 내가 너무 늦은 모양이었다.

그때에야 비로소 나는 눈물을 흘리기 시작했다.

45

현재

"노라…."

그 목소리는 아주 희미하게 들려왔다. 지금 내 눈에는 필립 선배 외에는 아무것도 보이지 않았다. 필립 선배는 의식이 없는 건지, 몸이 앞으로 기울어진 채 밧줄에 묶여 의자에 앉아 있었다. 혹시 죽은 걸까? 아니었다. 조금 전 그 신음 소리가 다시 들렸다. 살아있는 게 분명했다.

선배의 왼손이 절단되어 있었다.

"노라…."

나는 내 앞에 펼쳐진 광경에서 가까스로 눈을 뗐다. 시선을 돌리니, 거기 그녀가 있었다. 어디선가 죽어 누워있지도 않았고, 묶여 있거나 피를 흘리지도 않았고, 아주 멀쩡한 모습이었다. 멀쩡한 것 그 이상이었다. 오른손에 든 총으로 나를 겨누고 있었다.

"하퍼…" 누가 내 목을 조르는 것 같은 기분이었다. "지금 뭐 하는 거야?"

하퍼는 큰 소리로 웃었다. 하퍼의 눈동자는 아주 파랬는데, 그 순간에는 매우 짙은 갈색처럼 보였다. "뭘 하는 것 같아? 너무 뻔한 거 아니야?"

"하지만…." 머리가 빙빙 돌며 어지러웠다. 어지럼증이 몰려오는가 싶더니, 순간 다리에서 힘이 풀렸다. 쓰러지지 않기 위해 안간힘을 써야 했다. "필립을 좋아하는 줄 알았는데…."

"좋아한다고?" 그녀는 증오하는 듯한 눈빛으로 나를 봤다. "이런 오만한 얼간이를 누가 좋아한다는 거야! 다 알면서 왜 이래? 내가 평생 유일하게 사랑했고, 앞으로도 그럴 사람은 써니뿐이야. 그런 써니를 네가 다 죽게 만들어 놨어!"

"다 죽게 만들었다고…?" 나는 머리를 저었고, 그 때문에 현기증이 더 심해졌다. "무슨 소릴 하는 거야? 난 써니를 본 적도 없어."

하퍼는 내가 있는 쪽을 향해 총을 흔들었다. "써니는 너 때문에 지금 중환자실에 누워 있어! 그날 내가 왜 울었다고 생각해? 써니는 나랑 헤어진 게 아니었어. 나를 도와주려고 했었어. 내 부탁을 듣고 당신 뒤를 따라갔던 거지. 그사이에 난 당신 집에 들어갈 수 있었고."

문득 하퍼가 남자친구에 관해 했던 얘기가 떠올랐다. 아버지 이름을 그대로 따 이름을 지었고, 그래서 사람들이 아버지와 헷갈리지 않으려고 모두 그를 써니* 라고 부른다고 했었다.

'윌리엄 베넷 주니어' 중환자실에 누워있던 그 남자의 이름에도 '주니어'가 붙어있었다. 그가 바로 써니였다니….

나는 하퍼를 보며 눈을 깜빡였다. 눈이 점점 어둠에 익숙해지고 있었다. "하지만…. 이해가 안 되는 게 있어. 도대체 왜 이러는 거야?"

"왜 이러냐고?" 하퍼는 조롱하듯 내 말을 따라 했다. "왜 이러는지 아직도 모르겠어?"

나는 입을 열었지만, 아무 소리도 나오지 않았다.

"사실대로 말하면, 당신이 여기 내려올 거라고는 생각을 못 했어. 일단 이거부터 처리하고…." 하퍼가 굽 높은 부츠를 신은 발로 필립 선배의 다리를 걷어차자, 변성의식상태** 에 빠진 그의 입에서는 낮은 신음 소리만 흘러나왔다. "그런 다음, 당신 집 지하실에서 뭔가 이상한 일이 벌어지고 있다고 경찰에 제보할 생각이었어. 당신도 아버지한테 그렇게 했잖아?"

뭔가가 목에 걸린 듯 숨쉬기가 힘들었다. "그건 어떻게 알았지?"

경찰은 아무도 모르게 하겠다고, 익명의 제보가 온 걸로 하겠다고 내게 약속했었다. 우리 집 지하실에 관해 경찰에 신고한 사람이 나라는 걸, 아버지가 알게 하고 싶지 않았다. 나는 그저 맨디 요한슨을 살리고 싶었을 뿐이었다. 하지만 너무 늦어 버렸다. 경찰이 그곳에 도착했을 때, 그녀는 이미 죽어 있었다.

계획은 실패했다.

---

* Sonny라는 호칭에는 '아들Son'의 의미가 담겨 있어 남자아이를 부르는 호칭으로 자주 쓰임
** 약물 복용, 최면, 명상 등에 의해 경험하게 되는 비일상적인 의식 상태

"아버지에게 직접 들었어." 하퍼가 읊조렸다. "네가 한 짓을 아버지가 모를 거라고 생각했어? 널 믿었는데, 네가 배신했어. 아버지는 이미 다 알고 있었어. 그리고 앞으로도 절대 잊지 않을 거라고 하셨어."

나는 쓰러질 것 같아 뭐라도 잡으려고 손을 뻗었지만, 공중에서 허우적거릴 뿐이었다. "누구? 누가 말해줬다고?"

하퍼는 눈을 가늘게 뜨고 나를 보며 말했다. "우리 아버지."

"우리…." 나는 머리를 저었고, 곧 후회했다. 더는 버틸 수 없을 만큼 어지러워 나는 털썩 무릎을 꿇고 말았다. "왜 이러지?"

하퍼가 씩 웃으며 나를 향해 허리를 굽혔고, 그러면서 총도 살짝 아래로 떨궜다. 아무래도 내가 자기 상대가 안 된다고 생각하는 것 같았다. "내가 준 수프, 먹는 거 봤어. 안 먹을지도 모른다고 생각했는데, 먹어준 덕분에 일이 훨씬 쉬워졌지 뭐야."

수프 속에 뭔가를 넣었구나. 어쩐지 몸도 머리도 마음대로 움직이질 않더라니. 그런데 어쩐 일인지 그 사실을 알고 나니, 오히려 기운이 나는 것 같았다. 지금 이렇게 어지러운 데는 다 이유가 있는 거였다. 나는 남은 힘을 그러모아 다시 일어섰다.

"하퍼, 지금 무슨 소릴 하는 거야? 그 남자를 왜 '우리 아버지'라고 부르는 거지?"

하퍼는 즐겁다는 표정이었다. "그야 우리 아버지니까. 우리 아버지가 맞아. 네 아버지면서 내 아버지이기도 하지."

"난… 자매가 없어." 감옥에 있는 아버지가 누굴 임신시켰을 리도 없었다. 아닌가?

"아, 우린 자매가 맞아." 하퍼는 나를 보고 웃었다. "네가 아버지를 경찰에 신고했을 때, 그때 어머니는 임신 5개월이었는데, 그 얘긴 아무도 안 해준 모양이지? 어머니는 그래서 자살한 거야. 무슨 일이 벌어진 건지 진실을 알고 난 다음, 더 이상 아버지 자식을 낳고 싶지 않았던 거지. 그런데 유감이지만, 어머니만 죽고 나는 살아남았어."

내 입에서 헉 소리가 흘러나왔다. 어머니는 늘 몸무게가 좀 많이 나가는 편이긴 했다. 그때 어머니 몸이 더 불었었던가? 잘 기억나진 않지만, 그랬을 수도 있었다. 내가 맨디 요한슨에 관한 뉴스를 보고 있을 때, 그걸 본 어머니가 구역질하며 부엌으로 달려가던 모습을 지금도 생생히 기억하고 있었다. 그렇다면 그게 입덧이었단 말인가?

하지만 만약 임신했었다면 어머니는 그 사실을 왜 내게 말하지 않은 걸까? 그때 난 열한 살이었고, 그런 걸 다 알 나이였는데.

어머니는 내가 두려웠던 걸까?

"할머니는 너는 데려갔으면서 나는 받아들이기를 거부했어." 하퍼는 빈정거리는 투로 말했다. "내가 아예 존재하지도 않은 것처럼 생각하고 싶어 했지. 그래서 나는 친부모가 누군지 절대 알지 못하게 모든 정보를 비밀에 부친 채로 입양 보내졌어. 하지만 나는 다 알아냈지." 그녀는 내게 윙크하며 말했다. "내가 좀 똑똑하잖아?"

다시 무너지면 안 돼. 두 다리로 버텨야 해, 노라. 이게 유일한 기회야.

"그렇게 우리 아버지를 만났어." 그녀는 말을 이었다. "교도소로 아버지를 찾아갔더니, 아버지가 모든 걸 다 말해줬어. 우리는 정말 통하는 게 많았어. 마치 잃어버린 퍼즐 조각을 찾은 것 같다고 해야 하나? 그리고 이 말을 해줘야 할 것 같은데, 딸로서는 내가 너보다 훨씬 나은 것 같아. 나는 네가 한, 그런 짓은 절대 안 할 거거든. 이 배신자야. 아버지가 그러던데, 매주 너한테 편지를 보냈는데도 한 번도 찾아오지 않았다면서?"

"그 인간은 악마니까! 서른 명도 넘는 여자들을 죽였어! 여자들을 가둬놓고 끔찍한 짓을 저질렀다고!"

"맞아." 하퍼의 입가에는 사람을 몹시도 불안하게 만드는 미소가 남아 있었다. "아버지는 사람을 죽였지. 내게 정말 많은 걸 가르쳐 주셨어. 너도 그거 알았어? 쿠크리 칼*을 쓰면 뼈까지 깔끔하게 절단할 수 있다는 사실." 그러면서 하퍼는 의자 옆으로 축 늘어져 있는 필립 선배의 왼팔을 향해 고개를 까딱해 보였다. "의식이 돌아온 뒤에 알게 되면 썩 유쾌한 기분은 아닐 테지."

나는 손으로 입을 막았다. 또다시 어지럼증이 파도처럼 밀려오는 걸 겨우 밀어냈다. "이렇게까지 할 필요는 없었잖아."

"내가 그러고 싶었거든." 그녀의 파란 눈이 내 눈을 응시했다. "지금까지 있었던 모든 일이 이 순간을 위해 준비한 거야. 널 찾아낸 다음, 네가 일하는 곳에 일자리를 구했지. 그리고 매일 널 지켜봤어. 능력 있고 잘 나가는 외과 의사? 난 네가 사람들한테 정말로 원하는 게 뭔지 알아. 그런데도 넌 사람들을 살린다며 의사 행세를 하고 다니더군. 적어도 나와 아버지는 자신을 속이지는 않아."

* 네팔의 구르카 사람이 사용하는 날이 넓은 단검

"넌 제정신이 아니야." 난 가까스로 입을 열었다.

하퍼는 능글맞게 웃었다. "재밌네. 조금만 기다려 봐. 사람들이 이 광경을 보고 나면 너한테도 똑같은 말을 하게 될 테니까." 하퍼는 총을 들지 않은 손으로 지하실 주위를 가리켰다. "경찰은 앰버와 셸비 둘 다 죽기 전, 여기에 갇혀있었다는 걸 알게 될 거야. 그리고 아버지가 그랬던 것처럼 네가 자기 집 지하실에 감옥을 만들어 놨다는 사실을 깨닫겠지. 사무실 책상 서랍을 열어봤더니, 거기 집이랑 차의 보조 열쇠를 전부 넣어뒀더라? 게다가 필립이 떠들어댄 덕분에 오늘 밤 방범 회사 설치 기사가 올 거란 것도 알게 됐고. 안 그랬으면 계획을 전부 망칠 뻔했는데, 정말 운이 좋았지 뭐야?"

하퍼는 꼭 아버지처럼 지독하고 악랄했다. 불과 15분 전만 해도 하퍼가 위험에 빠졌을까 봐 걱정하고 있었다는 사실이 믿기지 않았다. 나는 하퍼가 파란 눈에 짙은 색 머리카락을 가지고 있었기 때문에 그녀가 다음 범행 대상이 될까 봐 너무 두려웠었다.

그런데 이제야 모든 게 이해되기 시작했다. 하퍼가 파란 눈에 짙은 색 머리카락을 가진 이유는 아버지가 파란 눈에 짙은 색 머리카락을 좋아하기 때문이었다. 그러니까 하퍼는 어머니로부터 그 유전자를 물려받은 거였다. 나는 어머니를 전혀 닮지 않았지만, 하퍼는 젊은 시절 어머니의 모습을 많이 닮아 있었다. 뺨에 있는 보조개까지 똑같았다.

나는 나를 버리고 스스로 목숨을 끊은 어머니에 대해 항상 원망하는 마음을 품고 있었다. 하지만 이제는 어머니가 왜 그럴 수밖에 없었는지, 그 이유를 깨닫게 됐다.

"정말 안타까운 게 뭔지 알아?" 하퍼가 말했다. "타고난 본능을 계속 거부하면서 산, 네 인생. 네 눈 속에 그게 다 보이는데 도대체 왜 그러고 사는 거야? 아무튼 그것 때문에 넌 이제 감옥에 가게 될 거야. 참 아이러니하지 않아?"

나는 어지럼증과 싸우며 천천히 숨을 골랐다. "내가 타고난 본능을 거부했다고 누가 그래?"

하퍼는 코웃음을 치며 말했다. "왜 이래? 성녀라도 되는 것처럼 굴더니."

"맞아. 하지만 그건 그냥 사람들 생각이고." 나는 지하실 반대편 끝을 손으로 가리켰다. "이 집 지하실 안을 제대로 살펴본 적 없지?"

하퍼는 눈을 가늘게 뜨며 물었다. "무슨 말이 하고 싶은 거야?"

"저기 상자에 내가 뭘 넣어 놨는지 아직 못 본 모양이네." 나는 하퍼의 뒤쪽 구석 벽에 붙어 있는 나무 상자를 고갯짓으로 가리켰다. "봤다면 나에 대해 그런 소릴 할 리가 없지."

나는 그녀의 파란 눈을 가만히 응시했다. 또다시 눈싸움이 시작됐고, 나는 눈싸움이라면 언제든 자신 있었다. 하퍼가 먼저 눈을 돌리며 상자를 흘깃 쳐다봤다. "거기 뭐가 들었는데?"

"직접 보지 그래?"

하퍼는 이를 악물고 말했다. "어서 말하지 못해?"

"내 기념품이 들었어."

호기심 가득한 미소가 그녀의 입가에 떠올랐다. "기념품?"

나는 어깨를 으쓱하며 말했다. "내 생각엔, 나도 유골을 관리하는 데 꽤 재능이 있는 것 같아. 예전에 아버지가 하는 걸 보고 힌

트를 좀 얻었거든. 우리 아버지 말이야." 나는 그녀를 향해 눈썹을 까딱해 보였다. "네가 누군지 일찍 밝히지 않은 건, 어쩐지 좀 서운한데? 그랬으면 같이 재밌는 걸 많이 할 수 있었을 텐데 말이야."

호기심에 지고 만 하퍼는 이제 내가 아니라 상자를 보고 있었다. 그녀는 계속 총을 든 채로 한 걸음 뒤로 걸어갔다.

"물론 보존 상태가 그렇게 완벽하진 않아. 시간이 오래 지나니까 뼈가 잘 부러지더라고. 어쩌면 네가 조언을 좀 해줄 수도 있을 것 같은데, 어때?"

"뭘 썼는데?" 하퍼가 물었다.

"피부 제거는 산으로 했고, 뼈 보존 처리는 표백제로 했지."

그 말을 듣고 하퍼는 고개를 끄덕였다. 그리고는 한 발짝 더 뒤로 가 상자 옆면에 왼손을 갖다 댔다. 그리고는 뚜껑 한쪽을 천천히 들어 올렸다. 상자 안에는 두루마리 화장지 50개 말고는 아무것도 없다는 걸 하퍼가 알아차리기 전까지 내겐 시간이 많지 않았다. 내게 주어진 절호의 기회였다.

나는 하퍼에게 달려들었다.

하퍼가 뒤로 넘어지며 상자 뒤에 머리를 세게 부딪쳤고, 그러면서 요란한 소리가 났다. 비록 내가 약에 취한 상태이긴 했지만, 하퍼는 몸 자체가 그리 억세고 단단한 체격은 아니었다. 어떻게든 하퍼를 제압하기 위해 시도는 해봐야 했다.

그런데 하퍼는 아버지처럼 몸집이 크진 않았지만, 힘이 셌다. 어찌나 힘이 센지 깜짝 놀랄 정도였다. 내가 우위인 상태에서 싸웠는데도 하퍼는 돌연변이 괴물처럼 반격해 왔다. 평소 나였다면 어땠을지 몰라도, 지금은 내 핏속에 흐르는 무언가 때문에 제대로 움직일 수가 없었다. 또다시 한차례 현기증이 몰려오자, 팔다리가 마치 시럽 속에 빠져 허우적대는 것처럼 느껴지기 시작했다. 1분 정도 엎치락뒤치락한 끝에 하퍼는 나를 바닥에 쓰러뜨렸고, 가슴팍을 무릎으로 눌러 꼼짝 못 하게 만들었다. 나는 다시는 일어날 수 없을 것 같았다.

"시도는 좋았어." 하퍼는 비웃듯이 말했다. "생각했던 것보단 훨씬 기운이 세네. 그래도 이제 몇 분만 있으면 정신을 잃게 될 테니 다행이지 뭐야."

하퍼가 그 수프에 뭘 넣었는지는 모르지만, 약 기운이 나를 강타하는 게 느껴지기 시작했다. 아드레날린이 최고로 솟구치는 중인데도 의식이 자꾸만 흐려지려 하고 있었다. 제대로 약 기운이 퍼지기 시작한 것 같았다. 하퍼는 나를 이겼다. 나는 아버지에게서 맨디 요한슨을 구해내지 못했고, 하퍼에게서 스스로를 구해내지도 못했다.

이제 끝이구나.

그런데 그 순간 '하악' 소리가 들렸다. 1초 뒤, 하퍼가 비명을 질렀고, 내 몸을 누르던 힘도 약해졌다. 한동안 나는 무슨 일이 벌어진 건지도 모르고 있었다. 그때 검은 털의 뭔가가 눈앞을 휙 스쳐 지나갔다. 고양이였다. 고양이가 하퍼를 공격했던 것이다.

이번이 진짜 마지막 기회였다. 나는 있는 힘껏 몸을 일으켜 하퍼의 몸 위로 올라탔다. 그러는 과정에서 하퍼가 오른손에 쥐고 있던 총을 놓쳤고, 총은 지하실 바닥을 가로질러 미끄러졌다. 내 몸의 체중을 실어 무릎으로는 하퍼의 목을 누르고 두 손으로는 양 손목을 꽉 잡았다. 하퍼는 제대로 숨을 쉬지 못해 꼴깍거리는 소리를 냈다.

하퍼의 얼굴이 서서히 자줏빛으로 바뀌고 있었지만, 나는 조금도 힘을 풀지 않았다.

"도대체 이게 무슨 일이야?!"

주의를 흐트러뜨리는 그 소리에도 나는 하퍼에게서 내 몸을 1밀리미터도 떼지 않았다. 외과 의사로서 집중력만큼은 아주 뛰어나다고 자부할 수 있었다. 하지만 그러는 동안, 다른 사람이 지하실에 들어온 사실은 미처 알아채지 못했다. 나는 잠시 어둠 속에서 눈을 깜빡거린 후에야 브래디의 얼굴에 초점이 맞춰졌다.

무슨 일이 벌어진 건지, 브래디는 금세 깨닫지 못하고 있었다. 그러다가 왼손이 잘린 채 의자에 묶여 있는 필립을 본 후에야 얼굴이 새파랗게 변하기 시작했다. 슬래셔 무비를 좋아하긴 해도 그런 모습을 실제로 보는 건 분명 다른 모양이었다.

"아, 세상에." 그는 말을 잇지 못했다. 몇 차례 심호흡을 했는데, 먹은 걸 토하지 않으려고 그러는 게 분명했다.

"브래디…." 지금 이 광경이 브래디에게 어떻게 비칠지 알 것 같았다. 이건 정확히 하퍼가 바랐던 모습이었다. 우리 집 지하실에 손이 잘린 한 남자가 밧줄에 묶여 있고, 바닥에서는 내가 다른 여자의 목을 조르고 있었다.

브래디는 바닥에 떨어진 총을 보더니 즉시 손을 뻗었다. 어설프게 총을 만지작거리는 걸로 봐선 평생 총이라곤 쏴본 적도 없는 것 같았지만, 어떻게든 총을 쏠 수는 있을 것 같았다.

그리고 이제 그가 나를 향해 총을 겨누고 있었다.

"일어서." 그가 내게 명령했다.

나는 시키는 대로 했다. 하지만 또다시 약 기운이 퍼지며 다리에서 힘이 쭉 풀렸다. 두 발로 서기까지 세 번이나 넘어졌다 일어서기를 반복했다.

"제발 살려주세요!" 하퍼는 이제 두 손으로 자기 목을 잡고 캑캑거리며 흐느껴 울고 있었다. "저 여자 미쳤어요! 우리 둘 다 죽이려고 해요!"

하퍼의 말은 아주 그럴듯하게 들렸다. 브래디는 이미 나에 대해 석연치 않은 생각을 품고 있었기에 내가 하퍼와 필립을 여기 지하실에 가둬 놨었다고 생각하는 것 같았다. 그리고 경찰이 왔을 때도 그렇게 진술할 터였다.

"브래디." 목소리가 떨렸고, 혀가 꼬인 것처럼 따로 놀아 말조차 제대로 할 수가 없었다. "이 여자가 그런 거야. 저 남자를 여기 묶어놓고, 나… 나한테 약을 먹였어." 목소리가 갈라졌다. "나를 믿어줘. 날 알잖아. 나는 절대 그런 짓…."

브래디는 망설이고 있는 것 같았다. 하고 싶은 말이 많았지만, 그가 내 말을 믿어줄지 알 수 없었다. 그리고 뇌도 흐물흐물해진 것처럼 더 이상 말을 하기도 힘들어졌다. 계속 싸우고 싶었지만, 싸울 수 있을지 확신이 서지 않았다.

그런데 그때 브래디가 총을 홱 돌리며 하퍼를 겨냥했다. "바닥에 엎드려."

"저요?" 하퍼는 흥분해서 소리쳤다. "하지만 날 죽이려 한 건 노라—"

"엎드리라고 했잖아." 브래디는 하퍼를 향해 총을 흔들었고, 하퍼의 얼굴이 창백해졌다. "이미 경찰에 신고했으니, 금방 경찰들이 여기로 올 거야."

하퍼는 바닥으로 서서히 몸을 낮췄고, 나 역시 그렇게 했다. 더는 서 있을 수가 없어 손과 무릎으로 바닥을 짚고 엎드렸다. 시야가 보였다 사라졌다 하며 마구 요동쳤다. "브래디." 나는 입을 겨우 달싹여 브래디를 불렀다.

그리고 다른 말을 꺼내기도 전에 의식을 잃고 말았다.

46

눈을 떠보니, 나는 눈부시도록 하얀 병실에 홀로 누워 있었다.

머리가 깨질 듯이 아팠고, 사포를 핥은 것처럼 입안이 까끌까끌했다. 눈을 뜨는 것도 힘이 들 정도였다. 내 왼팔에는 정맥 주사가 꽂혀 있었고, 위에 걸린 수액 주머니에서 생리 식염수가 한 방울씩 똑똑 떨어지며 내 혈관으로 들어가고 있었다.

손목에는 수갑이 채워져 있지 않았다. 그렇다고 다리가 침대 기둥에 묶여 있는 것도 아니었다. 그것을 긍정적인 신호로 받아들여도 될까, 잠깐 고민했다.

호출 버튼이 있는지 침대 주변을 살펴보았다. 어떻게 된 건지 알고 싶었다. 지하실에서 의식을 잃은 후, 무슨 일이 벌어진 걸까? 하퍼는 어디 있지?

벽에 걸린 시계를 올려다봤다. 2시를 가리키고 있었다. 창밖이 온통 캄캄한 걸로 봐서 지금은 새벽 2시인 것 같았다.

나는 엄지로 호출 버튼을 누르고, 간호사가 오길 기다렸다. 일어나 앉으려고 했지만, 머리가 심하게 지끈거려 그만두었다. 정말 끔찍한 기분이었다.

몇 분 뒤, 꽃무늬 수술복을 입은 한 여자가 병실로 들어왔다. 목에 걸린 아이디카드에는 크고 검은 글씨로 '파울라'라고 적혀 있었다. 간호사는 의례적인 미소를 띠며 말했다. "드디어 깨어나셨네요, 노라 선생님?"

직업상 예의로 선생님이라고 불러주는 건 고마웠지만, 지금은 그렇게 불리고 싶지 않았다. "그냥 노라라고 불러요."

"노라." 그녀가 고쳐 말했다.

"저 지금…." 목이 아팠지만, 마른침을 삼키고 물었다. "구속된 상태인가요?"

"그건 아닌 것 같아요. 그래야 했었나요?"

"무슨…." 고개를 저었더니, 머리가 더 지끈거렸다. "무슨 일이 있었는지 기억이 잘 안 나서요. 제가 어떻게 여기로 오게 된 거죠?"

"글쎄요. 제가 알기로는 꽤 심각한 수준으로 약물에 중독된 상태였고요, 앰뷸런스에 실려 응급실로 오셨다고 들었어요. 검사 결과 혈액에서 다량의 진정제가 발견되어 그걸 상쇄시키는 약물을 투입했고요. 아마 저보다는 친구분께서 더 자세히 아실 것 같은데요."

"친구요?"

그녀는 눈을 동그랗게 뜨며 말했다. "아, 남자친구신가요? 일단 면회는 저희가 제한했는데, 혹시 보고 싶으시다면 들여보내 드릴 수 있어요. 이름이 브래디라고 하셨던 것 같아요. 깨어나셨다는 소식을 들으면 그분도 좋아하실 거예요."

나는 마르고 갈라진 입술을 혀로 핥았다. "지금 병실 밖에 있나요?"

"선생님이 여기 들어오신 후로 줄곧 병실 밖에서 기다리고 계셨어요. 한 세 시간쯤 됐을 거예요."

고개를 끄덕이니 머리의 또 다른 부위가 찌를 듯이 아팠다. "들여보내 주세요."

간호사가 나간 후에야 지금 내 모습이 어떨지 걱정되기 시작했다.

지금 느낌대로라면 꼴이 말이 아닐 것 같았다. 이런 모습을 브래디에게 보여도 좋을지 확신이 서지 않았다. 하지만 세 시간이 넘게 기다린 사람을 들어오지도 못하게 하는 건 너무한 일이라는 생각이 들었다.

몇 분 뒤, 병실 문이 살짝 열렸다. 내가 들어오라고 말하자, 잠시 후 브래디가 조심스럽게 안으로 걸어 들어왔다. 브래디의 얼굴은 내가 예상한 그대로였다. 세 시간 동안 대기실에서 기다린 사람답게 갈색 머리카락은 헝클어지고 눈 밑은 거무스름하게 변해 있었다. 브래디는 가까스로 미소를 지었다.

"이제 괜찮아졌구나?" 그가 말했다.

"네 덕분이야."

브래디는 내 말에 코웃음을 치며 말했다. "싸움 실력이 정말 대단하던데?"

나는 하퍼를 바닥에 내리꽂고 총을 떨어뜨리게 했던 순간을 떠올렸다. 몸싸움을 하면 내가 더 유리할 거라고 생각은 했었지만, 그때 나는 약에 취한 상태였었다. 얼마나 오래 버틸지 알 수 없었다. 만약 브래디가 나타나지 않았다면….

"어떻게 알고 거기 내려온 거야?" 내가 물었다.

브래디는 살짝 충혈된 눈을 문지르며 말했다. "네가 무척 흥분한 것처럼 보이길래 걱정이 되더라고. 그래서 집으로 가 봤더니 현관문이 열려 있었어."

그렇지. 지하실에서 무슨 소리가 났을 때, 나는 막 집을 나가려던 참이었었다.

"뭔가 잘못된 것 같다는 생각이 들었어." 그는 낮은 목소리로 말했다. "그렇지만, 세상에 맙소사, 그런 일이 벌어지고 있을 줄은 정말 상상도…."

"그래." 나는 나직이 말했다. "너희 집 앞에서 그렇게 이상하게 굴었던 건 정말 미안해…. 첼름스퍼드 부인의 조카라는 여자가 너한테 딸이 없다는 소릴 하잖아. 그래서 난…."

브래디는 고개를 떨궜다. "아, 그거? 하…. 사실대로 말할게…. 내가 요즘 경제적으로 좀 여유가 없는데, 집주인한테 루비 얘길 하면 집세를 더 내야 할 것 같더라고. 그래서 사실대로 말을 못 한 거였어."

충분히 그럴 만했다. 브래디에게 해명할 기회를 줬으면 좋았을 걸. 하지만 그때의 나는 두려움이 더 컸었다.

문득 다른 생각이 떠올랐다. "필립. 필립 선배는 괜찮아? 의자에 묶여 있던 그 남자…."

나는 그의 입에서 아니라는 대답이 나올까 봐 두려운 마음으로 그의 얼굴만 가만히 쳐다보았다. "그 사람 살았어." 한동안 대답하지 않던 브래디가 마침내 입을 열었다. "하지만 듣기로는 몸 상태가 좋진 않은 것 같아. 그나마 다행인 건, 어느 정도 의식이 돌아와 자기를 그렇게 만든 사람이 네가 아니란 걸 경찰에 진술했다고 하더라고."

나는 손으로 이불을 꽉 쥐었다. 그토록 끔찍한 일을 겪다니, 불쌍한 필립 선배. 그에게 이런 일이 생긴 건 전부 다 내 잘못이었다.

하지만 그때 내가 지하실에 내려가지 않았다면, 그는 분명 하퍼의 손에 죽었을 터였다.

"하퍼는 어떻게 됐어?" 내가 물었다.

"그 여자는 구속됐어. 필립이 그 여자를 범인으로 지목한 뒤로 그 여자도 모두 자백했다고 하더라고. 다른 여자 두 명도 자기가 죽였다고 했대. 나도 제대로 다 들은 건 아닌데, 살인한 걸 무척 자랑스러워하는 것처럼 보이더래."

그랬겠지. 하지만 상황이 지금과 달랐다면, 지금쯤 하퍼는 자기가 한 모든 짓을 내가 대신 뒤집어쓴 걸 보고 무척 기뻐하고 있었을 게 틀림없었다.

브래디는 도무지 속을 알 수 없는 얼굴로 나를 내려다보고 있었다. 그에 대한 애정이 갑자기 솟구치는 기분이었다.

"고마워." 나는 불쑥 말했다.

그의 이마에 주름이 잡혔다. "뭐가 고마워?"

"날…." 브래디가 지하실에 나타나 총을 집어 들던 장면을 나는 다시 떠올렸다. 그때 브래디는 충분히 날 살인자라고 믿을 수 있는 그런 상황이었는데도, 내가 아닌 하퍼를 향해 총을 겨눴었다. "날 믿어줬잖아. 내가 그런 거 아니라고 했을 때."

브래디는 침대 끝에 걸터앉으며 말했다. "내가 요 며칠 그 일에 대해 진짜 많이 생각해 봤었거든. 난 널 알아. 넌 좋은 사람이야, 노라. 아버지가 누군지, 그런 건 상관없어. 네가 그런 짓을 할 수 있는 사람이 아니란 걸 난 알고 있었어."

나는 팔을 뻗어 그의 손을 잡았다. 지난 26년 동안, 사람들이 내 비밀을 알게 된다면 나에 대해 뭐라고 할까, 그 생각만으로 불안에 떨며 살아왔었다. 하지만 브래디는 그 사실을 알고도 여전히 나를 배려하고 좋아해 줬다. "고마워."

브래디는 침대에 앉아 내 손을 꽉 잡았다. 대학 시절 브래디를 처음 봤을 때부터 나는 그가 정말 좋은 사람이라고 생각했었다. 내가 정말로 좋아할 만한 그런 사람이었다. 하지만 나는 그와 가까워지고 더 깊은 사이가 되는 게 두려웠었다. 우리의 관계가 어디로 이어지게 될지 몰라 겁이 났었다.

그리고 26년이 흐른 지금, 이제는 겁먹고 도망치는 걸 그만둘 때가 된 것 같았다.

에필로그

1년 뒤

"그러니까 여기가 파머스 마켓*이란 말이지? 흠." 내가 말했다.

토요일 아침 날씨는 정말 화창했다. 브래디는 파머스 마켓에 가자며 나를 여기로 끌고 왔다. 파머스 마켓은 처음이었는데, 내 눈에는 그저 마트에서도 살 수 있는 것들을 다섯 배 비싼 값으로 파는 노점상들이 모여 있는 곳 정도로밖에 보이지 않았다.

"마트에서 파는 것보다 질이 훨씬 좋다니까. 정말이야." 그가 말했다.

"음. 그럼 채소를 파는 사람들은 실제 농부들이야? 아니면…."

브래디는 내 팔을 쿡 찔렀다. "기분 전환도 되고 얼마나 좋아?

* 농산물을 생산자와 직거래 할 수 있는 시장

신선한 공기 좀 마시면서 그냥 즐길 순 없어?"

브래디는 신기하다 싶을 정도로 야외 활동을 좋아했다. 전에도 그렇긴 했지만, 실리콘 밸리에서 다시 일을 시작하면서 온종일 컴퓨터 앞에 앉아 있게 된 후로는 그게 더 심해졌다. 주말에는 무조건 밖으로 나가 바람을 쐬고 싶어 했다. 덕분에 비타민D 주사는 안 맞아도 될 것 같았다.

그런데 오늘 내가 파머스 마켓에 따라나서겠다고 한 데는 다른 특별한 이유가 하나 더 있었다. 어제 참여하는 상점들의 목록을 보다가 익숙한 이름 하나가 눈에 띄었기 때문이었다.

"오, 저기 좀 봐! 작은 손가락 인형을 파는 곳이 있어! 루비가 좋아하겠다." 내가 말했다.

"흠."

우리가 사귀기 시작한 지 3개월쯤 됐을 무렵, 브래디는 드디어 나를 자기 딸에게 소개해 주었다. 루비는 누구라도 사랑스러워할 만한 그런 꼬맹이였다. 특히 앞니 두 개가 빠져서 말할 때마다 발음이 새는 모습은 정말이지 너무 귀여워 까무러칠 뻔했다.(지금은 앞니가 다시 자라고 있긴 하지만, 그래도 여전히 귀엽다.)

내게 밥을 얻어먹던 검은 고양이는 이제 매일 밤 내 침대에서 잠을 잔다. 가끔은 내 얼굴 위나 브래디의 얼굴 위에서 자기도 하는데, 내 목숨을 구해준 녀석이기에 무슨 짓을 해도 다 용서가 됐다. 안 그래도 그냥 야옹이 말고 제대로 된 이름을 지어줘야겠다고 생각하던 중이었는데, 루비가 고양이 이름을 지어주고 싶다고 했다. 루비가 생각해낸 이름은 '냥냥이' 였다. 고양이한테는 좀 미안하지만, 나는 차마 루비에게 안 된다는 말은 할 수 없었다. 아무튼 냥냥이는 요즘 아주 잘 지내고 있다.

그리고 이제는 브래디도 내가 아이들을 싫어하지 않는다는 걸 알게 됐다.

"루비한테 선물 좀 그만 사줘. 진심이야. 그러다가 애 버릇 나빠진다고." 브래디가 말했다.

"알았어." 나는 투덜거렸다. "그럼 점심에 먹을 순무 같은 거나 사던지."

브래디는 나와 맞잡고 있던 손에 힘을 주어 내 손을 더 꽉 잡았다. 나 역시 브래디의 손을 꽉 잡으며 마주 보고 웃었다. 외출하기에 더없이 좋은 날씨였다. 오늘 같은 날이면 일 년 전 있었던 끔찍한 일도 다 잊을 수 있을 것 같은 생각이 들었다. 모든 게 다 오래된 일처럼 느껴졌다.

하퍼는 아버지가 그랬던 것처럼, 두 여성을 살해한 사실을 순순히 인정했고, 1급 살인죄로 기소되어 종신형을 선고받았다. 한편 부상에서 회복한, 하퍼의 남자친구 윌리엄 '써니' 베넷 주니어 역시 범죄에 가담한 죄로 20년 형을 선고받고 현재 교도소에서 복역 중이다. 하퍼에게 형이 선고되던 날, 나는 법정에 가지 않았다. 지난 1년간 하퍼는 매주 내게 편지를 보내왔지만, 한 번도 답장하지 않았다. 편지가 올 때마다 읽지 않고 바로 찢어버렸다.

어린 시절의 나는 언니나 여동생이 있으면 어떨까 상상하며, 항상 여동생이 생겼으면 좋겠다고 생각했었다. 그런데 정말 내게 여동생이 있었다는 사실을 알게 된 직후, 다시 잃게 됐다는 게 조금은 슬프기도 했다. 이럴 바엔 차라리 계속 외동딸인 게 나았을 거라는 생각도 들었다.

어머니가 스스로 목숨을 끊을 수밖에 없었던 이유를 알고 나니, 더는 어머니가 원망스럽지 않았다.

필립 선배는 그 일이 있고 난 뒤로 한동안 몸 상태가 좋지 않았다. 왼손 재접합 수술을 받았지만, 수술은 성공하지 못했다. 더 이상 수술용 메스를 잡을 수 없게 된 선배는 외과 의사를 그만두어야 했다. 나는 힘들어하는 선배를 위해 가능한 한 자주 그를 찾아갔다. 한번은 저녁 늦게 그의 집에 갔다가 술병이 잔뜩 쌓여 있는 걸 보고, 대신 술병을 치워준 적도 있었다. 하지만 한 의과 대학에서 학생들에게 해부학을 가르치기 시작하면서부터 선배도 많이 달라졌다. 비록 꿈꾸던 삶은 아니었겠지만, 그래도 이 분야에서 계속 일할 수 있다는 사실만으로 만족해하는 것 같았다. 심지어 최근에는 연애도 시작했는데, 아무래도 정말 진지하게 사귀고 있는 것 같았다. 어쩌면 죽을 고비를 넘기는 경험을 했기에 이젠 정말로 한 사람에게 정착할 마음이 생긴 건지도 몰랐다. 하지만 여전히 밤이 되면 악몽을 꾼다고 했다.

나 역시 악몽을 꿨다.

한밤중에 비명을 지르며 잠에서 깰 때면 브래디는 나를 두 팔로 꽉 끌어안고 진정이 될 때까지 조용조용 말을 걸어주곤 했다.

"어, 저기! 메이플 시럽도 있다." 나는 브래디에게 말했다. "안 그래도 메이플 시럽이 좀 필요했거든. 나, 루비한테 팬케이크 만들어주려고."

브래디는 놀란 표정으로 나를 쳐다봤다. "네가 팬케이크를 만든다고?"

"왜? 난 팬케이크 만들면 안 돼?"

"안 될 거야 없지만, 전기레인지 켜는 걸 본 적이 있어야 말이지. 켜는 법도 모르는 줄 알았지, 난."

나는 브래디의 어깨를 툭 쳤다. 물론 브래디 말이 틀린 건 아니지만, 무슨 뇌 수술을 하는 것도 아닌데, 설마 전기레인지 켜는 법도 모르겠나 싶었다. "나 이제부터 직접 요리해 보려고. 주말마다 팬케이크도 만들 거야."

브래디가 웃으며 말했다. "좋아. 그럼 결혼 서약서에 그 내용도 넣어야겠다."

그 말을 들으니 나도 모르게 슬며시 웃음이 나왔다. 한 달 전 브래디에게 프러포즈를 받았지만, 아직도 꿈을 꾸는 것처럼 실감이 잘 나지 않았다. 평생 결혼은 못 해볼 줄 알았는데, 내게 약혼자가 생기다니. 브래디에게 이혼한 지 2년밖에 안 됐는데 다시 결혼 생활을 시작할 수 있겠냐고 물었더니, 그는 조금도 망설이지 않고 그렇다고 대답했다.

요즘 우리는 함께 살 집도 알아보는 중이다. 그 일이 있고 난 후, 나는 도저히 그 집으로는 돌아갈 수가 없어, 그동안 집을 내놓고 아파트를 렌트해 지내고 있었다. 그런데 며칠 전 근사한 새집이 매물로 나왔기에 우리도 입찰에 참여했다. 넓은 뒷마당과 루비 방으로 쓸 만한 큰 침실이 있는 것도 마음에 들었지만, 그중에서도 가장 마음에 드는 건 그 집에 지하실이 없다는 거였다.

브래디가 치즈를 시식해보고 싶다며 이리저리 돌아다니는 동안, 나는 메이플 시럽을 파는 가판으로 걸어갔다. 가판대 위에는 다양한 종류와 크기의 메이플 시럽이 진열돼 있었는데, 한눈에도 직접 만든 걸로 보였다. 갈색 머리카락을 뒤에서 동그랗게 말아 묶고, 체크무늬 앞치마를 입은, 상냥해 보이는 여자가 가판대를 지키고 있었다.

"안녕하세요! 메이플 시럽 시식해 보실래요?" 여자가 말을 걸었다.

"네, 좋아요." 내가 말했다.

여자는 샘플 컵에 시럽을 따르면서 혼자 콧노래를 흥얼거렸다. 그런 여자를 바라보며 서 있는데, 그녀의 얼굴 위로 산길에서 발목을 삐어 쭈그리고 앉아있던 열한 살 여자아이의 얼굴이 살짝 겹쳐졌다.

"마저리?" 나는 작은 소리로 그녀를 불렀다.

하지만 그녀는 하던 일에 너무 몰두한 나머지 내가 부르는 소리를 듣지 못한 것 같았다. 그녀가 누군지, 이미 알고 있었기에 어차피 상관없었다.

마저리는 황갈색 액체가 담긴 작은 컵을 내밀며 말했다. "한번 드셔보세요."

나는 컵을 들어 시럽을 삼켰다. 단맛이 적당하고, 향이 아주 좋은 시럽이었다.

"와, 정말 달콤해요. 직접 만드신 거예요?" 내가 물었다.

그녀는 고개를 끄덕였다. "남편과 함께 농장을 운영하고 있거든요. 단풍나무에 꼭지를 연결해 수액을 직접 채취하고 있어요. 시럽을 만드는 과정에도 전부 관여하고 있고요." 그녀는 킥킥 웃으며 말했다. "심지어 애들까지 나서서 시럽을 병에 담는 일을 도와준답니다."

"진짜 멋지네요." 나는 웅얼거렸다. "그럼… 저, 두 병 주시겠어요?"

"연한 것과 진한 것 중에 어떤 걸로 드릴까요?"

나는 침을 꿀꺽 삼키고 대답했다. "음, 각각 하나씩 주세요."

마저리가 메이플 시럽을 갈색 종이 가방에 담는 동안, 나는 지갑을 뒤적거렸다. 내가 돈을 꺼내는 동안 종이 가방을 들고 기다리던 마저리가 순간, 눈을 가늘게 뜨고 나를 쳐다봤다.

"혹시…." 그녀는 이마를 구기며 물었다. "우리 어디서 만난 적 있던가요?"

나는 마저리의 시선에 당황하고 말았다. 내가 누군지 마저리가 알게 하고 싶지 않았다. 내가 노라 니어링이란 걸 몰랐으면 싶었다. 이제 노라 니어링은 죽은 사람이었고, 난 그저 마저리가 잘 지내는지 알고 싶었을 뿐이었다.

맨디 요한슨을 살리지는 못했지만, 그래도 마저리는 구해냈다.

"제가 좀 흔한 얼굴이라서요. 평소에도 그런 말 많이 들어요." 내가 말했다.

마저리는 고개를 끄덕였다. 나를 의심하는 것 같진 않았다. 그리고 의심할 필요도 없었다. 그녀는 자기 집 지하실에 갑자기 시체가 나타나는, 그런 삶을 사는 사람이 아니었다. 그녀는 잘살고 있는 것처럼 보였다. 나도 그런 삶을 살고 싶다고 생각했다. 그리고 이제부터 그런 삶을 살기 위해 노력할 생각이었다.

그래서 나는 메이플 시럽이 담긴 종이 가방을 받아 들고, 내 약혼자에게로 걸어갔다.

하퍼

내 언니, 노라.

그녀는 우리 이름에 제대로 먹칠을 했다.

내게 언니가 있다는 사실을 처음 알게 됐을 때는 정말 행복했었다. 어린 시절 내내 내가 다른 사람들이랑 무언가 다르다는 건 알았지만, 왜 그런지 이해할 수 없어 무척 외롭고 힘들었었다. 양부모님은 그런 나를 이해해주기는커녕 무서워했다. 열여덟 살이 됐을 때, 나는 스스로 내가 누군지 알아냈고, 그제야 모든 걸 다 이해하게 됐다.

내 언니가 외과 의사라니. 한때는 존경하는 마음이 들기도 했었다. 줄곧 언니에게 다가가고 싶었지만, 자신이 없던 나는 한동안 멀리서 지켜보기만 했다.

그때 아버지를 만나게 됐다. 아버지는 내게 진실을 말해줬다. 오래전 아버지를 감옥에 가게 한 사람이 바로 노라라고 했다. 그녀가 경찰을 찾아가 아버지의 지하실에 관해 털어놓았다고 했다. 노라만 아니었다면, 아버지는 교도소에 수감되지 않았을 터였다. 그리고 나도 가족과 함께 살았을 것이다. 노라가 우리를 배신했어. 노라는 우리랑 달라.

하지만 아버지는 노라에 관해 잘못 아는 게 있었다.

나는 노라가 어떤 일을 꾸몄는지 다 보았다. 아놀드 켈로그라는 남자가 탈장 수술 이후 아내와 함께 클리닉에 온 적이 있었다. 켈로그 부인의 눈이 시퍼렇게 멍들어 있었는데, 남편이 때린 게 분명해 보였다. 그 여자가 다음 날 클리닉에 다시 찾아왔다. 나는 그녀가 노라의 사무실에서 하는 소리를 다 들었다. 여자는 남편을 떠날 수가 없다며 울고 있었다. 도망친다고 해도 남편이 자신을 찾아내 죽일 거라며 절망스러워했다.

그때 노라가 사무실 밖으로 나왔다. 그러더니 비품 창고에서 글루콘산칼슘 한 병과 주사기를 찾아들고 다시 사무실로 돌아가길래, 나는 얼른 따라가 문에 귀를 대고 안에서 하는 소리를 엿들었다.

자고 있을 때 이걸 주사하면 다시는 깨어나지 못할 거예요. 사람들은 심장 마비인 줄 알 테니 걱정 마세요.

그리고 일주일 뒤, 켈로그 부인이 다시 찾아와 남편이 심장 마비로 사망했다는 소식을 전했다.

노라가 켈로그 씨를 죽인 사실을 나는 알고 있었다. 아니, 죽인 것까진 아니라고 해도 적어도 그 남자의 죽음에 상당한 책임이 있는 건 분명해 보였다. 하지만 노라는 그 사실을 알고도 전혀 괴로

워하지 않았다. 아주 조금도.

결국 노라도 우리랑 같은 부류의 사람이었다.

나는 경찰에게 그 사실을 말하지 않았다. 어쨌든 내 언니가 아닌가.

그리고 언젠가 이 정보가 꼭 필요한 때가 올지도 모르니, 그때까지는 비밀을 지켜줄 생각이다.

옮긴이 조경실

성신여자대학교 영문학과를 졸업한 후 산업 전시와 미술 전시 기획자로 일했다. 글밥 아카데미 영어출판번역 과정을 수료한 후 현재 바른번역 소속 번역가로 활동 중이다.

초판 2023년 2월 1일 1쇄
저자 프리다 맥파든
옮긴이 조경실
ISBN 979-11-90157-95-7 03840

출판사 북플라자
주소 서울시 강남구 논현동 118-13 5층
홈페이지 www.bookplaza.co.kr

영화 판권, 오탈자 제보 등 기타 문의사항은 book.plaza@hanmail.net으로 보내주세요.
잘못된 책은 구입하신 서점에서 교환해 드립니다.